新装版

わたしが・棄てた・女

遠藤周作

講談社

目次

わたしが・棄てた・女

・この作品は、今日の観点からみると、差別的表現ととられかねない箇所がありますが、当時の風俗、言語を残すために、やむをえざる部分のみ、それをそのままに致しました。作者の意図は、決して差別を助長するものではありません。読者のご賢察をお願い致します。また、ハンセン病（癩病）は感染力が極めて弱く、現在は特効薬があって完全に治癒することを付記します。

――文庫出版部

ぼくの手記　㈠

男やもめに蛆《うじ》がわく……

むかしから言われてきた言葉だが、慎みぶかい読者姉妹《みなさん》はまさか、若い青年二人の下宿を、のぞかれたことはありますまい。彼等がいかに物ぐさで、その住む部屋がいかに乱雑で、臭気にみちているかをじかにかいで見たこともありますまい。

しかし、貴女にもし、遊学されている愛すべき兄弟、恋人がおありなら、ある日、突然、その下宿を奇襲されることをお奨めしましょう。襖をあけられた途端、あなたは、

「まア。いやッ。」

顔をあからめ、絶句なさるにちがいない。

この物語は、戦争が終って三年後の二人の若者の下宿からはじまるのだが、女性の読者を多少、辟易《へきえき》させる部分が出てきたとしても、それは必ずしも、こちらの罪ではない。当時、長島繁男《ながしましげお》とぼくこと吉岡努《よしおかつとむ》は、独身の学生だったのである。二人が共同生活を営んだ神田の下宿は、さすがに蛆まではわかなかったが、夏には自慢できるほどノミがピョン、ピョン飛んでいた。神田の焼けあとや復興したばかりのバラックがみおろせるこの六畳は、それでも下宿難のあの時代に、敷金不要、権利金いらずで、見つけるに随分、苦心したものだった。

友人、長島繁男は名前だけでは当今の有名な野球選手を連想させるけれども、あのように逞しく、タフで、イカす青年を想像されては困る。彼が裸になると薄い胸に肋骨《あばらぼね》が哀れに浮きだすのは食糧難の学生生活のせいで、長い間雑炊やスケソウダラしか食べさせられなかったためである。それから、ぼくの場合はもっと悪かった。ぼくは子供の時、軽い小児麻痺をわずらったから、痩せている上に、右足が少し不自由だった。

二人とも学校にはあまり顔を出さなかった。戦後の田舎の事情で親の仕送りもほとんど当《あて》にはできず、仕方なくアルバイトに忙しいというのが当時、大半の学生の生活だったが、我々もその例にもれなかった。アルバイトと言っても眼から鼻にぬけるような現在の学生がバンド演奏や学生重役で二万、三万とかせぐのとは違って、やっと出まわりだした電気製品やアルミ鍋を問屋から小売店に配達したり、宝くじやアイス・キャンデーを競輪場や海岸で売ったり、まあ、頭の角帽とはあまり似つかわしくない仕事が、ぼくらのアルバイトだったのである。

(ゼニコがほしい、オナゴがほしい。)

いささか下品な文句で恐縮だが、これがぼくと長島との当時の心情だったと言ってよいだろう。ゼニコ——つまり金はないのは勿論だったが、靴下と共に一番、早く強くなったと言う若い女性《おなご》は、素寒貧のバイト学生など鼻もひっかけてくれなかったのである。

「ゼニコがほしいなあ。オナゴと遊びたいなあ。」

アルバイトのない日は、ぼくも長島も綿のはみ出た万年床でマスクをかけて寝そべり、そんな溜息をもらしていた。マスクをかけているのは別に風邪を引いたわけではなく、一ヵ月も掃除をしたことのない部屋は、一寸でも動くとホコリが布団の間から煙のように巻きあがるのだ。だから物ぐさな我々には、マスクをする必要があったわけである。

あれは、秋晴れの、やけに美しい日差しが、ひびの入った窓からこれだけは豊かに流れこんでくる午後のことだった。どこかの遠い家のラジオで笠置シヅ子の歌うブギウギがはっきりと聞えてくるほど、空気は澄んでいた。万年床の上であぐらをかきながら、二人は電熱器でこしらえたイモ雑炊をすすっていたが、雑炊のあまい匂いが、万年床からただよう臭気とまじると、ふしぎに、母親の匂いをぼくに連想させた。空をくりぬいたような秋晴れの青さとこの匂いとは、人を感傷的にさせるものだ。

「おいおい。……それ、食わんのならこちらに寄こさんかい。」

うどん屋からガメてきたドンブリを口にあてた長島は、物ほしげな眼でぼくの顔をみつめた。

「ばっけヤロ。さっきから二匙も余計についだくせに。」

「うむ。何時までもこんな生活をしていてはいかんなア。身も心も……よごれていくような気がする。」

長島は意外にセンチなところがあって、この時もこんな話を急にしはじめた。

小さい頃、彼は山梨県に住んだそうだが、あの山国では秋になると葡萄つみがはじまる。棚にみのった葡萄の房が陽の光をうけて褐色の宝石のようにキラキラと光り、菅笠をかぶって脚半《きやはん》をはいた娘たちが手籠に葡萄を入れていくのだそうだ。

「娘たちは背をのばして葡萄棚に手をのばしよる。俺あ、そのころ子供だったがね。若い娘たちが背のびするたびに、着物の裾と脚半との間にのぞき見える真白い膝小僧をうつくしいなア、そう感じたもんだ。秋になると……なぜかいつもその時の膝小僧の白さを思いだす。」

箸を動かしながら、長島は、もう一度当時を心に甦《よみがえ》らせているようだったが、ぼくの眼にも、着物と黒い脚半との間に真白な膝をのぞかせながら、秋の陽の下で背をのばし葡萄をつんでいるピチピチした娘たちの姿がみえるようだった。そういう若い娘と一度でも葡萄つみができたら、どんなに幸福であろうか。

「ヤッ。いけねえ。バイトの時間だ。」長島は夢からわびしい現実に戻って、「娘《メッチェン》よりもまず、金《ゲル》という毎日を忘れとったよ。」

あわてて立ちあがると彼は、油でにしめたような丹前をぬぎ捨てて、押入れにしまったただ一つの古行李に手をつっこんだ。

「きたないなあ。」

犬が土をほじくるように次々とうすよごれたシャツやパンツを放りだして、

「あれエ。ましなのは一つもないのかい。お前あ、風呂屋に行っても体を洗わないからいけないな。」

実はぼくも長島も、この古行李のなかによごれものを放りこんでおく。共同生活の最初の頃は流石《さすが》に自分は自分の下着を着用していたのだが、いつの間にかぼくのシャツが彼のシャツとなり、彼のサルマタがぼくのサルマタとなってしまった。その上、物ぐさな我々は、洗濯の手かずを省くため、一ヵ月も洗わぬ下着の山から、まだ、よごれのめだたぬものを次々とりだして着るという悪習慣がついている。(読者よ。顔をしかめないで頂きたい。だから、ぼくはさきほど言ったのである。ぼくたちだけでなく、あなたの御兄弟、恋人も……要するに男なんて一人暮しの時は、ほぼ、これとおなじことをやっておるのだ……)

長島と、薄陽のあたる御茶ノ水駅前の雑踏のなかで別れた。彼はこれからあるお屋敷町の邸宅に、犬の散歩という仕事をやりにいくのである。犬といっても馬鹿にはならない。長島の話によると、その邸で飼っているポインター犬は、バタやミルクの入った豪勢な食事をあてがわれているそうだ。戦後の日本人でも、持っている人はやはり、持っている。

ぼくは駿河台をおりて全国学生援護協会の事務所まで出かけた。事務所といえばきこえはいいが、バラック建ての小さな建物に学生たちがひっきりなしに出たり入ったりする場所である。しかし、この小さな事務所でぼくたちは安直な下宿を世話してもらったり、あたらしいアルバイトを手に入れる。

事務所の前には、秋の弱い日ざしをあびてぼくと同じように頬のこけおちた学生たちが並んでいた。まだ復員服をきて角帽をかむっている男、ボロボロの背広を着た男もみな学生なのだった。

列に入って事務所の壁にはりつけてあるバイトの仕事案内を見あげる。宮城前と芝浦で芝生のゴミ集め。これは賃金はいいがむかし小児麻痺にかかったぼくには、なかなか辛い仕事だった。宝くじ売りは労力のわりに金《ゲル》が入ってこないし、家庭教師の口はほとんど東大や一橋のような優秀大学の奴等に占領されてしまう。

思わず溜息をついた時、案内表の右端にちょっと目だたぬ形ではりつけてある小さな紙が目に入った。学生の申込みがあった紙には、係員が次々と朱筆で斜線を入れるのだが、これにはまだ赤インキはついてはいなかった。

千葉県　桜町にて広告くばり及び軽労働、日当賃金・二百円　交通費別

おそらくこの紙を他の学生も目につけたのだろうが、千葉県まで出かけると言う点で敬遠されたにちがいない。コッペパンやイモ雑炊で凹んだ腹には、千葉県の遠い田舎町までバイトに出かけるのは流石に億劫なのである。

(行くか、行かないか。)

ぼくはポケットに入った小さなサイコロを手の中にころがしてみた。何か決心がつきかねる時、いつもこのサイコロにたよる。戦後の学生としてぼくも自分の運命を自分の意志ではなく、外発的な偶然にまかせるあれた気持と諦めがあった。サイコロの目は偶数と出たので、ぼくは事務の窓に首を入れた。

「ああ、これか。これはと……」

中年の係員は古びたペンを耳にはさんでカードをくった。

「スワン興業社、神田神保町三丁目の……こりゃア、あんまりまじめな会社じゃ、ないかもしれんよ。」

「ははあ……まじめな会社でもふざけた会社でも良いんです。」

中年係員は一寸苦笑して、黙ったまま雇用主にわたす勤務表の書類を渡してくれた。

神保町三丁目は歩いて十五分とかからない。この一画はやや戦災をまぬがれたのか、ふるびた家が一握りほどの場所に残っている。こわれた板塀の間から夕食を支度しているのか、薪をおったり七輪に火をつけている音がきこえ、ぼくの横を紙芝居の親爺がのろのろと自転車をこいで通っていった。

「スワン興業社は何処でしょうか。」

子供をおぶって家の前にたっている中年のおばさんにたずねると、

「ワン興業だって。」

「ワンじゃない。スワンです。英語で白鳥って意味でしょう。」

「そんなの、この近くにあったかねえ。……十七番地なら、たしか、この裏のはずだけど……」

ぼくはまた七輪の煙がながれ、暗くなりだした路を紙芝居の親爺の自転車のあとからついていった。親爺は横町に折れ、一寸みると不動産屋のような一軒のきたない平家の前で自転車を軋《きし》らせながらとまった。

その家がスワン興業社だった。こちらはこちらでスワン（白鳥）という名から白い洋館などを想いうかべていたのだが、白鳥どころか、ゴミ溜から這いでた小烏《こがらす》のようにホコリでうすよごれた家だった。たてつけの悪い硝子戸をあける。土間に電話をおいた机が一つ、その机にオカッパ頭の眼鏡をかけた男が、進駐軍の流れものらしい原色のズボンをはいた足をのせ、こちらを見た。

「金さん、金さん、物品はここにおきますで。」

紙芝居の親爺は自転車から運んできた商売用の絵を土間において、相手を金さんと呼んだ。どうやら、このオカッパ頭は、戦後、東京に進出してきた外国人らしい。

「ヨシ、ヨシ。あした、また来るかね。」

親爺はうなずくと硝子戸をガタビシいわせながら出ていった。オカッパ頭は鼻の穴に指を入れて中をかきまわしながら、

「それで、君は、なにかね。」

「実あ、アルバイトの広告を拝見したものですから。学生です。これが学生証です。」

「よし、わかった。君はガクセイ組合からきたのだろ。」

「学生援護協会です。」

「よし、よし、しごとは、広告くばりだ。やるかね。」

「やります。広告くばりでしょう。」

相手にまきこまれて、こちらの言葉まで変になりそうだった。

「広告はそれだ。」

大きな金色の指輪をはめた指で、金さんがさした方向は土間の片隅においてあるポスターとチラシの束だった。このポスターとチラシの束を、明日、千葉県の桜町やその郊外の村々にはったり配って歩くというのが、ぼくの仕事らしい。一枚をもらって、ぼくは今日と明日との交通費百円をポケットに入れ、スワン興業社を出た。豆腐

屋のラッパがどこかできこえ、みじめでわびしい気持だった。長島が今日雑炊をくいながら、身も心もよごれていくような気がすると言ったが、その言葉が急に心に甦ってきた。路を歩きながらチラシをみると、謄写版のインキでよごれた紙に下手糞な筆跡で、

「浅草の人気者、エノケンが歌う懐しの名曲　東京のエノケン、遂に桜町に出演」

と書いてある。


エノケンといえば、三歳の子供だって知っている。映画や演劇で活躍しているこの喜劇界の第一人者なら当然、六大都市の一流劇場で出演の契約があるにちがいない。いくら何でも千葉県の泥くさい田舎町に旅興行をうつとはまず考えられないことだ。それに……まかり間違って何かの慈善興行で片田舎で出演するとしても、その興行をスワン興業などというあのあやしげな事務所に委せる筈はあるまい。

(こりゃア、インチキにちげえねえぞ。)

ぼくはあの学生援護協会の頭にもう白いものの混《ま》じりだした中年の係員が、

「あんまり真面目な会社ではないかもしれん……」

と呟いたのを思いだした。

しかし真面目な会社だろうが、ふざけた会社だろうが、今のぼくには同じことだった。あのビラを桜町でまく仕事をやれば二百円のほかに交通費をもらえる。こちらにとってはそれで充分なのである。神田の鈴蘭通りで、あのオカッパ頭の外国人からもらった金で久しぶりにおでんと茶飯をくらうと下宿に戻った。長島は何処をほっつき歩いているのか、まだ帰ってこない。体臭のしみこんだ布団にもぐりこんでぼくはねむれぬ儘に、彼が話した葡萄つみの娘たちのことをぼんやり思いうかべる。秋の陽の下で彼女たちの白い膝小僧は若いぼくの心に泉のようにしみるのだ。

翌朝十時ごろ、痩せたロースト・チキンのような恰好で眠っている長島をそのままにして、ぼくは古いレインコートを着ると下宿を出た。

「なんだ。元気ないな。ダイジョウブか。」

オカッパ頭の金さんは、昨日と同じように大きな指輪をはめた指でチラシの束をさすと、

「それ、リュックにかついでな。この紙にかいてあるとこを廻って。」

桜町は市川からバスで一時間ほどのところらしい。その町の周辺の三つか、四つかの村を、チラシをまきながらまわるというのが仕事だった。これは相当な労働だ。二百円の日当ではひきあわぬと気づいたが、もうあとの祭だった。

「そりゃそうと……」ぼくは一寸戸惑ったが、やはり、口に出した。「このチラシに書いてあることは本当なんですか。」

「ははア……ウソと思うか。」

細長い眼でぼくをチラッと見ると、金さんはうすら笑いを骨のとびでた頬にうかべた。それ以上、何もきく必要はあるまい。

「じゃア……」

「チョッと、まて。」

こちらを丸めるつもりか、それとも憐れなバイト学生に仏心を起したのか、金さんは原色のズボンのポケットからラッキー・ストライクをだしてくれた。これもその着ている洋服と同様、どうやら進駐軍からの闇物資にちがいあるまい。

たかがポスターとチラシと思って馬鹿にしたが、貸してもらったリュックは案外と背中に重い。小児麻痺を患った身には、こういう荷を背負うのは苦手である。御茶ノ水から、千葉にむかう国電は流石にこの時刻はすいているが、リュックをもったぼくは芋の買出しにみられたであろう。そう言えば、同じように風呂敷包や古リュックをかついだカツギ屋の連中が前の車に五、六人、乗りこんでいる。

市川の駅からバスに乗ると、長いバス道路がすぐ続いた。バス道路に一本、大きな松がそびえている。天然記念物の市川の松である。その横に映画館の看板がみえ、ペンキで池部良の顔が大きく描いてあった。バスはやがて左に折れ、街を離れるにしたがって、次第にゆれはじめる。欅《けやき》や樫《かし》の林は今、秋の気配をいっぱいに匂わしていた。栗は褐色に枯れて生気がなかったが、大樹の葉々は陽の光にかがやき、その落葉は金貨のように道にも農家の屋根にもふっている。

畠の土の色は黒い。落葉は農家の藁ぶきの屋根にも赤い色彩を与えている。その農家の庭には柿の実が眼にしみるほど美しかった。桜町があと二つという停留所をぼくは口紅をやけに大きくつけた女車掌からきいて、バスを飛びおりた。

ポスターをはったり、チラシをまいた仕事は、昨年、選挙のバイトでやったことがある。ぼくは学生の多くがそうであるように革新派の政見に共鳴していたが、思想とバイトは別である。どこかの土建屋あがりの保守党候補者というのが、ぼくの手伝った相手だが、その時はこの男の写真入りのポスターを渋谷や三軒茶屋の電柱にはってもべつに照れ臭いとは思わなかった。それなのに、今、角帽をかぶってリュックの口をひらき、このノドカな農家の郵便受けや縁側に、あやしげなチラシを投げ入れていると後めたい気がしてきたのである。

家中で畠に出ているのか、どの農家も人影がない。コ、コ、コと鶏が鳴き、ぼくの足音にあわてて、縁側に走りあがる。その庭に表紙のちぎれた古雑誌がおちている。なんということなしにぼくは拾いあげてパラパラと頁をめくってみた。映画の人気スターや流行歌手の写真やゴシップを満載した「明るい星」という雑誌である。こんなに庭で雨ざらしにしているなら、屑屋にでも売るつもりだろう、そう思ったから何気なしにレインコートのポケットに入れた。帰りのバスで退屈しのぎに見るつもりだったのだ。

白い田舎路を学校がえりらしい坊主が二人通っていく。手に虫のついた枝を持っている。

「なんの虫だ。」

とたずねると、

「知らねのけ、シャクトリムシだべ。」

「どうだ。この広告、よめるかね。」

悪戯《ふざけ》半分にチラシを十枚ほどつかんで呉れてやると、子供たちは、

「エ・ノ・ケ・ン……あッ、エノケンだ。」

「そうだ。知っているのか。」

「ずっと前、父ちゃんに映画につれてってもらっただ。したら、面白かったな。ふ

ん、エノケンだった。……でもよ、ありア、なんという題だっけかな。」

「そのエノケンが桜町に来るのさ。」ぼくは笑って、「お前、その青ッぽなをかめよ。そして兄ちゃんの頼みきかないか。」

「なんだね。」と一人がもう一人の顔をみて、「そりゃ話によるよ、なあ。」

「実はね、このポスターを学校や村の役場の壁にはりつけてもらいたいんだがな。」

ぼくの思いつきはうまく運び、こうして三枚のポスターとかなりのチラシを、この村でまくことができた。

次の村でもぼくは同じ方法を使った。子供たちは悦んで協力してくれるし、こちらは労力がはぶける。一番、手数のかかったのは桜町だが、ここに来た時はポスターもチラシも残り少くなっていた。ずっしりと重かったリュックもぼくのお腹と同じように凹んできたのである。


東京に戻るともう真暗だった。スワン興業社にリュックを戻しに寄ると、オカッパ頭の金さんは相変らず、冷えた机に足をなげだして、指で鼻糞をほじくっていた。

「ははア、仕事やってきたか。」

「やってきました。」

金さんと話していると、こちらもどうも舌がまわらない。

「ごくろう……ごくろう。」

御苦労という意味だろう。引出しから大きな皮の財布をだして、一、二、三、四と十円札を二十枚、かぞえると、

「むだづかい、するな。しかし、君、げんき無いな。」

「そうですか。」

「うん、どうも、げんき無い。オンナにふられたか。」

「ふられたんじゃ、ありません。女性にめぐまれないんです。」

どうせ、オカッパ頭のこの人に打明けたところで仕方がないが、ぼくはなぜか金さんに好感を持っていた。もっとも彼と親しくなっておけば今後もバイトにありつけるかもしれないし、今朝のようにラッキー・ストライクや進駐軍の罐詰だって一つ、二つもらえるかもしれないし、そんな下心もあったのである。

しかし金さんは、そんなバイト学生のあさましい心に気がつかず、顴骨《かんこつ》のとび出た頬にうす笑いをうかべながら、

「なんだ。君はバッカだなあ。バッカだよ。若いオンナなんて、すぐ、手に入るものだ。恋愛、したいだろ。君あ。」

「まあ……そんなところです。」

裸電球が暗くともっている下で、滔々《とうとう》と日本人の学生にむかってしゃべる。時々、唾がこちらにかかるのは迷惑だが、傾聴に価するものもないではない。

金さんは乏しい彼の日本語で、女にはまず強い第一印象を与えるのが大切だと言う。気が弱くて、ひっ込み思案だと、兎角若い女に気に入られるために上品ぶったり、気どってみせるものだが、あれでは若い娘の心に印象を残さない。戦後の若い娘は強烈な、個性ある男に心ひかれるのだというのだ。

「イッパツやるか。これだよ。はじめ、イッパツ。これだよ。」

「イッパツ、イッパツと先程から言われますが、どんなことをすればいいんです。」

初対面の女に一発、強烈な印象を与えるべしという説は理解できるが、その方法がこちらにはわからない。

「バッカだなあ。バッカだよ。」

金さんはぼくを馬鹿だ馬鹿だと連呼しながら、

「話をする。オンナが忘れん話をする。クソ話でも、なんでもいい、忘れん話をする。」

「クソ話？」

「クソだよ。」もどかしそうに金さんは指輪をはめた指で原色のズボンをはいた自分の尻を指さした。「ここから、でるだろ。ウンコ。」

「ああ……糞便《うんこ》のことですか。若い女にそんな話を……そりゃア、流石にぼくもできかねるなあ。」

「なんだ。バッカだなあ。バッカだよ。」

初対面から強烈な印象を女性に与えるためには手段をえらばない。照れ臭さも恥しさも物の数とすべきではない。戦後、闇市やマーケットに進出してきた彼の旺盛な生命力とエネルギーを、金さんは恋愛にも適用しろと言うのであろうか。

強烈な印象を与えたら、相手の女性はとも角、こちらのことを憶えている。よかれ悪しかれ橋頭堡《きようとうほ》が出来たのである。それからあとは攻めて攻めぬくことだ。電話をかけ、デイトを申込み、デイトしたらその日にすぐスキという。ふられても肱鉄砲《ひじでつぽう》をくってても構わない。そして次には別の女性と共にいる場面を彼女にみせる。これは絶対に効果がある。

「どんなオンナでも、ヤキモチだけは、持たないのはおらんよ。ヤキモチやけば、それだけ、女のマケだ。」

だが話をきいている内に、ぼくは段々、憂鬱になってきた。金さんの故国では食物だって強烈だ。肉にヒリヒリする唐辛子をかけてたべる。漬物だって唐辛子をふんだんにかける。日本人のように薄味を好む国民には、このやりかたは適しない。

「また、その話は聞きに来ますよ。ぼくは疲れてるんです。」

「よし、よし、仕事がないとき、いつでも来いヨ。」

事務所の外はすっかり夜になっている。たてつけの悪い硝子戸をあけようとした時、もう一度、気になった質問を繰りかえした。

「金さん。本当にエノケンはあの桜町の舞台に出るのですか。」

金さんは飛び出た頬にうす笑いを浮べたが、今度ははじめて本当のことを教えてくれた。

「眼、フシアナか。どこに、エノケンと書いてある。エノケソと書いてないか。エノケソと……」

そう言われて、あの謄写版の紙を薄暗い電燈でみると、なるほどエノケンのンは少しゆがんでソとなっていた。

「なるほど。エノケソか。金さん。しかしひっぱられませんか。こんなインチキをすると」

金さんは太い眼鏡の奥で笑いながら首をふった。地元の人だってエノケンが大都市以外で見られるとは一向に思っていない。今まで笠置シズエだの、柳家銀吾楼などが出演?したが、一度もいざこざはなかったと言う。

どうもいうこと、為すことすべてが、とても、ぼくらには及ばない。

そして……翌日は雨だった。雨は小やみなく下宿のトタン屋根をぬらしている。雨だれはジグザグに割目の入った窓硝子を伝わる。午後の街でだれかが、古いラッパを吹いている。息がつづかないのか、そのラッパの音はすぐ切れてしまう。そうしてまた、辛抱づよくくりかえしている。

長島は今日もバイトだ。ぼくは二百円のチラシ配りのおかげで、一日、寝床にねそべっていた。こんな暇な日には、少しは学校に行くぐらいすればよいのだが、疲れが体の芯に重く溜っているのか、雨に濡れてまで外出する気もしない。

天井のしみ跡をみつめている。ぼくはそれを見るのが好きだ。子供の頃、腹痛を起して学校をやすんだ日は、いつもとちがった静かな家のなかで天井のしみ跡をじっと眺めて一日を過したものだ。しみ跡は子供の眼には雲の形となり、動物となり、夢の城となった。

あの頃のことがせつないほど心に甦ってくる。ぼくはしばらく眠りに落ち、眠っては眼をあけ、また眠った。ラッパの哀しい音は雨だれの音にまじってまだ続いている。

壁にぶらさげたレインコートのポケットがふくらんでいる。そうだ。昨日、誰もいない農家の庭に落ちていた古雑誌だった。散髪屋の待合室などで、頁が切れたまま積み重ねてある映画と流行歌との雑誌だった。

どの頁にも俳優や歌手がつくった表情と白い歯とえくぼとをうかべて、こちらを向いている。この人たちの本当の生活はどうなのだろう。人間なんて、そう変りはないのだ。ぼくがビラをまいて二百円をかせぐように、彼等は白い歯とえくぼで作った表情で、自分の人生の寂しさをつみたてていく。寂しい人間には偶像が必要なのだ。

「どこへ行っても、仲良しで、気のあった池部良さんと山口淑子さんのコンビです。」

そんな活字が眼にとびこんでくる。その下で神経質そうな青年と、眼の大きな女優とが肩をくんで笑っている。終りの黄色い頁は読者の交歓室である。佐賀県や、長野県から、人気スターに夢中な連中がグループをこしらえ合おうとする。友情は雨の日の水泡のようにたやすく生れ、たやすく消える。愛だって同じことなのかも知れないな。

退屈しのぎにその一つ一つを、あくびを噛みころしながら読んでみた。

「津島恵子ちゃんの大ファンです。バレーをおどっている恵子ちゃんのブロマイドを毎日ながめています。恵子ちゃんのような姉さんがあったら、どんなに幸福だろう。兵庫県　武庫郡良元村字鹿塩　小林章太郎」

「映画の大好きな十九歳の平凡な娘。若山セツ子さんのファンならお便りお待ちしていますわ。東京都　世田谷区経堂町八〇八　進藤様方　森田ミツ」

頭の下に両手をくんで、ぼくは今一度、天井のしみをぼんやり見つめた。そうだ。女の子が欲しいなら、どんな女の子でもいいじゃないかと心のなかで促すものがあった。たとえばこの古雑誌の黄色い頁に葉書を送る馬鹿な娘たちでもいい。便りを待っていると書いたその女の子でも良い。

ぼくはアルバイトの出先きで一時の空腹をごまかすために煙草の先きを嚙みしめるように、机の上に大学ノートからちぎった紙をおいた。森田ミツという娘がどんな女なのかは知らないが、彼女はこの手紙を明後日に受けとるだろう。うまく行けば彼女をぼくは、ものにするかもしれない。

これが、ぼくがあの女を知った切掛《きっかけ》だ。やがて、ぼくが犬ころのように棄ててしまったあの女との最初の切掛だ。偶然の切掛と考えるならば偶然かもしれぬ。しかしこの人生で我々人間に偶然でないどんな結びつきがあるのだろう。人生はもっと偶然というやつが働いている。長い一生を共にこれから送る夫婦だって、始めはデパートの食堂でお好みランチを偶然、隣りあわせにたべるという、詰らぬ出来ごとから知りあったかもしれないのだ。だがそれが詰らぬことではなく、人生の意味の手がかりだと知るためには、ぼくは今日まで長い時間をかけたのである。ぼくはあの時、神さまなぞは信じていなかったが、もし、神というものがあるならば、その神はこうしたつまらぬ、ありきたりの日常の偶然によって彼が存在することを、人間にみせたのかもしれない。理想の女というものが現代にあるとは誰も信じないが、ぼくは今あの女を聖女だと思っている……。

ぼくの手記　（二）

あの日、ぼくたちが始めて会った時、あの女がどんな姿をしていたか、もう長い歳月のたった今日、記憶の閾《しきみ》から思いうかべることはむつかしい。本当の恋人たちならば最初のデイトの日、指をふれ合ったこと、女の倖せそうな笑顔まで生涯ありありと心に刻みつけているだろうが、あの女の子はぼくにとって出来心の相手にすぎなかったのだ。やくざな言葉で言えば、「ひっかけ」「ものにして」……そう、あとは終電車が通過した夜のホームに冷たい風が吹きころがす煙草の空箱のように棄ててしまう一人の娘だった。

しかしそんな曖昧《あいまい》な記憶のなかで、印象にのこっているものがないでもない。この女が指定してきたデイトの場所は、彼女の下宿にちかい下北沢という駅前だったが、(ミツは新宿や渋谷のようななれない盛り場だと路に迷ってしまうからと書いてきたのだ。)そこはきたない駅便所がすぐ横で鼻をさすようなアンモニヤの匂いがこもり、頭上の高架線をきしませながら電車が通過するたびに、黒い水滴がぼくのボロ靴の前に落ちてきたことをまだ憶えている。それらはまだ戦災の傷からたちなおっていない東京の場末で、いつも見られる風景だったが、心のあれたぼくの逢引きにふさわしい場所だったかもしれぬ。

よごれたレインコートのポケットをさぐって、ぼくは持っている金をたしかめ、喫茶店で待ち合わせるのを避けたのは賢明だったなと思った。あんなところで三十円もする出がらしの珈琲《コーヒー》を二つ注文して無駄な金を使う必要はない。もっと行って得になる場所をぼくたち学生は知っているからだった。その時、切符売場の時計がもう約束の五時半になっていたのを今でも忘れてはいない。

ミツの手紙には経堂の工場で事務員として働いているが、その仕事が終らないと外出できぬと書いてあった。十枚、五円の安っぽい茶封筒にこれも安便箋を使って、小学二年生のような下手糞な字が並んでいた。

「大学校にも若山セツ子さんのファンはいますか。わたしは体日に若山セツ子さんの青い山みゃくを見ました。そして感げきしましたの。あの歌をおぼえて仕事の時うたっています。セツ子さんのほかに新人ではずる田こうじさんなんかが好きですの。」

大学のことを大学校と書き、休日の休を体とまちがえ、そして特に長島とぼくとを失笑させたのは鶴田浩二をずる田こうじと発音している箇所だった。

「よりもよってよオ……こんなミーハアと」流石の長島もぼくを嘲るように言った。

「お前、カメするのか。」

カメするというのは当時の学生の隠語で兎を女にたとえ、それを亀が追いかけるという意味だった。

「なら、お前アなんでえ。」ぼくは言いかえした。「ミーハアさえつかまえない野郎じゃないか。」

しかし駅の便所から漂う鼻をさすような匂いのなかで彼女を待っている間、長島のこの言葉が思いだされ、こうまでして女の子と交際しようとする自分が急にイヤになってきた。

五時はとっくに過ぎている。駅の改札口から吐きだされる人々は肩をすぼめて右、左にちらばっていったが、その中には森田ミツらしい女の子のすがたはみえなかった。ふみ切りの向うに宣伝カーがとまり、一人の男がラッパをこちらにむけてすりきれた流行歌のレコードをならしだす。もうあと一台、電車を待ってそれにミツらしい女の子がいなかったら、ぼくは帰る気にだんだんなってくる。

(鼻の下をながくしてよ。)ぼくは自分を嘲った。(罰さ。学生のくせにさあ……)

その時、二人の女の子が遮断機をわたって周りをキョロキョロみながら、宣伝カーの男になにかをたずねているのが眼についた。男がこちらを指さした時、すぐ、ああ、こいつが森田ミツだなと思ったのだ。彼女たちのどちらが森田ミツかはわからないが、一人の娘がもう一人の娘のかげにかくれるようにして歩き、二人はぼくの近くまできた時、困ったような顔をしてたがいに手を引張りあった。

「あんた、聞きなよ。」

髪を三つあみにして肩にたらした背のひくい小ぶとりの女の子がもう一人に、小声で言っている。

「イヤだよ……あんた、聞きなよ。」

その間、ぼくは二人の服装や靴を点検していた。二人とも、場末の駅前マーケットで売っている柿色のスエータに黒いスカートをはいている。そのスカートの下でだらしない横じわが靴下によっているのは、きっと膝の上でゴムバンドを使ってとめているからにちがいなかった。彼女たちは東京の場末のどこにでも見かけられる顔の女の子だった。玉つき屋やパチンコ屋でよく店番をしている女の子、日曜日になると割引の映画を見にいき、インキくさいプログラムを大事そうに持ってかえる女の子。(俺もおちたもんだな。)とぼくは心のなかで呟いた。(おちたもんだよ。)

こうなれば今日、これ以上、損をしてはたまらないとぼくは思った。どちらか、顔だちのましなほうを選んでやれ。

「あんたかい。森田ミツさん。」

娘たちは怯《おび》えたような顔つきをしてうなずいた。三つあみに髪をあんだ女の子より、もう一人の娘のほうが、眼鼻だちが幾分ふめた。

「森田さんはどっちだい。君か。」

さいの目は悪かった。田舎娘か、小学生のように三つあみにしたほうがミツだったのだ。

「どうしてよオ……二人で来たんだい。」

「この人が一緒に来て、と言うんだもの。だから言ったじゃないか。」ミツでないほうの娘が、小声で、怒ったように、「あたし来るのイヤだってさ。」

御立派な令嬢と会うのではなく、どうせ長島が嘲笑したように、ミーハアの一人と逢引きするのだとは、始めから覚悟はしていたが、いざ森田ミツと二人きりになると、ぼくは急に情けない気分におそわれた。それはどうせ合格しないと思いながら当落発表の紙に自分の名が見つけられない時の、幻滅と味気なさとが入りまじった気持に似ていた。

「ミッちゃん、あたし、もう帰っていいんだろ。」

もう一人の娘はぼくを少し敬意のこもった眼でみて、森田ミツに別れを告げた。

「そんな……困るよヨッちゃん。」

ミツは本当に困惑したような表情で友人の胸をつかまえたが、相手はその手をはずして駅の階段を駆けのぼっていった。それから頭上の高架線をきしませながら電車が通りすぎ、その電車がふきとばした紙屑がミツのスカートからでたみじかい足にまつわりついた。ぼくは横皺のできた彼女の柿色の靴下をみて、味気ない気分におそわれた。

「困るわ。ヨッちゃん、帰ったんだから。」

彼女は靴さきで地面を蹴りながらまだ呟いていた。

「なにが困るんだい。男と逢引きしたことはないのか。」

「そんなの……それに……あたしなんか。」

「休日なんか君、映画に一人で行くのかい。」

「いいえ、ヨッちゃんと。」とミツははじめて笑ったが、その笑顔には愚鈍さと人の良さとが、ちょうどよい具合に入りまじっていた。「休日はヨッちゃんと一緒なんです。」

何時までも便所の臭いのするここにはいられないので、ぼくは歩きだした。ミツはおとなしい仔犬のようにあとからついてきて、

「何処へ行くんですの。」

「イッパツ、君がおどろくとこだ。」

こんな言いかたをしたのは、突然金さんがあの夜しゃべった言葉を心に思いうかべたからだ。バッカだなあ。バッカだよ。クソ話でも、なんでもしろよ、か。ぼくは急にこの愚鈍な表情をした娘を一生懸命待っていた自分があわれになってきた。しかしふり捨てるわけにもいかなかった。

二人が渋谷駅におりた時は、もう夜だった。一日の勤めを終えて帰宅を急ぐ人々が、不機嫌な表情で肩や体をぶつけあい、プラットホームから階段をながれていく。その雑踏のなかで森田ミツは、ぼくにはぐれまいと懸命に追いかけてくるのだった。背がひくく小ぶとりの彼女は大股に歩くぼくに歩調をあわせるため、いきおいチョコ

チョコとせわしく足を動かすのである。

「鼻の頭に……汗かいているぜ。」

晩秋の夜でいい加減ハチ公広場の前はひえているのに、ミツの団子鼻に汗がういていた。そのハチ公広場には男や女たちが足ぶみをしながらむらがっている。

「こんな沢山の人ごみに余り来たことないんだもの。あんたは。」

「ふん。来たさ。ここで宝くじ売りをやったしな。こちらはアルバイトをやらなくちゃ学校にいけねえんだ。」

こちらの言葉がぞんざいになったのは令嬢じゃあるまいし、こんな小娘の機嫌をとる必要は毛頭なかったからだ。

「じゃ、あんた。」急に狎《な》れ狎れしい声でミツは、「働いてるの。」

「そうさ。これでも大変だぜ。生活費も学資もかせぐのは。」

今でも憶えているが、ミツは急に立ちどまって哀しそうな眼でぼくをじっと見つめた。それからためらうように小さい手を安っぽいスエータのポケットに入れた。

「どうしたんだい。」

「あんた、さっき、あたしの電車賃、払ったでしょ。わたしのぶん、出すわよ。」

「馬鹿言うな。」

「だって無駄使いしちゃあ……明日、あんた、困るんじゃない？」

道玄坂の横断歩道の灯が赤から青に変り、人々はぼくたちを押しながら映画館のならぶ通りに流れていった。二人はそれらの人々に押され、少し離れ、また肩を並べた。彼女は人々におかまいなく大声で叫んだ。

「無駄使いしちゃ駄目よ。あたしのぶん、あたしが出すから。ヨッちゃんと一緒の時もいつも、そうしたんだもん。」

「今、いくらあるんだ。」

「四百円。」

四百円か。俺の二倍も持ってやがる。ぼくはレインコートのポケットにひえた手を入れ、あさましい気持で皺くちゃになった十円札を指でいじった。それは長島から百円かり、そして自分の百円をたした大事な金だった。この金を今日、使い果すのはたしかに痛かった。

「へえ……女の子のくせに案外、持ってるんだなあ。」ぼくは急にこびるように言った。「君は毎月いくら月給もらうんだい。」

ミツはぼくにむかって自慢しはじめた。経堂の薬工場で事務をとって三千円の給料だが、町工場だから人手の足りぬとき包装なんか手伝えば別に手当をもらえること、今、ヨッちゃんと住んでいるのは下宿であることを、ぼくはその時、知った。

「故郷《くに》はどこなんだ。」

「川越。知ってる？」

「知らないな。時々、帰るのか。」

ミツは顔をしかめて首をふった。なにか複雑な家庭の事情があるらしかった。

今はもうさびれかけてきたが、その頃、ぼくら学生のよく行く歌ごえ酒場というやつがあった。ひる間みれば納屋のようにみすぼらしい家なのに、日がくれると山小屋そっくりの感じになる。むきだしの材木に偽の蔦《つた》などをまつわらせ、裸天井からランプをぶらさげ、蠟燭の火が集った若い男女の影を壁につくる。あやしげなルパシカをきた男が酒やコップを運ぶひまに膝に手風琴をのせてロシヤ民謡をかなでる。新宿では「どん底」という店、渋谷では「地下生活者」という店がみんなの溜り場所だった。

ミツはこんな場所さえ始めてらしく、宮殿にはじめて来た灰かつぎのようにうしろで尻ごみして、ぼくのレインコートを引張った。

「たかいんじゃない。こんなとこ来てさ。」

「たかいぜ。」ぼくはからかった。「だが四百円もってるんだろ、君。」

「それでたりる？　でも帰りの電車賃残してね。」

足りるどころか百円でおつりがたっぷり出ることを、ぼくは黙っている。

「みんな大学校の学生さん。この人たち。」

彼女は店のなかを右往左往する黒いスエータを着た青年やベレー帽をかぶって煙草をくわえている娘たちを臆病そうにみつめた。こいつらはぼくの大嫌いな文学青年や演劇少女たちだ。口では実存主義だの虚無だの高尚なことを言っているが、よごれた下着とくさい臭いのする靴下をはいている連中だ。

「あんたと同んなじように大学生さんでしょ、この人たち。」

「バカだよ。」

一階から二階にのぼる木の階段に腰かけて、どこかの気障《きざ》な野郎が手風琴をちぢめたり拡げたりしはじめる。紫煙のたちこめた、あちこちの席から、青年や少女たちはそれにあわせて歌いはじめる。連中の顔はまるで合唱することが青春の特権であり、高尚な生活であるように思いこんでいる顔だった。そのうつろな顔のどこかに寒い風が吹きぬけるような感じがするのだ。

「君、知らないのか。この歌……トロイカってやつだ。」

「あたし知らんわ。」ミツは悲しそうに首をふって、「だって、あたし、中学しか出てないもん。」

「じゃ、あの手風琴ならしている奴に、君の好きな……青い山脈をたのめよ。」

意地悪なぼくの言葉にミツは下をうつむいた。それから困ったように腰をうごかしはじめた。

「どうしたんだ。」

「お便所、どこ?」

「便所? W・Cか。」

「うん。」

ふかい溜息をついて、ミツはもうスエータのポケットからチリ紙の束をとり出していた。待ち合せの場所も便所くさかったが、今度は席につくなりもう手洗いに行きたいと言うのである。

(よくよく臭い仲だな、おれたちは……)

ミツがたちあがって便所に行ったあとぼくは煙草をふかしていたが、誰かに肩をたたかれてふりかえった。ワセリンとポマードでわざわざ学生帽を光らせた男がたっていた。

それは糸川というぼくと同じ大学の学生だった。色がしろく縁なしの眼鏡をかけて、絶えず指をポキポキならして道を歩くようなタイプの男なのだ。

「お似合いだぜ。」

「なにが。」

糸川は小指を真直たてて、

「レコか。」

「冗談じゃねえ。ふん、だれがあんな小娘と。」とぼくは肩をそびやかせた。

「まあ、いいや。どうせやっちゃうんだろ。」糸川は鼻をならし、「なら、ここのカクテルを飲ませろよ。手っとり早くやるにはあれが一番だからな。」

この店ではサイダーの小瓶にカクテルと称するものをつめて八十円で売っていた。カクテルと言えば聞えはよいが、焼酎にサイダーをまぜたものだった。口あたりが意外によいので、なにも知らぬ娘も一息に飲んでしまう。焼酎の酔いがやがて彼女の体をしびらせ抑制力を失わせるのを、男たちはじっと待ってるのだ。

「俺がたのんでやらあ。」

糸川は片眼をつぶってボーイに指をならした。

ミツが便所から戻った時、ボーイは透明な液体を二つの安もののグラスに注いで運んできた。今、考えるとぼくは彼女に飲むな、と一言言えばよかったのだ。だが、向うの隅からこちらを見ている糸川の視線をぼくは痛いほど意識していた。なにもしなければ糸川はぼくをミーハアさえものにできぬ男と仲間たちに吹聴するだろう、そしてまたぼく自身の心のどこかでも一つの声が囁いていたのである。

(どうせ……恋愛する相手じゃねえからな。やっちゃえよ、やっちゃえよ。)

「これなあに?」

人の良さそうな笑いをミツが団子鼻のまわりにうかべ、お茶でも飲むようにその液体を飲みほすのを、ぼくは黙って見ていた。

「こんな外国のお酒なんかのんだことないのよ。たかいの。」

「ああ。」ぼくは疲れたように答えた。「ああ、たかいよ。たかいよ。だが……心配するない。」

やがて彼女の顔がみにくく赤くそまり、あつい唇がだらしなく開いた。

「たのしいなあ。ヨッちゃんも連れてくればよかったなあ。ヨッちゃん、きっと驚いたわねえ。」

ミツの言葉は少しずつ狎れ狎れしくなっていった。隅の席から糸川がぼくに片目で合図をする。例の気障な男が手風琴をまた鳴らしはじめる。ベレー帽をかぶりチョボ髭をはやした年寄りが、背をまげてあちらのテーブルからこちらのテーブルをうろつきまわっていた。

「本当にあの人、青い山脈の歌、ひいてくれないかなあ。」

「よせよ。」

老人はぼくたちの卓子にちかづきミツの耳もとで何か囁いた。

「よせよ。」とぼくは怒鳴った。「手相なんか見てもらうなよ。」

「いいわよねえ。お爺さんみてよ。お金、あたしが払うもん。」

渋谷の飲屋や、うた声酒場を歩きまわるこの手相見の老人が、あの夜、ミツの運勢を占って言った言葉はどうせ口から出まかせのものにちがいなかったろうが、そのなかで偶然一つだけあたったことがある。一つはミツが人に情けをかけすぎて身をほろぼすと言う言葉だった。「この娘さんはお人好しだねえ。注意せにゃ、いかんよ。で、ないと男に利用されるばかりだよ。」なにを言っているんだいとぼくは嘲笑し、ミツはミツで声をたてて笑った。それからもう一つ、あの老人はこうも言った。「あんた、何年か後に考えもせんようなことにぶつかるよ。」老人はその考えもできぬ事が、一体なにであるかを言わずに、ミツの赤いガマ口から二十円をずるそうに笑いながらひったくり去っていった。

椅子からたちあがる時、酔ったミツの脚はだらしなくよろめいた。口をポカンとあけ、ぼくの腕につかまって一歩一歩、ゆっくりと階段をおりた。その階段でぼくは糸川とすれちがった。

「グッド・ラック。」

「ふざけるない。」

しかしぼくは、今からミツをどこへ連れていくか決めていた。道玄坂を左におれ、地下鉄の車庫にそって暗い坂をのぼったところに、お二人様、百円で御休憩とかいた旅館のあるのをアルバイトの時、ぼくは憶えていたのである。


そろそろ道玄坂の商店が店をしめる時間だった。ポマードをたっぷり頭につけた店員が、ジュラルミン製の雨戸を両手でかかえながら歩道で口笛をふいていた。その歩道のほの暗いすみでエプロンをかけた中年の女が販売店からながれたゾッキ本や雑誌を新聞紙のうえにならべて売っていた。腕をまげ頭に手をやった若い女の裸体が表紙になっている雑誌である。三、四人の男が眼をひからせてその雑誌の頁をめくっている。アベック喫茶の広告をもったサンドイッチマンがぼくとミツをみてうす笑いをうかべながら、なにか嘲るような言葉をつぶやいた。それからやきいも屋の屋台車がきしんだ音をたてながら、ぼくたちのまがる道から道玄坂におれていった。

(エノケソか……)

なぜか知らないがぼくは急に金さんのアルバイトで自分がくばって歩いたチラシ紙のことをさびしく思いだした。エノケンをたくみにエノケソと書きかえたあのインキでよごれたチラシだ。あのチラシのことをぼくは笑ったが、考えてみるとそれを秋の日の農村にまきちらしていったのは、このぼく自身だったのだ。本物のエノケンと偽物のエノケソとすりちがえて見せたように、ぼくは今からいかにも恋人のような言葉でこの女の子をだますだろう。しかしあの時、地下鉄の車庫と引込み線にそった大和田町の一角にのぼる坂路からは、渋谷のわびしい灯がみえたが、その頃は人々は本物も偽物も区別する必要なく生きた毎日があったのである。

「君のこと、スキになったよ。」

ぼくは坂道の上の暗い一つの灯を注目しながら、方程式でも暗誦するような口調で言った。安っぽい竹垣でかこわれ、小さな窓がいくつもついた旅館はもうすぐだった。

「ここ、何処? こっちが駅の方?」

ミツはぼくの言葉が耳にはいらなかったらしく、心配そうに暗い坂道の中途でたちどまって白い息を吐いた。

「こっちが渋谷の駅?」

「ちがう。あと一つ寄っていくよ。」

「もう戻らないと、おばさんに叱られるもん。」

「大丈夫さ。まだ早い。」

「あのね、さっきの場所であんた払ったでしょ。半分、わたしだすわ。だって……」

「だって何だい。」

「あんた沢山お金使うと、明日困るんでしょ。」

例のスエータのポケットに手を入れて、暗闇のなかで財布をとりだしているらしかった。それから彼女は一枚のよごれた百円札をだまってぼくのほうにさしだした。

「よせよ。」

「いいよ。まだ持ってるもん。また夜勤すればいいんだもん。薬の包装を五日間手つだえば五百円ぐらいもらえるんだからね、ね。」

なぜか彼女の声の調子は、ぼくに母親を思いおこさせる。そうだ。これは母親のものの言いかただ。中学校の時、戦争中で食糧事情は悪かったが、母親は子供たちの弁当に自分のたべるおかずをつけ加えてくれた。それをぼくが断わるたびに、こちらの機嫌をとるように、今の森田ミツのようなものの言いかたをしたものだ。母はそのためにかえってぼくら子供からイヤがられるのを何時までも気がつかなかったのだ。

そのくせ森田ミツの皺くちゃな百円札を、ぼくはだまってレインコートのポケットに入れた。

(これで)自分の心の痛みを消すためにぼくは呟いた。(損も得もなしと……)

引込み線で青いランプをもった駅員が、線路をよこぎり闇のなかに消えていった。坂の下の飲屋で酔っぱらいが怒鳴っている声が風にながれてくる。

「明日のことなんか、考えて、生きてられますかい。」

大和田町の旅館街はひっそりと静まりかえっている。ここは道玄坂で酔客が女をつかまえ、しけこむための場所だったが、まだ時刻が幾分早いせいか人影は全くない。ぼくはミツから受けとったばかりの百円札を掌のなかに丸め、百円で二時間、部屋をかす旅館代をこれで浮かせようと思った。

「入ろうぜ。」

小さな門と玄関の間には形ばかりの竹ざさが植えられ、形ばかりの石がならべられていた。硝子戸が少しあいて、なかに男の靴とハイヒールとが、それぞれ一組ずつころがっていた。

「え？」

ミツはびっくりしたようにぼくを見上げ一、二歩あとにさがった。「好きなんだよ。君が。」

「いいじゃないか。」そのミツの腕をとって、ぼくは自分のほうに引張った。

「イヤ。こわい。こわいよ。」

「好きさ。好きだよ。好きだから君とさっきの酒場にも行ったんじゃないか。好きになったから一緒に歩いているんじゃないか。」

「イヤ、こわい。」

ぼくはミツの小さな体をだきしめようとした。意外につよい力で、そのぼくをミツは押しかえした。彼女の髪の毛がこちらの顔をこすり、ゴムまりのような体がぼくの腕のなかではねまわった。

口からは出まかせの言葉が次から次へと出てきた。あれはぼく自身の言葉というよりは、すべての男が自分のメタンガスのように黒く泡だつ情欲でつくる言葉だった。いいじゃないか。好きになった者どうしが一緒に泊ったってどこがわるい。好きだから君の体がほしいんだ。コワくないさ。コワいことなんかなに一つしない。ぼくを信じないのか。それじゃあ、なんのために今日、来たんだ。君はぼくがそんなにきらいなのか。ぼくにだかれるのがそんなにイヤなのか。要するにこれは、すべての男が愛してもいない女の肉体をとろうとする時、つかう言葉だった。

「え、どうだい、スキじゃないのか。」

「スキよ。うちもあんたがスキよ。」

「それみろ。じゃ好きな証拠をみせな。口だけで好きだと言ったって大学生のぼくらには通用しやしない。すべてを与えざる愛はエゴイズムであると、マルクスも言っておる。」

もちろん、それは出鱈目だった。マルクスが聞いたら泣いただろう。

「第一、処女にこだわるっていうのは反動的な古い考えだぜ。大学の女子学生なんか進んで処女をすてるからな。そんな詰らん習慣にこだわるからいつまでも日本の女性は進歩しないんだ。君は中学校でこのことを習わなかったか。」

「うち、習わん。そんなムツかしいこと。」

「そうだろ。そうだろ。中学ではこんな高尚なことは教えんからなあ。しかし大学ではよオ……男女が同権であるためには愛情さえあれば古くさい純潔カンなど捨てれ、捨てれって教えてるんだぜえ。わかるかい……」

ミツはポカンとした表情で首をふった。結局、この女はぼくの演説の一語さえ理解できぬらしかった。

「つまり……こんなところでよ、君みたいに騒ぐなっていうことさ。一緒に、よろこんで、この家に入ろうということだよ。そりゃ一寸、はじめはこわいだろうな。しかしよオ……新しい進歩にはこわさありとヘーゲルも言うとるよ。」

マルクスさまもヘーゲルさまも糞くらえ。しかしぼくらが寿司づめの教場であまり熱意のない教授から教えられる学問?だって、これくらいは役にたてねば、アルバイトして払う高い授業料が損になるではないか。

要するにぼくはこんなふざけた、出鱈目の説得でも大丈夫だ、マルクスやヘーゲルのこけおどかしで町工場に働く小娘は圧倒されたにちがいないと思ったのだ。

「さあ、行こう。」

ぼくはミツの手をとった。しかしミツはその手を子供のように逆に引張りながら、

「帰ろうよ。ね、帰ろうよ。」

「帰る?」

さすがにぼくもこの女に憤りを感じた。なんだ。いい加減、つき合わさしゃがって、これだけ、言いきかせてもロバのように愚鈍で強情な女なのだ。

「よし、わかった。俺ア、一人で帰る。」

ぼくは暗い坂道を大股に歩きだした。損をしたという感情と、こんな小娘一人ものの

にできなかったという情けなさとが入りまじって本気で森田ミツのことを怒っていた。ミツだけではなく自分のことも、役にたたぬマルクスやヘーゲルのことも怒っていた。

その時、右の肩から背中にかけて錐《きり》でさされたような痛みが走った。小児麻痺をわずらったぼくはかるい肋間神経痛を起していたらしい。今日のように疲れた時、なにか腕に力をいれたようなあとは時々この痛みを肩から背中にかけて感ずるのだ。

うっとぼくは呻《うめ》き、痛みをこらえて、また坂道を歩きだした。うしろからミツがぼくを追いかけてくるのを背中で感じながら、ふりむきもせず足を動かした。

彼女は息をはアはアさせながら、ぼくと肩をならべ鵞鳥《がちょう》のようにパタパタと靴音をたてながら、

「怒ったん？　あんた。」

「あたり前さ。」

「もう、つき合うてくれんの。」ミツは悲しそうに言った。「もう……」

「仕方ねえだろ。君がよ。俺のことを好きでないことは、今さっき立証されたからな。」

「リッショー？」

「立証だよ。そんな言葉も知らんのか。君がこちとらを嫌いな以上、今後交際する必要は毛頭ないさ。」

「あんたのことスキだよ。スキだけど、あんなとこ行くのイヤだ。」

「ふん、それならばグッド・バイ。」

坂路はつき、そこから道玄坂と駅とに出る飲屋の一画の灯がみえた。中華そばの屋台のなかで酒で顔を赤くした二人の男がどんぶりをかかえしきりに箸を動かしていた。

「もう、会ってくれんの。」

「会わないよ。」

しかし、こう言った時、さっきの鋭い痛みがふたたび背中と肩とに走った。今度は前のよりももっと烈しい痛みである。ぼくは思わず声をあげて左手を右の肩にあてた。

「どうしたの。あんた。」

驚いたようにミツはこちらの顔をながめた。

「痛えんだよ。昔、小児麻痺をやったからそのせいだ。俺の右肩はゆがんでるし、足も少しわるいんだ。だから女の子にも相手にされない。今まで一度だって女の子に好かれたことはないさ。……ふん。君にもふられたしな。」

「本当？　あんた。」

屋台のランプの光がその時ミツの顔を闇のなかで浮きあがらせたが、ミツは悲しい眼でぼくをみつめた。彼女はぼくの誇張した言葉を本気で信じたのである。

「ああ、そうさ。足がわるいんだよ。女にもてねえんだよ。」

「可哀そう……」突然、彼女は姉のようにぼくの掌を自分の二つの掌のなかにはさんだ。

「可哀そうだねえ。」

「結構だ。同情してもらわなくても。」

「あんた。あんなとこ、何度も行ったの。」

「行く筈がないじゃないか。……だから今日、君が俺を好いてくれたと思ったから……始めて、……ああ、そうかと……思ったんだ……」

安っぽい映画に安っぽいやくざが使うようなセリフをぼくは平気でしゃべっていた。別になにも考えず、ただ偽悪的な気持で口にだしたにすぎなかった。しかしこのウソの言葉がはじめてミツの心を捉えたのである。

「そうだったん……そんなら……そんなら連れてって……さっきのとこに。」

ぼくの手記 (三)

「そうだったん。そんなら……連れてって。」

遠く、坂の上で地下鉄が引込み線に入っていくにぶい軋《きし》んだ音がきこえた。道ばたの屋台で中華そばのどんぶりをかかえた男たちが怪訝《けげん》そうにこちらをふりかえった。

ぼくはその時のミツの表情を思いだすことができる。喘ぎながら一つ一つ、言葉を切り、こちらの顔を悲しそうにじっと見つめ……注射をうたれる前の子供の怯えた表情……そうだそれがあの時のあの娘の顔だった。

ふしぎに、もう、ぼくには欲望はなくなっていた。その代りにこの娘の切ない懸命さがなぜか、ぼくらしくもない憐憫《れんびん》と悔いとに似た感情をこみあげさせたのだ。俺は最低の人間だな。もし、今、この女の好意を自分の欲望のために利用すれば、俺は最低な人間になるな。

「ヘエ、今頃そんなことを言ったってよ。」しかし、ぼくはまだ虚勢だけは張りつづけて、「今更、行けるかよ。」

「まだ怒ってんの。ごめんね。」

「怒ってないさ。うるさいなあ。もう行きたかないんだよ。」

渋谷駅にむかう飲屋と飲屋とのかたまった狭い露地をぼくは大股で歩きだした。犬ころのように従《つ》いてくるミツの体に酔客がぶつかって、馬鹿野郎、気をつけろいと怒鳴っていた。

「ああ、くるし。」

「どうしたんだ。」

「だって、あんた。兵隊さんみたいにドタバタ歩くんだもん。」

駅前の大通りに出た時には、荒れていたこちらの気持も次第に鎮まってきた。ふりかえるとミツは団子鼻に汗をかき、息をきらして、青い顔をしているのだ。

「心臓が悪いんじゃないのか。」

「あたし、汗かきよ。心配しないで。」

「ふん。」

「ごめんね。あんた慰められなくて……ほんとにごめんね。」

夜の黒い風が道玄坂のもう戸を閉じた商店と商店とのあいだを吹きぬけていく。その坂の上から一組、二組、夜の飲屋で働いている女たちが着物の裾を押えながら足早やに駅の方向に駆けていく。紙屑がそのうしろから転がっていく。彼女たちが家路にむかうためになぜ小走りに駅に駆けていくのかをあの時、考えるだけの心があれば、ぼくは自分の前にしおれて立っているミツのことも理解できたはずだ。あの渋谷の女たちにだって男や赤坊があり、愛があるから着物の裾を押えながら黒い風のなかを駆けおりていくのだとぼくはまだわかっていなかったのだ。そしてミツは……

「あたし、どうしたら、いいんだろ。」

十一時ちかい駅前にまだ暗いランプをつけて二、三のこっている露店の横で、救世軍の老人がうすよごれた紺の制服を着て義捐金箱を両手にもったまま、しょんぼり立っていた。

「よせよ、売ってるんじゃないよ。寄附をせびってるのさ。寄附だと言ってその金をくすねるのさ。」

急に、ミツはもう赤いガマ口をだして十円札を箱の中に押しこんだ。無表情な顔の老人は制服のズボンから親指ほどの黒い品ものをミツにわたした。

「まア、こんなもん、くれたわ。」

ぼくの機嫌をとるためか、こんなものを買ってふりかえるミツの手の中にはすずを溶かして作った薄っぺらな小さい十字架がのっていた。十字架と言うが十円にも価しない馬鹿馬鹿しい代物《しろもの》だった。

「もう三つくれる?」

箱のなかに彼女が更に三枚の札を入れると老人は人形のように表情をかえずポケットから小さな同じ品物をとりだした。

「そんな詰らんものをなぜ買うんだ。アーメンのもつものだぜ。」

「だって、あたし……今まで大師さまのお守り持ってたんだけど、なくしたの。……あんたに一つあげるわ。」

「いらないね。」

「ね、持ってなさいよ、持ってれば、きっといいことがあるのよ。」

無理矢理にミツはキャラメルの景品のような金属をぼくに握らせると口を大きくあけて馬鹿のように笑った。

「もう帰れ。」

「本当に怒っていない？　また会ってくれる。あんたの下宿にお休みの日、遊びに行っていい。」

それは絶対にいけないとぼくは怒った顔をみせた。こんな娘がノコノコ下宿にたずねてきたら、長島やあそこにいる学生たちにどんなに笑われるかも知れぬ。会う時はこちらから連絡するからと言って、ぼくは今はなにか重荷になった彼女を駅の方向に押しやった。

子供のようにふりかえりふりかえり、ミツが帝都線の階段をのぼっていったあと、ぼくは急に疲労をおぼえた。小児麻痺でしびれた腕をさすり、煙草をだそうとしてポケットに手を入れると小さい固いものに指がふれる。ミツがたった今くれた馬鹿馬鹿しいものだ。舌打ちしながらそれをぼくは歩道の溝に捨てた。藁くずと煙草の空箱、そんなもののつまった汚水のなかにそのすず色の十字の金属は落ちた。

ぼくは疲れて御茶ノ水の下宿に戻った。長島はマスクをかけたまま、布団の上にだらしなく寝そべっていたが、

「どうだった。」

「どうだって何がだい。」

上衣とズボンをぬぐとぼくは体臭のこもったうすい万年床の中にもぐりこんだ。長

島はまだ何かをたずねたそうだったが、ぼくは陽に当てたことのない冷え冷えとした布団に顔をうずめて眼をつむった。

これがぼくの第一回目の逢引きだった。なんのこともない詰らない逢引きだった。そしてぼくが彼女の体を本当に犯したのはその次の日曜日である。

翌々日の午後、ぼくはまたスワン興業社の金さんに仕事をもらいに行った。この間のアルバイトで彼はたしかにぼくを信用し好意を持ってくれたような気がしたからだ。

午後の弱い日がたてつけの悪い硝子戸からさしこみ、埃だらけの机の上に足をなげだして金さんは相変らず鼻の穴のなかに指を突っこんでいた。

「ははア、君か。ははア。」少し狡《ずる》そうな笑いをうかべて金さんはこちらを窺った。

「今日もまた、げんきないな。女にふられたか。」

ぼくは森田ミツのことを思いだし、苦笑しながら、

「ねえ、仕事がほしいんです。女の子のことなんか糞くらえだ。」

「しごと、しごと、しごとか……」ガムを一つとり出し、銀紙をはいで器用に口に放りこむと、

「ないこともないよ。」

「何でもやりますよ。これでも自動車だって動かすんです。」

「すこし変ったしごとだな。しかし金はたくさん払うよ。」

　エノケンならぬエノケソを悪びれもせず桜町で興行させる金さんのことだから、どうもまともなバイトではないと始めから思っていたが、彼自身の口から変った仕事と言われればこちらも多少の覚悟がいる。近頃の新聞で外国人が密輸品を香港からひそかに運んでいるという記事が載っているのをぼくは思いだしたのだ。

「君、モテサセ屋やるか。」

「モテサセ屋？　何か持って運ぶんですか。危《や》ばい仕事や、かつぎ屋だったらぼくあ……駄目なんです。」

「ばっかだなあ、ばっかだよ。君は。」

　金さんは笑いながら白い埃のたまった机をフウッと一吹き吹いて、電話機をとりあげ、ダイヤルをまわし、なにかしゃべりだした。こちらにはわからない金さんの国の言葉だった。

「うん。ダイジョウブだ。」

　受話器を切ると彼は唾とガムを土間に一直線に吐きとばし、

「さあ、いくか。ガクセイ。」

午後の秋の日が九段の坂路にぬれるように赫《かがや》き、濠ばたの銀杏が金貨のように歩道に散っていた。登校鞄を両手で持ったスカート姿の女子中学生がその坂路の上から騒ぎながらおりてきたが、オカッパ頭の、原色のあざやかなズボンをはいた金さんをみると、急に声をひそめてこちらを注目する。

「モテサセ屋がイヤなら、べつのしごとがあるよ。」

「なんです。」

「これは体の力がいる。」急にたちどまって金さんはぼくの頭から爪先まで見まわして、「だめだ。そのしごとは君にだめだ。」

「肉体的労働ですか。」

「うん。あいてはアメリカの女だ。アメリカの女たちにはすけべがいるからなあ。」

金さんが急に小声でささやき出した話をぼくは今とても書くことはできない。要するにモテサセ屋ではない今一つの仕事は、この神田のホテルに住む進駐軍の白人看護婦や白人女性の相手をつとめると言うことだった。その相手のしかたとは……つまり、ぼくが一昨日、森田ミツに求めたようなものなのだ。

「あの女たちにはすけべがいるからな。すけべだなあ。」

すけべ、すけべと連発しながら、金さんは牛の体を値ぶみするように、スケソウダラと雑炊で生活している貧弱なぼくの体格を眼で検査し、少し悲しそうな顔をして、

「やっぱり、だめだ。君はモテサセ屋のしごと、したほうが、いいな。」

情けないのは金さんよりも、体を値ぶみされているぼくのほうだった。いくら落ちぶれたバイト学生だってそんな仕事をあてがおうとは金さんもひどすぎる。

（しかし、結局、彼の眼には俺もそんな人間にみえるのかもしれん。）

モテサセ屋も金さんの説明によると、これだってあんまり品のいい仕事といえなかった。世の中には自分で女を口説くだけの勇気もない気の弱いすけべ（これは金さんの言葉をそのまま借りたのだ）が多いという。その気の弱いすけべを助けて飲屋で女にモテさせ、報酬をもらう――これがモテサセ屋の仕事だった。今の我々にはとても信じられぬ馬鹿馬鹿しい話だが戦後の東京には常識では考えられぬ商売が幾つもころがっていたのである。上野の公園には夜になると女の着物を着た奇怪な男がウロウロしていたし、その間をぬってカキ屋と称する男が客を探しまわっていた。カキ屋とは……これもとても書けない話だからその頃のどなたかに聞いて頂くなり御想像にまかせるが、現在の我々には笑いだしたくなるような猥雑な商売だった。しかしぼくが現実にこの商売が架空のものでないことを知ったのは金さんと午後の九段の濠ばたから

旧練兵場にのぼっている時だったのである。

　ここには戦争まで近衛師団の兵舎があった。だが今は濠には手入れをしない黒い水がゴミや木片をいっぱい浮べ、練兵場には風が黒い土を巻きあげ小さな竜巻をつくっていた。東京はまだこんな荒廃した傷をところどころに残し、カキ屋だのモテサセ屋だのわけのわからぬ商売がうまれ、そして人々の心にも風が吹きぬけていく毎日だった。

「どこに行くんです。」

「アレだ。あの男。」

　馬小屋のように練兵場の周囲に残っている木造兵舎を指さして金さんはうなずいた。その指のむこうに黒皮のジャンパーを着た男が古いダットサンをおいて憮然《ぶぜん》としてたっていた。

「アルバイトのガクセイだ。うん。まえにも、しごとさせたが、信用できるな。」

　媚びるように金さんは男の肩をたたいた。

　頰に傷あとのあるそのジャンパーの男は鋭い眼でぼくを眺めていたが、

「あんた。自動車、動かせへんか。」

「動かせます。」

「結構や。」

幸いなことにぼくは町田の米軍キャンプでトラックの運転をおぼえていた。

「なら、この車かて運転できるやろ。」

「と、思います。」

「よっしゃ、そんなら、この学生さんを信用してと……」

今晩までこの車をここに停めておく。車の中に背広を入れておくから、それに着かえて新宿のストリップ劇場東都座の前に十時に行ってもらいたい。チョボ髭をはやした五十すぎの人がたっている。それがお前のお客の亀田さんだ。ある会社の万年係長だが、今、東都座の踊子にホレておる。お前は彼を踊子の前で、大会社の重役さんだとみせかけて芝居をしてもらいたい。

と言うのがジャンパーの男の説明だった。

「と、ぼくア何の役割になるのですか。」

「わかっとるがな。モテサセ屋やで。お客さんを重役さんにみせかけるなら、お前さんは重役さんの運転手のマネをしてや。ちゃんとやってや。」

「はあ。」

「仕事がすんだら明日、朝、ここに車と背広かえしにこいや。今回は三百円やが、今後は割まして払うたるさかい。」

　金さんとジャンパー男とに別れて九段の濠をおりながら、ぼくは黒い水のなかに唾をとばした。（ゼニコがほしい。オナゴがほしい。）長島とぼくとはいつも天井を睨みながらそんな言葉を呟いていたが、しかしそれは我々貧乏学生の場合だけではなかった。俺だって五十すぎれば、モテサセ屋を使って若い踊子にあさましく懸想する。そんな人間になるかもしれん。だがアルバイトとなれば、歎いたり、舌打ちをしてはいられなかった。

　夜の十時ちかく、古ぼけたダットサンを指示通り練兵場からだして伊勢丹の裏でとめ、東都座まで歩いた。ここは戦後すぐ裸の女を額ぶちに入れて始めてヌードショーをみせた劇場だった。

　チョボ髭をはやした五十すぎの男は約束の場所で小さな足ぶみをしながら待っていた。新聞をよむふりをして、周りを注意しているのが、もの悲しいほど憐れだ。

「亀田さんですか。」

「ああ。」チョボ髭は鼻を手でぬぐいながら、「モテサセ屋さんだねえ。」

「そうです。」

「何分。」彼は恥しそうに小声で呟いた。「よろしく頼むよ。」

そして彼はポケットからハンカチをだし鼻をかんだ。この律義な臆病そうな男は万年係長として郊外の家から会社に無欠勤で出勤しているにちがいない。日曜にはねころんでラジオのノド自慢をきき、子供を叱りつけ、夜には一本、二級酒をのむ。そんな生活が学生のぼくにも眼にみえるようだった。その律義な臆病な男がある日、若い社員に悪戯半分でつれていかれたストリップ劇場の女に恋をしたのだ。

踊子だって女房や子供もある五十すぎの男なぞ相手にしない。そんな彼はもし自分が社長や専務だったらと空想したにちがいないのだ。そして毎日、会社に出るたびに自分と同じ年齢の、学歴のある重役のうしろ姿をねたましそうに眺めたのだろう。

ぼくは急に自分の将来もこういう運命になるのではないかという不安にかられた。なんだかこのまま生きていくのが寂莫としてイヤでたまらなくなってくる。

「よびだしますか。」

「ああ……たのむよ。」

「踊子の名は何です。」

「ああ……グレープ稲田だよ。」

東都座の階段には誰もいなかったが、その階段の上からラッパの音がきこえてきた。立入禁止と紙をはった扉の前で黄色いスエータを着た青年が楽譜をみている。

「グレープさんに会わせて下さい。」

「なんの用なの？　駄目だねえ、君。」

だが金さんからもらったラッキー・ストライク五本がこのイカナゴのような青年にすぐ狡そうな笑いをうかべさせた。

「グレープちゃん。お客さんだよ。」

扉のむこうに白いまるい裸体がいくつも動きまわっていた。卓子のそばにたって、ラーメンをたちぐいしている女もいた。赤いケバケバしたガウンを着て煙草をのんでいる踊子もいた。そのなかから一人の娘が白いお尻をボリボリかきながら、扉の方に歩いてきた。

「なあに、あんた。」

「重役さんが……」

「重役さん？」

「はア。亀田常務が下で待っとられます。あなたに御馳走されたいそうです。」

「ヘエ。」お尻をかくのをやめて娘はつけまつ毛とアイシャドーをつけた眼を大きくひらいた。

「あのおじさん、重役さんなの。」

その豚のような愚鈍な顔はぼくに突然、森田ミツの笑った顔を思いださせた。ミツもこの娘もきっと同じような生れ、同じような境遇に育ったにちがいないのだ。

「待っててよ。下で。ヘエ、あのおじさん、重役さんなの。」

「ぼくの上役ですよ。」

ぼくは片眼をつむって笑うと、階段をかけおりた。亀田氏はさむそうに劇場の壁にもたれて足ぶみをしていた。

「なあ、うまくいったかい。」

「元気をだして下さい。あなたは常務さんなんですから。」

伊勢丹の裏から車を引きだし、まだおずおずしているチョボ髭を座席にすわらせた時、あの白い尻をもった娘がダブダブのみどり色のコートをはおってあらわれた。コートというよりは、まるで玉つき屋の玉つき台にかぶせてある布みたいなしろものだった。

チューインガムを噛みながら女は鼻先きでなにかの歌をハミングして、

「お腹《なか》、すいちゃったなア。」

「常務、どこに参りましょうか。」

ハンドルをまわしながらぼくはたずねたが、

「ウーン。」

亀田さんは便秘のときの便所のなかで力むような悲痛な声をだすだけだった。これでは役目上、こちらがすべてお膳だてして運ばねばならない。

「新橋や築地の待合では人目につきますからね。それに常務、お忍びであぁ言う場所は無風流だと思いますね。」

「ウーン。」

「いっそ、新宿で、こちらのお嬢さんとさらりとおつき合いになっては如何でしょう。」

それからぼくはキョトンとしている娘にむかって、

「常務ほどになると待合ばかりでね。新宿のような場所にはあまり来られんのですよ。」

「この人が重役さんて、知らんかったわ。」

「そうでしょう。そうでしょう。常務は質素倹約をいつも我々社員に教えられるんです。御自分も実践していられますからね。」

「あんた。亀田さんの運転手さん？」

「はあ……私は秘書も勤めさせて頂いております。」

おかしなもので、ハンドルを廻しながら口からでまかせの芝居をやっていると演じている自分が本当にそうであるような気がしてくるのだった。しかしバック・ミラーを横眼で覗くと気の弱い亀田氏は指をよごれたカラーに突っこんで甚だ坐り心地のわるい顔をしているのだった。彼に勇気をつけるためにはアルコールの助けをかりねばなるまい。

武蔵野館の前で車をとめた。ここから駅までの間にはマッチ箱のような飲屋がぎっしりと詰っているのだ。油の匂い、焼鳥の匂い、蛤やさざえを焼く匂いが路に溢れ、女たちが大声をあげて客をよんでいた。

「こんなとこも、常務、愉快な庶民的な場所です。お嬢さんと少し散歩されてはどうでしょう。」

車をおりた亀田氏の肩をそっとつつくと彼はヨロヨロとよろめく。しっかりしろよ。オッさん。でなけりゃ年甲斐もなく若い女に惚れるんじゃないぜとぼくは心の中で言ったが、相手は不安そうに、

「ここであまり金を使うのも、どんなものかねえ。」

「なあに百五十円あれば結構のめますよ。」

彼等を待っている間、ぼくは屋台に首をつっこんでジュウジュウと鉄板で焼いた鯨

肉のベーコンをくった。

　車のなかであくびをして待っていると、ストリッパーの娘がコートをひらひらさせながら走ってきて、

「あんた、ダメよ。あの重役さん、酔うてるわ。」

「困ったな。」

　しかしモテサセ屋として話をまとめるのはこの機会より他になかった。

「ねえ。お嬢さん。話があるんですけどね。うちの亀田常務はあんたにホの字なんですよ。ホの字……。今夜は何とか優しくしてあげてくれませんか。」

「優しくって……なによ。」

「優しくですよ。何と言ったらいいのかな、わからんかな。」

　突然、この人造まつ毛とアイシャドーをつけたストリッパーはひきつった声をだして笑いだしたのだった。

「あんたこそまださっぱり、わかってないんだから。」

「何がですよ。」

「あんたトンマねえ。金さん、何も言わなかったの。」

　金さん、金さん、金さんがどうしたというのだ。だが女が赤い唇を下品にあけて笑

いながらぼくに教えてくれた話は全く意外なものだった。

この女も金さんやあのジャンパー男の仲間の一人だったのだ。なにも知らぬ亀田さんのような客はモテサセ屋の力をかりて自分が本当にモテたと思う。そのほうが娘にとって都合よいし、金もまきあげやすい。と、客は鼻の下をながくした揚句、娘にもモテサセ屋にもそれぞれ代金を払う。女もたかれるし金さんやジャンパーの男も別の手数料をまきあげることができる。これはたんに女の世話をするポン引きのやり方より二重に得だというわけだ。

「そうか。」さすがにぼくも苦笑して、「そういうカラクリだったのか。」

エノケソと同じような企《たくら》みをあの金さんならちゃんと万事に考えているわけだ。やはりやることは万事、ソツがない。裏の裏がある。

亀田さんはチョボ髭を酒と唾とでぬらしながら御機嫌で車に戻ってきた。妻楊子を横ぐわえにしながら、

「お嬢ちゃん、わすはおぬしに惚れとるばい。ほんとにおぬしに惚れとるばい。」

横眼でぼくをみながら踊子は、狡猾な笑いをうかべ、

「どこか畳のあるところでこの重役さん、酔いをさましたほうがいいんじゃない。」

そうだ、そのほうが話が早かった。

「そうしますかア。」

「よし。」亀田さんはさきほどと違ってすっかり意気けんこうとしていた。

「運転手。そこに行かんか。早く行かんと、君、首にするぞオ。」

ぼくはクラッチをふみながらさきほど想像してみた亀田さんの生活のことを今一度、心に思いうかべた。一週間会社で働いて戻ってくる郊外の小さな家。縁側には子供のパンツやシャツがほしてある。亀田さんは庭にしゃがんで、日曜日ステテコ一枚で女房から頼まれた塵取りをつくるのだ。それから、ねころんで古ぼけたラジオで「のど自慢」をきくのであろう。そして明日からまた会社に休まずに通勤するのだ。


千駄ケ谷の旅館街はひっそりと静まりかえっていた。ぼくらの古ぼけたダットサンのヘッド・ライトが灰色の塀やゴミ溜のうしろを走る鼠を照らした。踊子はもう万事心得たように、窓に顔を押しあてて歌を歌っていた。

あの日に　棄てた　あの女
今ごろ　何処で　生きてるか
今ごろ　なにを　しているか
知ったことではないけれど
時々　胸がいたむのさ

あの日に　棄てた　あの女

「なんだねえ。その歌は。」

「知らないの。ディック・ミネが歌ってんのよ。」

「へえ……」

背後の席で亀田さんと女とはそんな会話を交していたのだ。そして十分後、二人は旅館の暗いわびしい門燈の下をくぐり……


旅館の暗いわびしい門燈の下をくぐり、ぼくとミツは硝子戸を音のしないようにあけた。玄関のたたきの上に油のきれた男の黒靴とかかとのつぶれたハイヒールがならんでいた。

それから女中が強張《こわば》った顔で廊下からあらわれ、御休憩ですか、お泊りですかときいた。

その女中のあとに従って二人ともお互い眼をそらしながら便所の匂いの漂う二階の階段をのぼった。二階の奥で軋んだ便所の扉の音がきこえてくる。

女中が去ったあと、ぼくとミツとは冷えた茶と小さな皿を前にして坐っていた。ミツは両手を膝のうえにおき、体を固くしてうつむき、ぼくは気づまりと照れくささとをごまかすため大きなアクビをして皿の上のモナカをつつんだ紙を読んだ。

「二人で、たべる、モナカの、味は……か。」

部屋の壁には蚊をつぶした黒い血と指のあとがついていた。小さな窓は外から覗かれぬために板囲いがしてあった。そして部屋の隅にうすい布団と、白い指跡のついた水差しがおかれていた。

外は霧雨がふっていた。板囲いの間から覗くと、一週間前、ぼくとミツとが争いながらおりた坂路を傘をさした女が一人、だるそうにのぼっている。地下鉄の引込み線が雨にぬれ、一台の車輛が雨合羽を着た男に手をふられながら車庫のなかに入っていく。

「さア……横になるか。」

ことさらにぼくは元気よく声をあげたが自分の声がかすれ、上擦っているのに気がついた。

「おい、早く、こっちに来てくれよ。」

壁のほうをむいてミツは相変らず、体を固くしている。

「来てくれよ。俺あ、寂しいんだ。」

本当にぼくは寂しかったのか、いや、そうじゃない。ぼくはもうミツがどんな時、心が折れるかを承知していたからだ。渋谷の酒場であのインチキの占師が言ったことは一つだけ当っていた。「馬鹿なほどお人好しだなア。あんたは。」

お人好しというより、この娘は誰か他人がミジメで、辛がっているのを見ると、すぐ同情してしまう癖があるのだ。同情するだけではない。自分のことなどすっかり忘れて、そのミジメな相手を懸命に慰めようとする。この鼻持ちならぬ感傷癖は、おそらく休みの日にみるお涙頂戴の映画や「明るい星」のような娯楽雑誌で段々と養われたのだろう。

ぼくにたいする場合だって、そうだった。あれほどこの旅館に入るのを拒んだくせに、ぼくがこの小児麻痺の体のことを少し誇張して言っただけでミツは凍雪が溶けるように溶けていった。安手の憐憫と安手の同情にかられて、この女はぼくの掌を両手にはさみ、小さな声で何かを呟いたのだ。だから二度目の逢引きでぼくは彼女のそのもろい部分を利用し、今度は抵抗をうけることなく、ここに連れてこれたのだ。

「寂しいんだ、慰めてくれよ。」

枕に顔を伏せ、ぼくは相手にきこえぬように小声で笑った。ほれみろ、案外、うまくいったじゃないか。しかし、お前もわるい奴だな。わるい奴だよ。本当に悪人だな。だが、人をひっかけ利用するのは俺だけじゃないぜ。金さんだってジャンパーの男だってそうじゃないか。いやチョボ髭の亀田さんだって同じことをしているじゃないか。今はみんながそうやっているんだ。やらない奴は今の世の中じゃ損をするのさ。

ぼくはミツの腕をひっぱり寝床の上に押し倒した。柿色の安物のスエータをめくろうとすると、ミツは両腕で自分の顔をかくした。その彼女の腕の手首にちかい部分に赤黒い銅貨大のしみがあるのに気がついた。少しふくれたハレモノのようなしみだった。ミツの白い腕の中でそれはぶきみなイヤな色をしていた。

「なんだい、こりゃあ。」

「なんでもないの。半年ほど前からできたの。」

「医者にみてもらったのか。」

「ううん、痛くも痒くもないもん。」

幾度も幾度も洗いざらしたシャツ。男のきるようなメリヤスのシャツ。その下に田舎娘らしい不恰好な乳房と子供のようなはずかしげな乳首があった。乳首の上に二本の毛がはえ……

「みないで、恥しいよ。」

「恥しいもんか。それにこんなもん、まだ持ってるのか。」

それはこの間、彼女が買ったお守り?だった。鎖がないので、靴紐のような紐であのすず製の十字架をつけていた。

「ちぇッ、とっちゃえよ。」

荒々しくぼくはその紐をひきちぎり、畳の上に十字架を放り棄てた。

営みがはじまると、ミツは眉と眉との間に皺をよせて、烈しい苦痛を訴えた。

「痛い。痛い。痛い……」

「すぐ痛くなくなるさ。馬鹿だなア。そんなに体を固くするからじゃないか。力をぬけよ。力を。」

突然、すべてがあっけなく終った。本当にそれはあっけなく終った。急に今まで気にもとめなかった赤茶色に陽にやけた畳も、蚊をつぶした血の痕と指の跡の残っている部屋の壁も、布団も水差しも、すべてぼくには急に不潔な吐気のするようなものにみえた。そしてまだ寝床の上で死体のように仰むけになっているミツまでが、だらしなく不快だった。汗をにじませたその額、二、三本の髪がその額にべっとりとついている。不恰好な団子鼻。柿色のスエータ。腕の手首にちかい部分にみえた赤黒い斑点。男もののシャツ。ぼくはこんなうす汚い娘と寝たのだ。こんなうす汚い娘の胸に唇をつけたのだ。

煙草はまずくからかった。霧雨はまだ窓の板囲いをぬらしている。空は古綿色の雲がつまったような色をしている。そして渋谷の街がその下に黄ばんで悲しく拡がっている。今日も金さんはあの事務所で足を机の上に投げだしているだろう。亀田さんは傘をさして会社へ行く泥道を歩いたろう。いやだ、いやだ。こんな人生を生きるのはいやだ。

「ねえ。」

「え?」

「あんた、こんなこと、はじめて?」

「うるさいな。」

「あんた、もう、寂しくない?」

ぼくは畳の上に腰をおとして湿った靴下をはき、上衣をきた。ミツと話をするのも面倒くさかった。できればこのまま一人で旅館を出て、雨と新鮮な空気とを吸いこみたかった。

(もう二度とこんな娘とは寝たくねえや。一度やれば沢山さ。)

三十分後、渋谷駅でミツと別れた。だまりこんでいるぼくの機嫌をとるためか、彼女は代々木から乗りかえるぼくのうしろを犬ころのようにホームまでついてきたが、こちらは一言もものを言わなかった。別にこの娘を憎む理由はなかったのだが、欲望が終ったあと、こんなミーハアの女の子と一緒にいるのが一秒も面倒臭く、たまらなかったのだ。

拡声器で駅員がホームの客に白線よりうしろに退がるように告げると、満員の電車がゆっくりとすべりこんだ。ちょうど扉のとまる位置にぼくは立っていた。

さようならも言わず、ミツのほうをふり向きもせず、ぼくは人々の背中のうしろに足を入れた。

「ああ、あんた。」

ミツがなにかを叫んでいる声が背後できこえた。

「いつ、今度、会って……」

しかしその声が終らないうちに扉がしまった。誰が二度と会うもんか、お前なんかと。もう赤の他人だぜ。この電車で偶然、肩をぶつけ、足をふみあう連中と同じぐらい他人だぜ。

電車がゆっくりホームを滑りだした時、ぼくは残酷な快感を感じながら扉のほうに首をまげた。びっくりしたように口をあけ、片手を少しあげながら森田ミツは小走りにホームを駆けている。ぼくを見失わないために電車を追いかけている。

だが、やがて彼女の三つ編みの髪が顔にからまり、その団子鼻が小さくなり、絶望したような眼でこちらを見送っている顔も姿も遠く去っていった。

カタ、カタと電車はゆれている。その音をきいていると不意にぼくはこの間、踊子が自動車の硝子窓に顔を押しあてて歌っていた歌を思いだした。

あの日に　棄てた　あの女
今ごろ　何処で　生きてるか
今ごろ　なにを　しているか
知ったことではないけれど

手の首のアザ　㈠

包装室の時計がボン、ボンと七つ、打つと、

「あア……あッ……」

ヨッちゃんこと——横山ヨシ子は口を掌《てのひら》で叩きながら、大きく背伸びをして、

「くたびれたッと。もう止すわ。」

包装室といっても四坪ほどのつめたい板張りの部屋だったが、ヨッちゃんは練り薬の罐をポンと箱に放りこんで、火鉢の上の湯わかしをとりあげた。

「まだ働く気？　あんた。」

「うん。」

森田ミツは友だちが湯をついでくれた茶碗を受けとりながらうなずいた。

「がめついわねエ……近頃どうしたのよ。夜勤料ばっかし溜めて。」

「放っといて。」

「でも遅くなるとお風呂屋の湯がよごれるわよ。それにさ、今朝、田口さんがまた、嫌みを言ってたんだから……」

「なんて……」

「驚いた。聞かなかったの。昨晩、あんた戸じまりせずに帰ったでしょ。」

薬の油でよごれた上張りを壁にかけて、ヨッちゃんは自分の手で右肩をもみながら、

「だからいい加減にしなさいよ。あたし帰るわよ。」

「どうぞ……」

「そオ、じゃ、さいなら。」

「さよなら。」

ヨッちゃんが引きあげたあと、工場も廊下も闇のなかに一層、静まりかえる。ミツは作業を続けながら、時々その闇の中を吹きぬける風の音をきいている。風は外の電線を鳴らし工場のむこうの雑木林をゆらすのだ。東京都内とはいえ、この経堂にはま

だ、くぬぎや樫の雑木林が残っている。

ここは、新宿を出た小田急の急行が下北沢の次に停車する地点だが、それでも二十分はかかる。昭和二十年の春の空襲は、同じ世田谷でも代田、梅ケ丘、豪徳寺と焼き、この町のすぐ手前まで迫ったが、幸い火の手は上町のあたりで食いとめられた。だから戦争が終った今でも昔のままのかやぶきの農家や、武蔵野の名残をとどめた雑木林が、小市民の住宅の間に残っている。

駅をおりると、小さな商店街が少し続く。春、この付近でとれるタケノコを売る八百屋は昔からここにあったし、理髪屋のおやじは、戦争中は在郷軍人の経堂分会長をしていた人である。松原という電気屋ももともとここの地主が片手間にやりだした店だ。だから、この商店街がつきるとまだ家もたたない黒い地面とネギ畠が拡がる。ミツの働いている薬と石鹼の工場は、その黒い地面の真中にたっているのだ。

工場といっても木造二階だての四角い建物で、若林さんという夫婦者が終戦後、ここで手製の石鹼を作った。魚油を原料にした甚だなま臭い、甚だ泡だちの悪い品物だったが、物でさえあれば何でも売れるあの時代だったから、若林夫婦は工員を数人やとって、更に事業を拡張することができた。夫婦が眼をつけたのは経堂のある家伝薬で、昔から土地では有名な朱丹という皮膚病の薬だったから、ここで石鹼と同時にこの薬を作ることになった。

従業員は四人の男子作業員とそれにヨッちゃんとミツとだった。彼女たちは事務や走り使いをやる以外、薬の包装を手伝う。

薬油を入れた罐をベンジンできれいに拭いて箱に入れる。夜勤の場合は石鹼の包装もする。

今夜で夜勤を五回、ミツはやった。今までは五時に勤務が終れば、特別にたのまれもしない限りは工場で出してくれるもりきりの御飯に煮魚をたべて、大急ぎで近所にある下宿に戻って、お風呂に行って、その帰りヨッちゃんと経堂の商店街をぶらぶら散歩したり、貸本屋で娯楽雑誌を立読みするミツだったが、あの日から急に心がけが変った。がめつくなった。

(千円まであと五回だわ。)

夜勤料は百円である。今夜まで五回それを勤めたから、月の二十日には月給に五百円加えてもらうことになる。

その千円のことを考えると、ミツは思わず口もとをほころばせてしまうのだった。

一週間前、大学生さん（ミツはヨッちゃんに吉岡のことをそう言っていた。）と会ったあと、彼女は経堂商店街の洋品屋「さえぐさ」で、黄色いカーディガンをふと眼にしたのである。それは駅前マーケットに首づりのトッパーやジャンパーと一緒にぶらさげてある色のわるいスエータとちがって、「明るい星」のなかで高峰秀子や杉葉子のような女優が着ているようなカーディガンだった。手にふれれば溶けるように柔かく、羽のように軽いだろう。今までそんなカーディガンを眼にしても、自分たちにはとても手の届かぬゼイタクなものと諦めていたのに、ミツは突然それが欲しくなったのだ。それから男の靴下。あれも買わなければならない。大学生さんは可哀相に破れた靴下を逆さにはいていたんだもの。あの日、あの旅館でその靴下をぬぎながら、「俺たちあ」と、彼は照れ臭そうにボリボリ足をかきながら言った。「かかとが破れれば、ひっくりかえしてはくのさ。靴にかくれて破れ目は見えないよ。」

もしこの次の逢引で、ミツが三束の靴下を彼にわたせばどんなに悦ぶかしら。ミツは石鹼を包装紙につつみながら、思わず一人で嬉しそうに笑い声をたてた。

(今度、あの人の下宿に行って、洗濯してあげるよ。糸と針をもっていって……靴下だって、つくろってあげる。)

彼女は自分が日当りのいい流しで大学生さんのシャツや下着を洗っている姿を心に思いうかべた。たしかに三ヵ月ほど前に見た映画のなかで一人の娘が恋人の学生のためにたまった汚れものを洗濯している場面が出てきたわ。娘は学生が一日中、勉強できるように彼のを洗っていた。ミツもあの旅館の出来ごとがあって以来、吉岡さんの洗濯をしてあげたくて仕方がなくなったのだ。あたしだって役にたつわ。映画に出てきた恋人そっくりにやってみたいわ……。

「駄目じゃないか。」

突然、作業室の窓を誰かが烈しく叩いた。田口という中年の作業員で、工場番人をかねて家族と一緒に同じ敷地に住んでいる人だった。いつもミツとヨッちゃんにはきびしくあたる。

「え、八時以後は工場に残っては、いけないいんだぜ。規則を破っちゃ困るじゃないか。」

「でも……」

「でも、じゃない。昨夜も戸じまりをせずに帰ったろ。用品の一つでもなくなってみろ。迷惑するのは俺だぜ。」

田口さんの説教はいつも長い。くどくどと同じことを歯にひっかかったガムを嚙むように何時までも言いつづける。ミツは窓の外の風の音をききながら、(ふうんだ。大嫌い。田口さんなんか。)心のうちで呟いている。

下宿に戻るとヨッちゃんは気をきかして台所の鍵をはずしておいてくれた。二人は進藤さんという尺八の先生の中二階をかりている。中二階の四畳半は昔、物置きに使ったところで晴れた日も陽があまりあたらない。

ヨッちゃんは寝ころんで塩豆を齧りながら、映画雑誌をみていた。石浜朗のファンである彼女は、彼のブロマイドを壁に幾つもはりつけている。いつだったか、ヨッちゃんは鉛筆をなめなめ、石浜朗に手紙を書いた。ミツはまだその文章を憶えている。

「石浜さん、お元気ですか。わたくしも元気で働いておりますから安心下さい。わたくしは石浜さんの映画はみんな見ています。わたくしは経堂の工場に勤めています。わたくしは……」

それは本当だった。みんな見ているだけではなく、下北沢まで出かけて二度も三度も見ているのである。ヨッちゃんは工場の向い側にあるポストにその手紙を放りこみ、毎日、石浜朗の返事を待ったが、あの俳優は返事をくれなかった。

「工場の戸じまり。」とヨッちゃんは雑誌から顔をあげて、「ちゃんとしてきた?」

「うん、田口さんにまた叱られたわ。」

「イヤな奴。あれで、スケベなんだから。」

二人は心の底から田口さんが嫌いだった。第一、二人にはこと更に意地悪をする。

意地悪をするだけではなく男子工員たちと彼女たちの体のことを聞えよがしに批評しあい、イヤらしい笑声をたてる。

　だが二人が田口さんを嫌っているのは、前にこんな事件があったからである。三浦マリ子さんという若い事務員が二ヵ月ほど工場に勤めていた。マリ子さんがある日、工場の便所で用をたしていると、くみ取口から急に光がさしこんだ。そして鉢型の銀色のものがそっとさし込まれたのだ。バケツである。誰かがバケツを頭にかざして、くみ取口から、上を覗いているのだ。悲鳴をあげてマリ子さんは便所からとびだしたが、変態男はいち早く遁走してしまった。だが犯人が誰であるかは、女の鋭敏な第六感で、マリ子さんにもヨッちゃんにもミツにもピインときたのである。

　あの頃ならミツもヨッちゃんと一緒になって、田口さんの悪口を言ったかもしれぬ。だが今、塩豆をかじりながらあの中年男の工員を罵るヨッちゃんの声をききながら、彼女は別のことに気をとられている。古綿のように曇った空から雨がふり、あの旅館の窓から濡れた坂道と濡れた渋谷の街がみえた。坂路を肥った女の人がくたびれたように登っていた。そしてあの時、ミツは非常に悲しく怖しく、非常に痛かった。もし吉岡さんにきらわれないですむなら、「あんなこと」はしたくなかった。しかし吉岡さんは、「あんなこと」をミツがさせなければ自分を愛していないんだと言ったんだ。そう言われれば、ミツはどうしてよいか、わからなくなった。吉岡さんがそんなことのために悲しい思いをしなくてもよいならと、彼女は考えてしまった。もともと、ミツ子は子供の時からなぜか、たれかが不倖せな顔をしているのを見ると、たまらなくなるのだ。ましてその不倖せな顔が自分のためであると、もう耐えられなくなる。あの時も、そうだった。坂道の上の雨のなかの旅館、痛かったが、辛抱した数分。

無智な彼女には妊娠の恐怖はなかったが、そのことをどうしてもヨッちゃんには話せない。今まで秘密なんてお互いに持ったことのない仲良しだったが、それだけは恥しくて黙っている。あの夜、あそこが痛んだことも、お便所で出血のあったことも……

「もう寝る。」

「うん。」

ほかのことを考えようっと。もっと楽しいこと。闇のなかでミツは、駅前の「さえぐさ」洋品店の黄色いカーディガンを心に思いうかべる。今度、あれを着て吉岡さんとどんな店に行ったたって、前ほどオズオズとした気持にならずにすむだろう。

あの日から二週間になるが、何も言ってこない。

毎日ミツは工場から戻る路で、吉岡さんから葉書か手紙が来ていないかと胸をどきどきさせる。ヨッちゃんに気づかれぬよう、平気な顔をしているが、工場で働いている時もそのことばっかり考えている。仕事がすんで進藤さんの家に戻る時も、その手紙みたさに思わず、足が早くなりだすのだ。時には兎のように駆けだしてしまうこともある。

息をはずませながら、裏口の硝子戸をあける。進藤さんがいつも手紙をおいてくれている階段ののぼり口に眼をやる。だが、この二週間なにもない。夕暮の弱い光線が白い埃をうきしずみさせながら、階段の二段目と三段目に落ちているだけなのだ。（きっと明日くるわ。）胸にぶらさげたお守りを握りしめて自分に言いきかせる。（きっときっと明日くるもん……明日くるもん。）

しかし昨日も彼女はこのお守りを握りしめて、同じことをお祈りしたのだった。前に持っていたお守りは川越の大師さまで買ったものだったが、これはなくなってしまった。ミツの故郷は埼玉県の川越だ。むかしから大きな宿場と商家町で空襲にも焼けなかったから、土蔵造りという古い家や火見やぐらや城跡が、街道にも残っている。しかし彼女は、その古い故郷にあまり帰ろうと思わない。自分がいないほうが、父親も義理の母親もうまくいくことを知っているからである。ミツは父親の死んだ先妻のただ一人の子で、後ぞいは三人の子供をつれてやってきた。悪い人ではないけれど、自分の存在が新しい母親の倖せをさまたげることを、幼い頃から彼女は子供心に感じていた。ミツは自分がいるために、よその人が気の毒な思いをするのに耐えられない。不幸になるのをみると、たまらなく悲しい気持になる。だから東京に出て、こうして働き、こうして一人で生きているのだ。

日曜日になった。いつも日曜日にはヨッちゃんとミツとはお昼をすませると、経堂商店街の裏にある南風座に行く。南風座はこの町でただ一つの映画館で、二本の日本映画を四十円でみせてくれる。青い印刷インキで手がよごれる悪い紙のプログラム。真暗な館内で赤坊がなく。おじさんたちが平気で煙草を吸い、便所の戸からイヤな臭いがながれてくる。だが二人は平気で、売店で買ったスルメをしゃぶりながら銀幕の画面をくい入るように見つめる。見ない前から「明るい星」で映画のすじ書は大体知っているのだ。けれどもすじ書を知っているのと、溜息をつくのとは二人にとってちがうのだった。

今日の日曜日、二人は南風座ではなく、経堂から電車にのって成城まで出かけた。この間から、この日のことを計画していたのである。

成城には銀幕の人たちが沢山、住んでいる。娯楽雑誌の付録にスター住所録がつい

ていて、この前の夜、それを一生懸命みていたヨッちゃんが、

「あら、田崎潤も成城だよ。月丘千秋だって住んでるわ。」

三船敏郎や藤田進など有名な俳優だけでも、七人も成城に住んでいるのは、有名なT撮影所が近いからであろう。こうなるとヨッちゃんは今度の日曜は是非、成城に行ってみようとミツを誘うのである。憧れのスターの家をこの眼でたしかめて見るつもりだった。

経堂から成城までは、小田急電車で八分である。その駅で二人がオズオズとおりると、高級住宅地の田園調布と同じように、桜並木のアスファルト道が真直にのび、外国の町のような糸杉にかこまれた洋館が並び、芝生に面した門から、自転車にのった外人の少年が口笛を吹きながら出てくる所だった。

「ねえ……」

「ねえ。」

ヨッちゃんとミツとは、たがいに顔をみあわせて深い溜息をもらした。同じ住宅地といっても経堂なんかと大ちがいである。ここに月丘千秋や三船敏郎が住んでいるのだ。そして自分たちも彼等と同じ空気を今、吸っているのだという実感がこみあげてくるではないか。

二人はしばらくの間、赤いトサカをつけたオンドリのようにすまして、気どって、歩きつづけた。道の両側にはジェームスだのダンだの、外人の表札をかかげている家も多かったが、そんな家からは大きなシェパードの吠える声やレコードの音が華やかにきこえてくる。

これからたずねる俳優の家を誰かに聞きたいのだが、通りすぎる人がみな階級のちがうような気がして、ちかづく勇気が起きない。午後の陽がクリーム菓子のような家の屋根や窓に光って、空の雲が少しずつ薔薇色になりだすまで、二人は胸をドキドキさせながら歩きつづけた。

「あッ。」

とヨッちゃんが叫んだので、ミツもびっくりして、

「どうしたん。心臓が破裂してしまうじゃないの。」

「あんた。ここ、デコの家よオ。わからないの、高峰秀子の家よオ。」

金あみに薔薇をからませている以外は、女優らしい浮わついたモダンなもののない地味な日本家屋だったが、門柱の表札には高峰と平山と書いてあった。平山というのは高峰秀子の本当の姓だというぐらい、「明るい星」の愛読者である二人には、百も承知だった。

「本当だ……」

「本当よ。」

ヨッちゃんは顔も体も緊張させ硬直したように立っている。それなのに家のなかはしいんと静まりかえって、人の気配さえしない。急にヨッちゃんは何を考えたのか、門のかげに体を入れ、しきりに手を動かしている。

「何すんの。」

ヨッちゃんがこの家の牛乳箱をあけて白くぬれた空瓶を突然とりだしたのを見て、ミツは驚いて、

「よしなさいよ。見つかったら、どうするの。」

「なに言ってんのヨ。この空瓶、デコが今朝飲んだ牛乳なの、その空瓶なのよ。あんた。ほしくないの。あたし……記念に持って、帰らなくちゃ。」

牛乳瓶だけでなく、ヨッちゃんは玄関から門に通ずる敷石の横におちている小石も拾いだした。ひょっとすると、デコがこの上をふんだかも知れないと言うのだ。

そんなヨッちゃんの姿を、ミツは複雑な気持で眺めていた。なぜか知らないが、この二週間、今まで何とも思わなかったヨッちゃんの行動が、ミツには急に子供っぽく見えだしたのである。二週間前なら自分だってヨッちゃんと同じように、必死で高峰

秀子の家の記念に小石を拾い集めたかもしれない。しかし、今はなぜだろう。そんな行為が馬鹿馬鹿しく思われてくる。ヨッちゃんはまだ娘だ。なにも知らぬ娘だ。石浜朗や佐田啓二に夢中になっているけれど、それしか知らない。しかし自分はもう大人の秘密を吉岡さんと一緒におこなってしまった。そのことが今、ミツを急に悲しくさせ、同時にヨッちゃんの行為を子供っぽく思わせるのだった。

「ね。」と、彼女はまだ飢えた狼のように、そこらをあさりまわっている友だちに言った。「もう、行こうよ。」

二人はこのあと、もう一軒憧憬《あこがれ》のスターの家を見つけた。今度はコメデアンの岸川明の邸宅だった。童顔の、歌のうまい、角力取りのように肥った喜劇役者でデコとも共演したことがたびたびある。いかにも映画俳優らしい洒落た洋館だったが、庭の物干し竿に二人が楽々と寝られる大きな敷布団がかけてあった。ミツは直観的にそれがダブル・ベッド用のものだとわかったのだが、ヨッちゃんとくると、

「まア。」と笑いだして、「岸川さん、あんな布団にねるんねエ。体があたしたちの二倍も三倍も大きいから、布団もあれ、あんなにデッかいわ。」

成城から経堂に戻った時は既に夕暮にちかかった。ぬれた灰色の靄が商店街のアーク燈の光を青くにじませている。家族づれでこの日曜日、新宿や向ケ丘遊園地に遊び

にいった親たちが、くたびれた顔をして子供の手を引きながら電車からおりてくる。この中にまじって駅を出たミツは、

「一寸、まって。」

「どこに行くの。」

「いいからさ。ここで待って。」

ミツはヨッちゃんをおいて商店街まで駆けていく。「さえぐさ」洋品店のショーウインドーには蛍光灯の照明が白い毛皮のついたジャンパーやスキー用の手袋をもう並べていた。その右端の黄色いカーディガンを硝子ごしに見つめながら、

(ああ、よかった。まだ売れてないわ。)

とミツは溜息をつく。手でさわれば綿毛のようにやわらかく、ふんわりとしたカーディガンである。二十日の月給日までに、ミツはこれを買う夜勤料をかせがねばならない。

毎月二十日の月給日になると、午後、六人の従業員はハンコを持って事務室に集る。ここで若林さんか、奥さんかが、茶色い給料袋を一人一人に手渡すのである。

朝、みんなより早く出勤して工場の掃除をはじめる時から、ミツは包装室の柱時計

ばかり気にしていた。いつもならアッという間にお昼になって、四人の男子工員のなかで弁当を持ってこない船田さんと山内さんと大貫さん、それに社長さんの昼食の皿ならべをする時間になるのに、今日ばかりは時計の進みかたがひどく遅い。その昼食の支度をするのは社長の奥さんの仕事だが、その奥さんから、

「ミッちゃん。どうしたの。今日は包装室にばかり行くじゃないの。」

と言われてしまった。

しかし月給日には、六人の従業員は流石に機嫌がいい。いつもならヨッちゃんやミツに下品な冗談を言う若い工員たちも、流行歌を歌いながら仕事にかかっている。昼食がすむと、ジャンパー姿の社長さんは自転車で銀行に出かけたが、やがて額に汗をうかべながら戻ってきて、

「さア。景気よく支払うかね。」

みんなは作業をやめ、壁の釘にぶらさげた上衣からそれぞれハンコをとりだした。年齢や勤務年数の順で次から次へと事務室に入り、社長さんから茶色い給料袋をもらう。だから、ヨッちゃんやミツのような女の子は一番あとまわしになる。

「福はおしまいに来るのよ。」とヨッちゃんはミツに笑った。「母ちゃんが何時もそう、言っていたわ。」

ミツとヨッちゃんが、二人で午後の陽のさしこむ小さな事務室に入ると、社長は田口さんを前において手をふっていた。

「駄目だよ。ここは小さな町工場だから、俺もみんなを自分の家族と同じに考えてるんだ。だが、お前さん、もう前借りを四回もやってるんだからね。」

「そりゃ、私だって、できるだけ拝借したかアないんですが……。そこを今月だけ……」

田口さんはミツとヨッちゃんを横眼でチラッとみながら、気まずそうな表情をした。

「ああ、君たちかね。」

これ以上は取りあいたくないらしく、社長さんは女の子たちに向きなおって、

「横山ヨシ子に、森田ミツ……」

勤務名簿をふとい親指でめくりながら、

「横山が夜勤二回、森田が十回か。ハイ……。無駄使いするんじゃないよ。」

引出しから封筒をとり出してそれぞれに夜勤料を加算してくれた。田口さんは唾を床におとして靴でゴシゴシこすりながら、黙っている。

事務室を出ると二人はすぐ包装室に飛びこんだ。いつものことながら、ここで袋の

なかのお札をそっとたしかめるのは、月給日の楽しい秘密だった。

「ねえ……」ヨッちゃんはねずみのように舌をチュッチュッいわせながら、「田口さん、いい気味だね。あの人さ、前借りしても自分の家にはほんの少ししか入れないで、あとはコイコイに使ったり、飲んでしまうんだよ。」

コイコイとは花札の一種だが、昼休みなぞよく田口さんが仲間のだれかとやっているのを、ミツも幾度か見たことがある。だが、今のミツはそれどころではなかった。彼女はこの二週間、しずまりかえった工場のこの包装室で、夜の風をききながらベンジンで罐をふいた毎晩を思いだした。やっと得たこの千円で、今日あの黄色いカーディガンが自分のものとなるのである。それから吉岡さんの靴下も買えるのだ。

「ねえ、ヨッちゃん。」

「…………」

「あたしさ。……十五分ばっかし、抜けてきたいんだけど。」

「え？　何すんのよ。」

「買物だよ。」

「なにを買うの。」

「いい、もの。」

上っ張りをぬいで、下駄をつっかけ、外に出ると寒い風がふいていた。経堂の黒土をまきあげ、工場の周囲をクルクルと小さな煙のように廻り、うしろの雑木林をならす風だ。門のそばで、田口さんが、肩をすぼめて赤坊を背負い、子供の手を引いた女の人となにか話していた。風がその声をミツのところまで途切れ、途切れに運んでくる。

「駄目だって、言われたから、駄目じゃないか。」

田口さんは足で地面をほじくりながら、怒鳴っている。

「……だって、父ちゃん……」

女の人は、田口さんの奥さんだった。

「俺だけのせいじゃねえってばよ。帰んな。」

立ぎきするのが悪いような気がしたから、ミツは硝子戸のかげに体をかくしていた。やがて下駄をならしながら、田口さんが戻ってきて、地面に唾を吐いた。

「うるせえなあ。女房ちゅうもんは……」

ひとりごとを言っている。便所にはいって音をたてながら用を足している。

ミツがそっと硝子戸をしめ、門まで小走りに歩いていくと、田口さんの奥さんはまだ道にしょんぼりと立っていた。背中に赤坊を背負って、七、八歳ぐらいの男の子をつれて、風にふかれている。

「こんちは。」

とミツは笑いかける。

「こんにちは。……あら、どこへ？」

「商店街まで。買物。……一寸ね。」

「いいわねえ。うちなんかそれどこじゃないのよ……」田口さんの奥さんは、背中の赤坊をあやしながらもう愚痴をこぼしだす。「父ちゃんときたら……給料日だというのにねえ……」

田口さんは、給料の半分を花札や酒に使ってしまう。明日、この男の子の給食費を学校に三ヵ月分どうしても払わなくてはならぬというのに、その金さえ、作ってくれないのだと言う、ランドセルだって買ってやってないんですよ。あたしが内職するから、父ちゃんはそれに甘えてばかりいるので、いっそ内職やめようかと思うけど、そうもいかなくてねえ……

奥さんの愚痴は、田口さんの説教と同じように長かった。赤坊がむずかるたびに奥さんは背中をゆする。男の子は口をあけてじっとミツの顔をみている。血色のわるい唇のよこに小さなおデキができている。

「そう、大変ですねえ。」ミツはおざなりに笑って、「じゃ、行ってきますわ。」

いい加減、話がきれたところで急いで頭をさげて歩きだした。工場から商店へぬける近道は、囲《かこい》をした空地と空地との間をぬければよい。一分でも早く、あのカーディガンを手に入れなくっちゃ。

「母ちゃん、帰ろうよ。よ、よ、よってば。」

背後で田口さんの子供が母親に駄々をこねている声がする。赤坊がまた小さな声で泣いている。

「よ、よ、よってば。」

「うるさいねエ。」

風がミツの眼にゴミを入れる。風がミツの心を吹きぬける。それはミツではない別の声を運んでくる。赤坊の泣声。駄々をこねる男の子。それを叱る母の声。吉岡さんと行った渋谷の旅館、湿った布団、坂道をだるそうに登る女。雨。それらの人間の人生を悲しそうにじっと眺めている一つのくたびれた顔がミツに囁くのだ。

（ねえ。引きかえしてくれないか……お前が持っているそのお金が、あの子と母親とを助けるんだよ。）

（でも。）とミツは一生懸命、その声に抗《あらが》う。（でも、あたしは毎晩、働いたんだもん。一生懸命、働いたんだもん。)

(わかってるよ。)と悲しそうに言う。(わかっている。わたしはお前がどんなにカーディガンがほしいか、どんなに働いたかもみんな知ってるよ。だからそのお前にたのむのだ。カーディガンのかわりに、あの子と母親とにお前がその千円を使ってくれるようにたのむのだよ。)(イヤだなア。だってこれは田口さんの責任でしょ。)(責任なんかより、もっと大切なことがあるよ。この人生で必要なのはお前の悲しみを他人の悲しみに結びあわすことなのだ。そして私の十字架はそのためにある。)

その最後の声の意味をミツはよくわからない。だが、風にふかれた子供の口もとに赤くはれていたデキモノが、彼女の胸をしめつけてくる。だれかが不倖せなのは悲しい。地上の誰かが辛がっているのは悲しい。だんだんと彼女にはあのデキモノが我慢できなくなってくる。

風がミツの眼にゴミを入れる。風がミツの心を吹きぬける。その眼をふきながら、彼女は、引きかえす。

「おばさアーん。」

母親と子供はこちらをふりかえって、びっくりしたように彼女を見詰めた。

「おばさん、これね、貸すよ。」

手の中に握りしめた千円札をミツは母親にさしだす。団子鼻のうえに泣き笑いのような微笑をうかべ、懸命になって、

「でも、田口さんにだまっててよね、ね。」

急に彼女は腕の手首に痛みを感じる。半年ほど前に、ある日、突然、ここに赤黒い銅貨大のしみができた。そのしみは少しふくれたハレモノのようだった。平生は痛くも痒くもない。だがミツはこの間、吉岡さんにだかれた時、このアザが一瞬だったが焼けるように痛んだのを憶えている。

半月以上たっても、吉岡さんからは、葉書も手紙もこなかった。どうしたんだろ。病気なのかしら。病気なのなら誰にも看病してもらえず寝てるのかしら……ミツは段々と心配になりだす。下宿に来てはいけないと固く言われたのだけれど、もし病気なら、あたしが行って世話しなくちゃと思う。

だから土曜の晴れた午後、彼女はあの古ぼけた柿色のスエータを着て、下宿を出た。

「さえぐさ」洋品店の前にくると、眼を急にそらし、足早やにそこを通りすぎる。しかし、まぶたの裏には、自分が買おうとして、遂に買えなかったあの綿毛のように柔らかなカーディガンが焼きついているのだ。

（仕方ないわ。だって……仕方ないもん。）

諦めることに、子供の時からミツはなれていた。彼女には人生の運命とは反抗するものではなく、受け入れるものだった。

吉岡さんの住所は始めて手紙をもらった時、封筒の裏に書いてあるのをミツは大事に大事にとっている。だからそれを今日は小さく折りたたんで、スエータのポケットに入れている。工場の事務室にある東京の地図をそっと見て、ミツは国電の御茶ノ水駅で下車することを知った。

小田急を新宿で国電に乗りかえる。それから二十分後御茶ノ水でおりると、彼女は切符をうけとった若い駅員に封筒の住所を見せた。

駿河台の坂道には土曜日の、初冬には珍しいあたたかな陽があたり、角帽をかぶった学生さんや鞄をかかえた若い女の人たちが両側の本屋や喫茶店に出たり入ったりしている。キョロキョロとミツは、そんな店や大学生さんたちをながめ、ひょっとすると吉岡さんもその人たちの中にいるのではないかと思ったりした。

駿河台をくだり電車通りの手前で、ミツは駅員に教えられた通り横道を左にまがった。二、三度、そのあたりの煙草屋や、学生用のバックルを売っている商店で例の封筒をみせねばならなかったが、目的のアパートを探すのはそれほどむつかしくはなかった。扉の破れた硝子に細く切った新聞紙がはりつけてあって、その扉を押すと、やけに軋んだ音がした。白い陽が、泥だらけの兵隊靴や底の歪んだ短靴の散乱している玄関とガランとした廊下とにさびしく落ちている。すべてが埃っぽくガランとしたアパートだった。

「ごめんなさアい。」

ミツが声をかけると、

「だれですかア。」

中年の女の声がした。頭に手ぬぐいをかぶったおばさんが掃除をしていたのか塵取りを片手にぶらさげたまま怪訝《けげん》そうに顔を出して、

「なんの用ですか。」

「あのね、あたしね、吉岡さん、たずねて来たんですけど。」

「吉岡さん？」おばさんはミツの顔から足さきまで探るように見まわすと、「あんた吉岡さんの知りあいですか。」

「いないんですか。」

「ええ。引越し先きを知らさないで雲がくれしたんですからね。最後の部屋代も電気代ももらってないし、畳なんか大きなコゲ跡をつけて行っちゃったんで困ってるんで

すよ。」

「吉岡さんね、何処に行ったんですの。」

「こちらで聞きたいぐらいだよ。敷金なしに貸したのに、これでしょ。近頃の学生ときたら昔とちがって無邪気なとこがなく……図々しいったら、ありゃしない。」

わけがわからず、ミツはアパートをとびだした。彼女はもう一度、駿河台の坂路を団子鼻に少し汗をかきながらのぼった。さっきと同じように坂路には、テカテカに油で光らせた帽子をかぶった学生たちがうろついている。

「よオ、マアジャンを今夜やらねえかよオ。」

一人の学生が友だちに言っている。

「やだよ。玉つきがいいな。」

その投げやりなものの言いかたは、吉岡さんの口調をミツに思いださせた。彼女は本屋の前にたちどまり、ひょっとして店の中に吉岡さんの姿がみえないかとむなしくさがした。喫茶店の硝子戸から中をうかがってもみた。しかし、もちろん、吉岡さんの姿はみえなかった。日が次第に暮れ、御茶ノ水駅のむこうの空が薔薇色になる。駅の切符売場に人々の列がならびだす。自転車にのった少年が、新聞売場に今日の夕刊の束を放りだして去っていった。その駅の改札口にたって、ひょっとすると吉岡さんに会えるのじゃないかと思うと、ミツは経堂に戻る切符をまだ買う気にもなれず、ぼんやりと、馬鹿のように立っていた。ぼんやりと、馬鹿のように……

ぼくの手記　(四)

こうして、森田ミツの姿は心から消えていった。どこにいるのか、何をしているのかも関心はなかったし、二回の逢引きのこともほとんど思いだすこともない。水平線の彼方に、だんだん去っていく船のように、彼女の姿も、ぼくの記憶のなかで、細い線となり、小さな点となり、やがて消滅してしまったのだ。ぼくの人生と、なんの関係もないし、今後も関係ないと思っていた。

それでも——あのころ、たった二度ほど、ふと思いうかべたことはある。冬山の寂寥とした山肌にかすかに雲の影が一瞬うつるように、彼女の影がぼくの心を横切ったことがある。

あれは翌年の春のことだった。そのころ、アドバルーンを監視するアルバイトをやっていた。別にむつかしい仕事ではない。デパートの屋上で日なたぼっこをしながら広告をぶらさげた気球が風に押しながされぬよう、一日監視する仕事だ。

屋上からはみわたすかぎり東京の街がひろがって見え、黄昏《たそがれ》の地平線のあたりは少し褐色に曇り、うるんだ赤い硝子球のような夕陽がちょうど、ゆっくりと沈もうとする頃だった。真下の路を走る車や電車のざわめきがもの憂いひびきとなって屋上まできこえ、近くのビルの窓に小さく人の動くのがみえた。それからマッチ箱のような家の列が幾つもひろがり、更にその彼方はもう、もの悲しく、模糊《もこ》とした都会がどこまでも続いている。無数の家がそこにあり、無数の人間がそこに住んでいるが、それらの一人、一人の人間に、自分と同じような人生があるのだということを、急にぼくはその時、感じたのだ。

(沢山の人生だな。色々な人生だな。)少しつめたくなりだした手すりに靠《もた》れて、ぼくはぼんやり呟いた。(この街で、みんなが生きたり、悦んだり、苦しんだりするのだな。)

その瞬間、突然、ミツの顔が心に浮んだのである。いつか耳にした流行歌ではなかったが、彼女が今、この灰色の靄と煙で覆われた大都会の何処で何をしているのか、と、不意に思ったのだ。

しかし、それは、それだけのことだった。水の表面に一度うかんで、また底ふかく吸いこまれたボロ屑のように、ぼくらしくもないこの感傷はすぐ消えていった。

あの頃、もう一度、彼女のことを考えたことがある。下宿の近所の散髪屋で順番を待っていた時、なにげなしに椅子に散らばっている古雑誌や週刊誌のなかから、例の「明るい星」という娯楽雑誌をみつけたのだ。

表紙がちぎれたその雑誌の頁を時間つぶしにめくっているうち、何気なしに身の上相談の欄に視線をおとした。どこかのバカな娘が自分の家庭の事情や就職や恋愛を相談する場所だが、そこにぼくたちによく似たケースが載っていたのである。

どういう書き方だったかよく憶えてはいないが、その娘も大学生と手紙で知りあい、二、三度あった後、「純潔をささげた」のに、その大学生はそれっきり自分から離れてしまったというのである。

もちろん、森田ミツとは名前も書いてなかった。おそらくこれはミツが書いたのではあるまい。しかし、ぼくと彼女とのわずかな関係が、そのまま当てはまるような出来事だったから、ぼくは当然、彼女を連想したのだった。

文化人の女史が、もっともらしい回答をのべていた。その大学生は、女性が愛する資格のない男だから、そんな無責任な男は一日も早く忘れ、あたらしい生活にふみだして下さいとそんな趣旨だった。

膝の上にひろげた雑誌から、ぼくは顔をあげた。午後のねむたい陽差しのなかで理髪屋の親爺が鋏をうごかしている。ストーブの上で小僧が醤油につけた餅をやいている。

(愛される資格のない、無責任な男よ。)

ぼくはこの回答をかいた文化人の女史にかすかな憎しみと反撥心をおぼえた。ちぇっ。お前はなんだよ。足の裏みたいな顔、しやがってさ。人生をえらそうに高みから見おろして。毒にも薬にもならない屁理屈をいってやがる。ちょうど今川焼のおばさんが今川焼をつくるように、読者のなやみに手軽な、型にはまった教訓をのべるだけじゃないか。お前こそ無責任な人間じゃないのかね。

「旦那、世のなか、すべてそうですよ。」

理髪屋の親爺が客になんの話か、そんなことを言っている。

「みんな、そんなもんですっさ。」

ぼくは雑誌を椅子の上に放りなげた。ミツのこともそれだけだった。それっきりだった。

それからまた一年たった。金さんのおかげで、困った時には奇妙なアルバイトを次から次へ与えてもらったが、それで曲りなりにも、大学を卒業できた。朝鮮事変がはじまった年である。もっともあの頃は私立大学はみな懐具合が悪かったからドンドン学生を入れて、ドンドン学生を卒業させた。ろくに教室にも出ず、成績かんばしからぬ長島繁男もぼくも、トコロテンのように校門から巻いた免状をもって外に出られたのもそのためだ。

「おい、バカヤロ、元気でな。」

「おい、バカヤロ。お前もな。」

御茶ノ水の坂路で長島とぼくとは手を握り合って別れた。おなじ釜の飯をくった間柄というが、ぼくたちは下着まで一緒だった相棒だ。社会という大海に乗りだして、今後どうなるかわからないが、お互いゼニコも女の子も不自由しない身分になりたかった。

幸いなことに朝鮮事変の特需景気でぼくも長島も就職口はすぐ見つかった。勿論、東大出のように一流銀行や一流物産には入れぬ身だが、こちらは始めからそんな高望みをしていない。

ぼくが入社したのは、日本橋にある釘問屋である。従業員は社長の清水さん、重役格の吉村さんに片岡さんをのぞくと二十人ほどしかいないが、大手町にある一流製釘会社の品を一手に引きうけているためか、景気も将来性もなかなかよい。そこをぼくはみこんだのだ。

（鶏口となるとも、牛後となるなかれ。）

学生時代に習ったそんな言葉を、ぼくは故郷におくる手紙に大威張りで書きそえた。長い間、バイトでおいつめられた生活にやっと光明がさした気持だった。

それに……男子十五人ほどの従業員のうち、大学を出たのはあまりいない。新入社員ではぼく一人だけだ。入社した日からぼくは五人の女子従業員からアコガレの眼で眺められているような気がしてならなかった。

（断じて、鶏口となろう。）

図体、大きな牛のシッポ、つまり一流会社の下づみになるよりは、小さな鶏の頭角に出世すべきだとそう思う。会社にむかう地下鉄の中でぼくは屢々、自分の十年後、十五年後の姿を想像して、思わず口もとをほころばすことがあった。重役格の吉村さんや片岡さんの腰かけている椅子は、ぼくらのものとちがって大きな回転椅子だし、よく磨かれた硝子が机上におかれ、電話機だって一台そなえてある。そして朝、二人

がくると二十人の従業員から、

「お早う、ございます。」

そう頭をさげられ、平山という女の子がお茶をもっていく。あれがぼくの十五年後の姿でなくてはならない。

(では、どうすればよいのか。)

だから会社の帰り、ぼくは「成功の秘訣」とか「あなたはこうして出世する」という種類の本を四、五冊、古本屋から買ってきた。いずれも漠として摑みどころのない内容のものだったが、その中で「信念の魔術」というアメリカの翻訳があった。その著者は、毎日、自分のやりたい希望を鏡の前にたって幾度も繰りかえせば、それが自己催眠となり、やがて願いを実現さすふしぎな力を与えると述べていた。

出世するためには、どんな馬鹿馬鹿しいことでも実行してみるものだ。

昼休みになって、みんなが散歩にでかけ、事務所がガランとしている時、ぼくは、独り洗面所に入り、

「俺は出世する。断じて出世する。」

本の教えにしたがって鏡の前でそう自分の顔をみつめながら呟いてみる。鏡にうつった、その時の自分の顔はながい便秘にくるしんでいるような表情で、何だか情けな

かったが、しかしこちらは本気で大真面目だったのだ。

そう、その日もぼくは洗面所の鏡のまえに立っていた。事務所は人影がなく、誰一人として残っている筈はない。

「俺は出世する。断じて、出世する。」

うしろでだれかの気配がして眼の前の鏡のなかにぼく以外の、もう一つの顔がうつった。若い娘の顔だった。

「あら。」

狼狽したのは、ぼくよりもむしろ彼女のほうだった。三浦マリ子という娘で、ぼくより一年前に入社した人だが、社長の清水さんのメイだったから、重役たちも仕事以外の時は、彼女を「お嬢さん、お嬢さん」とよんでいる。

「泥棒かと、思ったわ。」

「かなわねえなア。」

「ごめんなさい。」彼女はしかし可笑しそうに笑って、「だって散歩から一人で戻ってきたら……事務所の奥で変な嗄れ声が、するでしょ。あたし、こわくなって誰かに知らせようかと、思ったくらいよ。」

それから彼女は洗面所のコップで水を飲むと、コップを手にもったまま、ふしぎそうに、ぼくの顔を見つめた。

「吉岡さんって、ヘンな人ねえ。」

「どうしてです。」

「みんなとつき合わないで、洗面所でひとりごと、言ってるんですもの。」

しかし、その時、ぼくは別のことを考えていた。眼がきれいだな。黒くて水晶みたいに光っている。水を飲んだあとで、唇が水にぬれている。水滴は白いのどにもこぼれていた。

なぜか、ぼくはその時、ずっと前、わびしい雑炊をたべながら、長島から聞いた話を思いだした。葡萄棚に手をのばして葡萄の果実をつんでいる娘たちの話だ。あの話をききながら、ぼくは一度でもいい、そんな娘たちと交際をしてみたいものだと思った。

そのせつない感情と、今一つ、別の気持がぼくの心に湧いてきた。それはもう一つの感情とはちがって、もっと功利的な狡い気持だった。

この娘は社長の親類だ。気に入られて損はない。少くとも彼女に好感をもたれておけば、いつかは得をすることがあるだろう。

「仕方がないですよ。新入りには、やっておかねばならぬこと、沢山ありますからね。第一、ソロバンだ。オギャアと言って以来、ソロバンを握ったのはこれが始めてなんだ。毎晩、ぼくは足のはえたソロバンに追いかけられる夢をみる。」

「本当ね。」マリ子はまたクックッと笑って、「あなた、いつもソロバンを手にして溜息ついてるわ。大学生もアレだけは駄目ね。」

「君。」突然、ぼくは真顔になって切りこんだ。「ぼくに教えてくれないかな。君はうまいんでしょう。」

「だって……」

「だって、いいじゃないか。先輩が後輩に教えるのは愛の義務だ、とヘーゲルも言っておる。」

その時のこの娘の表情を今でもぼくは、はっきりと憶えている。うつむいて、手に持ったコップを指でいじりながら、困ったような、恥しげな眼でぼくをチラッ、チラッと見たその表情を、ぼくは可愛いと思った。それはあの森田ミツの愚鈍な、人のよさそうな笑い顔と全く、対照的だった。

事務所のちかくの喫茶店が二人の教室だった。彼女は先輩が後輩に教えるのは愛の義務というヘーゲルの教えに忠実だったが、ぼくもぼくで熱心な生徒だった。第一、大学出でソロバン一つできなければ中卒や高校卒の連中に小馬鹿にされることは当然だったし、その上、彼女に気に入られたいという心情がこちらを大いに努力させたのだ。

「あなたはスジがいいわ。」

「だろう？」

「今に、あたしより上手になるわ。」

「そんなことはない。しかし、どんな怠け者の動物だって調教師の腕一つで、上手な芸ができることが、よくわかったよ。」

しかし、ぼくはこの喫茶店での授業以外は、事務室でマリ子に親しくすることをできるだけ避けた。同時に入社した仲間から、社長のメイにゴマをすっていると噂をたてられることは損だからだった。

若い新入社員に自分が手をとってソロバンを教え、そのために新入社員の成績がよくなるのは、女性にとって決して悪い気持ではない。

「ほう。吉岡君も近頃、なかなかハジけるようになったね。」

ある日、向う側の机から吉村さんがそう声をかけてくれた時、

「いや、まだ、まだ、です。」

そう答えながらチラッとマリ子の席をうかがうと、ペンを走らせていた彼女が手を

動かすのをやめて、その頬と唇とにかすかな、勝利の快感に似た微笑を浮べたのを、ぼくは見のがさなかった。

（脈があるな。こいつは。）

なぜか、ぼくはその瞬間、そう感じた。

二人だけの秘密の授業、秘密といえば大袈裟になるが、彼女が喫茶店のことを誰にも言わぬことが、かえってぼくにたいする好意のように思われてくる。少くとも、社長がある日、彼女に、

「新入りの社員はどうかね。」

そう問いかけたって、ぼくは決して悪く言われることはないだろう。むしろ、自分の弟子としても、いいように話してくれるにちがいなかった。

（これア、うまく、いったぞ。）

かつて金さんは女の子を獲得するにはまず先手と一発だと言った。相手に強烈な印象を与えるためにはウンコ話も辞すべきではないと言った。しかし、そんな品のない、アクの強い手を使わなくても、もっと心理的な、高尚なやりかただってあったのだ。

いずれにしろ、ぼくはマリ子のことを考えれば考えるほど、昔、ぼくがたった一

度、交った森田ミツのことはますます、遠い、むなしい存在になっていった。それは存在とはもはや言えないものだった。しかし、ぼくは知らなかったのだ。ぼくたちの人生では、他人にたいするどんな行為でも、太陽の下で氷が溶けるように、消えるのではないことを。ぼくたちがその相手から遠ざかり、全く思いださないようになっても、ぼくらの行為は、心のふかい奥底に痕跡をのこさずには消えないことを知らなかったのだ。

とは言え、ぼくは人並以上に自分が腹黒く、狡猾な男だったとは思ってはいない。ぼくがミツにやったことは、男ならば大半は形こそちがえ一度か、二度は経験のあることだろう。三浦マリ子の気に入られ、社長からよく見られようと考えた功利的な気持だって、普通のサラリーマンならばだれだってよく知っている感情なはずだ。要するにぼくは決して人格の立派な男ではなかったが、しかし、そんなひどい人間でもなかった。ぼくは東京に住む無数のサラリーマンの一人にすぎなかったし、無難な、風波のない、平凡な人生しかねがっていなかったのである。

だから――

だから三浦マリ子に接近しようとした気持にだって彼女を自分の昇進のために、ひそかに利用しようという気持だけだったのではない。ぼくはたしかに彼女を好きになりかけていたし、水にぬれて光った白いのどや、ぼくをチラッと見て笑った時のあどけない顔をきれいだなと思ったのだ。

入社して二ヵ月たって、会社の慰安旅行があった。一つには社長の清水さんの発意で新入社員を旧社員に親しくさせるためのレクリエーションだったが、場所は富士五湖の一つ、新緑の山中湖がえらばれた。

それは土曜日の日だった。御殿場まで汽車、御殿場から貸切りのバスにゆられて、まぶしい六月の光が葉々にきらめく高原を横切るあいだ、二十人の社員たちは外の景色をみるよりは、互いに菓子を交換しあったり、知っている限りの歌を合唱したものだ。佐山さんという二年前入社の先輩が、ひどくハーモニカがうまくて、みんなの合唱に伴奏をいれてくれる。

「よオ、よオ、吉岡くんとマリちゃんはおあついぞ。」

「汽車のなかでも、バスのなかでも、いつも隣りあわせじゃないか。」

みんなにそうひやかされて、

「いやねえ。あたしたち、なんでもないわよ。」

マリ子は例の困ったような、嬉しそうな微笑をうかべたが、本当に彼女とぼくは東京から山中湖までいつも並んで坐っていた。事務所では出来るだけ彼女に親しい素振りをみせまいと注意しているぼくだったが、今日ばかりはさすがに気を許してしまったようだ。みんなのひやかしにも棘《とげ》はなかったし、ぼくらも決して悪い気持はしなかった。

「君、ここに入社する前、どこにいたの。」

彼女のくれたキャラメルをしゃぶりながら、ぼくは六月の風にふかれて白い葉をバスの両側に光らせている林の起伏に眼をやりながら、なに気なしにたずねた。

「田舎？　お父さんのとこ？」

「いいえ。」ところが彼女の返答は意外だった。「経堂の製薬工場で一寸、事務を手伝ったことがあったわ。小さな工場だったけど。すぐよしたわ。」

経堂、そして製薬工場。聞いたことがあった。あれはいつだっけ。そうだ、たしか……そうだ。ミツが勤めていたのも……そんな場所ではなかったか。

「製薬って。」急にかすれた声でぼくはたずねた。「薬をつくる工場？」

「そうよ。始めに石鹸つくってたんですけれど、あとで製薬部を設立したの。」

「そこに……森田って……森田ミツって女の子が働いていなかった？」

「あら。いたわ。川越の田舎から来た女の子でしょう。吉岡さん、知ってるの。」

「いや。ぼくは……知らない。」とぼくはあわてて口を噤《つぐ》んだ。「友だちが……ちょっと。」

勿論、彼女はその時のぼくの顔色には気がつきはしなかった。気がついたところで、ぼくはバスによったのだ、あまり日差しが強いからと誤魔化したろう。

やがて碧い湖が見おろせた。湖をとりかこんで落葉松の林や赤や黄色い屋根の別荘や、湖畔のホテルがまるで菓子細工のように並んでいる。女の子たちは声をあげ、争ってバスからとびおりる。

夏にはまだ一ヵ月あったが、土産物屋や飲食店はもう店を開いているのが多かった。

「写真のフィルム、買って。」

「あたし、ジュース飲もうかしら。」

湖には気の早い進駐軍の家族らしいのが水着姿でモーター・ボートにのっているのが見えた。ボートの先端が青い水面を白く二つにわって、一直線にどこまでも進んでいく。

「あたし、好きだわ。あんな勇しいこと。」

とマリ子は湖の波がゆっくり洗っている渚にたって呟いた。その髪をおおっている

ネッカチーフは、湖からふく微風でふくらんだり縮んだりして、

「吉岡さん。スポーツやらないの。」

「馬なら乗れるな。」

本当は馬なんか乗ったことはないが、一種の見栄でそう答えたのがいけなかった。

「馬。まア。馬に乗れるの。」

「うん。……まあね。」

「素敵。乗って、みせてよ、貸馬がたしかここにはあった筈よ。」

ツマらねえことを言ったもんだよ、と思ったがもう遅かった。本当にむこう側の土産物屋のかげに三、四頭の馬をつないで土地の百姓らしい男が数人、煙草をふかしていた。

彼女はさきにたって歩きだし、ぼくはぼくで、ええ、こうなりゃ、仕方ねえさ、どうにかなるだろう？　と考えて従《つ》いていった。どうせ農家の駄馬だからな。荒馬じゃあるまい。しかし小児麻痺で腕のあまりきかぬ点だけが多少、不安だな。

予想した通り、どの馬も老いぼれのヨボヨボで、痩せて、骨がうきだし、眼やにがたまって、その体のまわりをアブが飛びまわっていた。

二人が貸馬に近づいたので会社の連中はみな、遠くから笑いながらこちらを見てい

た。そう、視線をむけられると嫌でも良いところを見せねばならないもんだ。

百姓はぼくが馬にしがみつき、這いつくばるような恰好で片足をあげる姿を見て、うすら笑いをうかべた。馬は馬で迷惑そうに眼をしばたたき、邪魔物をふりおとすように体をうごかす。

「はじめてかね。馬は。」と、小馬鹿にしたように百姓が言う。

「冗談じゃねえよ。」

「じゃ、手伝わなくてええな。」

マリ子の手前、そう答えざるをえなかったのだが、生れて始めて乗った馬の体がこんなにデカいものとは知らなかった。足の間に灰色の大きな机を入れられたような気がする。

「シイッ。」

百姓が軽くその尻を叩くと、馬は年をとっていると見え、大儀そうにブラブラと歩きだした。いかにも自分のこの仕事が馬鹿馬鹿しくてならぬといった様子だった。

「吉岡さん、しっかりね。」

会社の女の子たちが手をうって声援し、

「チェッ、いい気になってやがるよ。」

男の連中は幾分ねたましげに下からぼくを見あげている。その横を笑いながらぼくと馬とはゆっくり通りすぎた。

大したことはないな。ぼくは安心した。この馬なら暴れたり、立ちあがったりすることはあるまいて。胸を張って手綱をとるんだ。胸を張って。

ぼくはうしろをふりかえってマリ子を笑いながら眺めた。銀色にひかるまぶしい湖を背景に、マリ子も白い歯をみせながら笑っていた。空は青く、六月だった。

と、突然、今まで歩いていた馬がたちどまり、たちどまって頭をさげたまま、じいっと動かない。動かないだけでなく、地面にはえている草をムシャムシャたべているのだ。

「シイッ、シイッ。」

ぼくは体をゆさぶり、足でかるくその腹を蹴った。だが馬は全くこちらを黙殺したまま口を動かしているのだ。

「どうしたんだ。え、吉岡君。」

「サッソウと走らせてよ。」

ぼくはいらだち、汗ばみ、みなの手前、思いきり、その尻を平手で叩いてみた。やっと口を動かしながら、馬はうるさそうに首をふりふり歩きだす。

もう一度、背後をふりかえってマリ子のために笑った。銀色にひかるまぶしい湖を背景に彼女は幾分、不安気にこちらを眺めていた。空は青く、六月だった。

また、馬がとまった。今度は長い尾ッポでアブをはらっているのである。アブは汗ばんだぼくの顔のまわりを回りはじめる。

「なんだい。乗れねえんじゃないか。」

「馬は乗り手を知ってるからねえ。ヘタ糞な奴が乗ると馬鹿にして動かないもんだ。」

そんな聞こえよがしな声まで耳にとびこんでくる。

(畜生。今にみろ。思いきり走らせてやっからよオ。)

今度はしたたか馬の尻を拳で撲《う》ってみた。ヒヒン、馬は痛そうに足をふみならし、パカパカとひづめをならしながら、白い、ほてった坂路に体を向けた。今度も背後をふりかえってマリ子のために笑った。銀色にひかる、まぶしい湖を背景にマリ子は硬直した顔でこちらを見ていた。

馬がとまった。またか。鈍い音が足の下でなっている。尿《いばり》をたれだしたのだ。五秒、十秒。まだ続いている。馬の尿とはこんなものか。まるで世の終りまで続くかと思われるように鈍い音は足もとで絶えない。

「はッはッは。見ちゃいられねえよ。小便馬に乗ってやがる。」

「あれ、糞までしだしたぜ。」

本当だった。失敬にも馬は会社の淑女たちにその大きな尻をむけたまま、突然、尾ッポをヒョイともちあげると、丸い馬糞をポトッポトッと落しだしたらしいのだ。足もとと背中にイヤな臭気がただよい、こちらはまるで自分自身が衆人環視の中で粗そうをしたような恥しさでいっぱいだった。

たまりかねて馬から這いおりた。自由になったこのバカ馬は、現金なもので独りでトットと貸馬場まで戻っていく。

女の子たちは気の毒そうに横をむいて忍び笑いをこらえ、男の連中は肩を叩き、さかんにひやかすのである。

湖のほとりにマリ子の姿は見えなかった。彼女はぼくの顔を正視するに耐えなかったのだろう。

とは言え、この失敗は決してぼくの損にはならなかった。今まで大学出だと幾分、敬遠気味だった同僚たちはかえってぼくに親近感をもったようだし、マリ子はマリ子でしょげかえっているぼくに母性愛に似た気持をいだいてくれたらしい。昼食の時も、そのあとのバスの中でも彼女はぼくのために弁解し、すまなそうな眼つきでじっと眺めてくれたのだから。

夕暮、ぼく等は山中湖からバスに乗って帰路についた。行きがけと同じ路を通ってはつまらないので、少し遠まわりだったが、御殿場街道を通ることになったのだ。黄昏で、大きな太陽が畠や林や、通りすぎる部落に豪奢な光をなげあたえていた。富士山は紫色に染めたその姿を我々に惜しみなく見せてくれた。

「ごめんなさいね。」

とマリ子は、ぼくの体に靠れるようにして呟いた。

「なにが？」

「馬に乗せたりして……」

「なあに。平気さ。猿も木から落ちる。」

ぼくは自分を幸福だと思った。浮浪者のような学生生活、雑炊やスケソウダラ。金さんにもらったバイト。エノケソの広告くばり。あれとも、もうお別れだ。そしてぼくは鶏のクチとなる野心をもった男になった。

(長島のやつも幸福かな、俺は出世するぞ。断じて、出世するぞ。)

夕暮の雲の下、林の中に、兵舎のように幾列にも並んだ木造の建物がみえた。ふしぎにそのあたりには一軒の農家もない。その建物だけが孤立しているのだ。兵営のあとかな、と思ったが、兵営にしてはその中に異国風の家があった。

「あれはなにかな。学校かな。」

ぼくと同じように、この建物に注目した大野という男がバス・ガールにたずねた。

「どれですか。」

「あのカマボコ兵舎みたいなポツンとした建物さ。」

「ああ。」バス・ガールはうなずいた。「あれは、ハンセン病の病院ですわ。」

「病院？」大野はびっくりして、「伝染病の病院かい。」

「そうです。」

「いけねえ、窓をしめろ。窓を。バイキンが流れこんできちゃあ、大変だ。」

みなは笑った。しかし中には本当にバタバタ神経質に窓をしめる連中もいた。

病院は林の中に孤絶して建っていた。伝染をおそれてか、その辺には農家も民家もない。暮れなずむ灰色の雲の下、畠も建物も陰鬱に、孤独におしだまり、一種いいようのない悲しみと暗い影をただよわせているように見えた。

「ハンセン病の病人なんて。」とぼくは何気なしに呟いた。

「吉岡さん。」

突然、マリ子は今まで靠れていた体を起してぼくの顔をみた。

「吉岡さんて……冷酷なとこがあるのね。あの病人たちが気の毒だと、思わないの。」

二人の間にしばらくの間だったが、気まずい沈黙がながれた。

しかし、それも、ほんのしばらくのことだった。まもなく御殿場の灯がみえてきたからだ。第一、ハンセン病の病人がぼくらと何の関係があるのだろう。あの連中はぼくとは全く無縁な存在だ。そんな連中に同情した、同情しなかったと言い争うのは馬鹿馬鹿しいことだ。

もちろん、御殿場につくころ、マリ子の機嫌もなおったらしかった。ぼくは彼女に冗談を言い、彼女は手で口を覆って笑った。

東京でみんなは別れた。女の子たちはそれぞれ家路についたが、独身組はまだ遊びたりぬ顔をしていた。

「一風呂あびたいな。」

「そうだ。ソープに行こう。」

だれかがそう提案したので、ぼくらはちょうどその頃、ポツリ、ポツリと出来かかった店で今日の疲れをなおすことにした。もっとも、半裸の娘たちが背中をながしてくれるという隠微な期待がそれに交っていた。

そこで、ぼくはそう、二年ぶりに忘れていた森田ミツに会ったのだ。

ぼくの手記　(五)

新宿、歌舞伎町にちかい所に、その店はたっていた。タイル張りの建物の屋上にネオンが真赤に点《とも》ったり、消えたりしていたから、遠くからすぐ見つけることができた。サンドイッチマンが指さした入口からかなり高い階段があり、そのガランとした階段の上に蝶ネクタイをしめた二人の男が、両手を前に組み合わせて、

「らっしゃいまし。」

我々がガヤガヤ騒ぎながら入口の前にたちどまると、二人の男はホテルのボーイのように頭をさげたが、その態度にはどこか人を小馬鹿にしたところがあった。

「御入浴でございますか。四人さま。」

それから机の上の受話器をとって、

「フォアーバス・プリーズ。」

と奇妙な英語を使った。

「はあい。」

奥から声がして、女の子たちが迎えにくる。いずれもうすよごれたショート・パンツに上衣をはおっている。一寸みると薬剤師のような恰好だが、どの女も背がひくく横ぶとりに肥っていた。そして彼女たちはカニに似ていた。顔もカニのようだったが、体の恰好も横にひろくてカニそっくりだった。

「眼鏡さんは右の浴室。ノッポさんはここ。お兄さんはこの部屋。」

彼女たちは即座にぼくらにアダ名をつけ、長い細い廊下の両側に並んでいる幾つかの浴室を我々にあてがう。

「なんだ。アダ名でよぶところ、まるで赤線みたいやな。」

だれかがそう言うと、

「アラ。失礼ね。ここはそんなんじゃないわよ。健全よ。健全。」

女の子は笑いながら彼の肩を押した。しかし、彼女たちの口紅の厚いぬりかたや、だらしない歩きかたは、なるほど歌舞伎町の赤線に働いている女性を連想させないでもない。

ぼくも小肥りの娘につれられて左の端の浴室に入ったが、浴室は二つの部屋に別れ、一つは脱衣所とマッサージを行う部屋、もう一つには、小さな蒸し風呂と白いタイルの西洋風呂がおいてある。

娘は手早く上衣をぬいで、それを壁にかけて、

「お客さん、蒸し風呂、使うの。」

ネクタイをとりながら、ぼくはブラジャーとショート・パンツだけになった彼女の半裸体を眺めた。

「イヤだよオ、なにジロジロ見てんのさ。」

彼女はわざとすねるような声をあげたが、こちらはその体を美しいと思って見たのではない。短かい、ふとい足や、ゴバンのように四角い胴まわりは彼女がどこかの田舎で生れたことを示していた。そしてショート・パンツの下に出たその足には虫にくわれた赤い、小さな痕があった。

これと同じような体をぼくは見たことがある。ただ見ただけでなく、それを嫌悪と情欲といりまじった気持で抱いたこともあった。そうだ。ミツの体だ。森田ミツが同じようにもっている肉体だった。大根足とずんぐりとした胴と、それから馬鹿なよう

な、人のよい笑いはこうした女たちの共通した特徴だった。

「ヤだな。遠慮しないでさあ。早く入っといでよ。」

ぼくは四角い金属の箱の中に入れられ、首だけを外に出した。箱の中から出てくる蒸気で体をむすのだ。

「いろんな客がくるだろ。ここには。」

「そうねえ。あんたみたいなサラリーマンもくるし、お爺ちゃんもくるし……でも若い人は少いな。中年の男が多いな。」

こちらの顔が熱い蒸気で汗だらけになると、彼女はこまめにタオルで額や頬をぬぐってくれる。

「中年男はイヤらしいだろ。」

ぼくは顔を右にむけ、左にむけながら急にそんな質問をだしてみた。

「変なこと、しないかネ。」

娘は声をだして笑った。ミツと同じようにどこか間の抜けた、大きな笑い声だ。

「知らないよ。」

「ねえ、あいつら、どんなことする。教えろよ。なア。」

「知らないってば。」

その狡そうな笑いかたは彼女が中年男の欲望に狎れ、それを平気で受けいれているように思われる。よし、なら、俺もひとつ、やってみるか。しかし蒸し風呂に体も手足もとじこめられ、首しか動かせねえ。手も足も出ねえな。まるでダルマさんじゃねえか。俺は。

　伊豆のやま、やまア
　日がくれえてえ

娘はぼくの顔をタオルでふきながら流行歌を歌いだした。

「だれの歌だい。」

「岡晴夫。」

「ふうん、なるケツねえ。」

ぼくは彼女が首に安物の細かい鎖をかけているのに気がついた。鎖の先に何かぶらさげているらしいが、ブラジャーのなかにかくれて見えない。

蒸気風呂から這い出ると、今度はタイルの西洋風呂、それから脱衣室に戻って寝台の上に腹這いになりマッサージをしてもらう。娘は掌に白い粉をつけて、首から肩、肩から背中をグイグイと押してくる。

「なア。きかせなよ。」

「なにを。」

「きまってるじゃねえか。中年の客がここでなにするかヨ。」

ぼくは右手をのばして彼女の肩のあたりを指でふれながら、

「こうかい。コチョコチョか。」

「いやッ。」

「なア、いいだろう。」

「大きな声だすわよ、お客さん。」

肩にふれたぼくの人差指が彼女の鎖にひっかかり、ブラジャーの奥からその先端にぶらさげた灰色の金属が眼にとまる。

「なにつけてるんだヨ。恋人の写真入れたロケットか。」

「ちがうわよ。」

唾を飲んだ。鎖のさきにつけてあるのはロケットでもメダルでもない。小さな、よごれた十字架である。森田ミツの十字架だった。

渋谷での夜、怒った俺のあとを犬ころのように、あいつ、ついてきやがった。俺の機嫌をしきりにとりながら、そのくせ、駅前に風にさらされながらカカシのように突ったった爺さんをみると、また例のお人好し根性をまる出しにしたのだ。安物の十字架を三つも買って、その一つを俺にくれた。

走馬燈のようにあの夜の場面がぼくの心に甦った。ミツのくれたその十字架をぼくは煙草や藁屑や酔客のゲロでよごれた溝に放り棄ててしまったはずだ。その十字架が今、この女の胸にぶらさがっている。中年の男たちの情欲にみちた指先がふれた、ボテボテしたその胸にぶらさがっている。

「おい、どこで買ったんだ、これ。」

「コワイねえ。急に大声だしたりして。」

「どこで買ったんだ。」

「もらったのヨ。」

「だれに。」

「友だちに。ここに勤めてた人よ。」

人という言葉を、彼女は下町の人間のようにシトと発音した。

「なんという名だ。その友だち。」

「ミッちゃん。なぜ、そんなことお客さん聞くの。ミッちゃん知ってるの。」

「おい……森田ミツじゃ……ないだろうな。」

「じゃ、あんた、吉岡さん？」

娘はマッサージをする手をとめて、ぼくをじっと見つめた。その顔にはさっきまでの狎れ狎れしさや、くずれたみだらさがすっかり消えて、田舎娘の怯えたような表情があらわれた。

「そう、……吉岡さんなの……そうなのね。ミッちゃん、いつもあんたのこと言ってたわよ。いつも、いつだって……」

隣の浴室から、水の音にまじって男と女との笑い声がきこえる。彼等もまた、ぼくらと同じように流行歌を歌っている。

「あいつ、まだいるのか。」

「やめたわよ。半年いてやめたわよ。あたしたち一緒に働いたんだけど。」

「今、どこにいるんだ。あいつ。」

「知らない。川崎のどこかから葉書きたけどさ。住所かいてなかったもん。その葉書にだってさ、あの人、あんたのこと書いてたのよ。」

「だが、俺……あいつとはなんでもないぜ。変なかんぐり止めてもらおうじゃないか。俺あ、責任ないからな。」

「本当？　あたしさ、そりゃ関係ないけどさ、ミッちゃんは本当にあんたのこと好きだったのよ。ずっと好きだったのよ。」

「そりゃ向うさまの御勝手じゃないか。」

「だからさ。ミッちゃん、ここ、……男の人たちにヘンなことされそうになって、やめたんだけど……。その時だって、ヒョッとして吉岡さんという人がここにきたら、目じるしになるかもしれないからって、このお守り渡していったんだよ。」

娘は懸命になってミツの気持をぼくに伝えようとする。しかし彼女がむきになればなるほど、ぼくの心は依怙地になり、ミツがぼくのことを忘れていないということは、こちらの自尊心をゆさぶったが、しかしそれだからと言って、彼女にすまないと思う気は起きないのだ。むしろ、迷惑な荷物を押しつけられたような感じだった。そして雨がふる日に、遠くむこうだけが晴れている山並をみるような感覚で、ぼくはミツのことを考えた。

黙って起きあがり、洋服を着はじめた。娘も黙っていた。隣の浴室からは相変らず水の音、男と女との笑い声がきこえてくる。

「あんた本当に……つめたいねえ。」

扉を押して廊下に出ようとすると、うしろから彼女が呟いた。本当にそれは溜息とも吐息ともつかぬものに入りまじった呟きだった。

「……ミッちゃんが……あんまり可哀想だわ。」

外に出ると雨がふっていた。霧のような雨だった。

三浦マリ子は、たしかにぼくにたいして好意以上のものを持ちはじめたように思われた。

女が男に好意以上のものを持つと、途端に彼女が驚くほど献身的になるということを、ぼくはミツの時知ったのだが、マリ子の場合も同じことだった。

ある朝、ぼくが事務所に行ってみると、机の上の鉛筆もゴム消しもすっかり新しいのにとりかえられている上、今まで使っていた会社備品の古ソロバンが、小さな白木のものに変っているのに気がついた。

(誰がやってくれたんだろう。)

思わずこちらは周りをみまわし、それから事務所の端っこの席で和文タイプを打っているマリ子に視線をやった。もちろん彼女は知らん顔をしている。しかし顔だけは知らん顔をしても、その背中がその感情をすっかり、あらわにしていたのだ。

(いかが。そのソロバン、気に入った？　とり替えておいたのだれか、わかる？)

やわらかなクリーム色の洋服をきた彼女の背中は、それ自身が一つの表情と口とをもっているように、ぼくにそう語りかけている。

「君だろ。ソロバンをくれたのは。」

昼休みの一寸前、洗面所ですれちがった時、彼女にそう囁くと、

「フ、フ、フ、さあ、どうでしょう。」

マリ子は両手で髪を押え、小声で笑うと駈けていった。

ところが、今度はマリ子は急によそよそしい態度をみせるのだった。ツンとすまして、すれちがっても物一つ言わない。いかにも仕事が忙しいというように机にむかったまま、一度もこちらを振りむきもしない。五時の仕事終りの時間になると、さっさとタイプの上に覆いをかけて引きあげてしまう。

こうした態度の変化は今、考えると若い娘のもつ本能的なコケットだったのだが、その時のぼくときたら、一方ではやきもきしながら、一方ではたまらない魅力を彼女に感じたのだった。

(こいつあ、ミツとは全くちがうな。)

惚れたとなると、仔犬のようにベタベタまつわりつき、あとをついてきた森田ミツと全く違って、マリ子の変化ある身ぶりは新鮮だったし、いかにも現代の女性らしかった。要するにぼくのほうも、彼女が社長の親類であるという計算をぬきにして、かなり参ってきたのである。

ある雨の夕方、会社のあと、ぼくは彼女を誘って映画にいった。なんでも彼女がみたいという英国映画だった。人妻と医師とのかりそめの恋愛の話だ。

映画館は非常にこんでいた。とてもこのままでは席に坐れそうもなかった。立見席から扉までぎっしり人がつまっている。

「これじゃ、とても見られそうにないわ。」

「引きあげるか。でも切符代が惜しいなア。結構たかいんだからな。」

「あたしだって。」とマリ子も無念そうに呟いた。「随分、この映画みたかったのよ。」

ぼくはツメをかみながら考えた。

「よし。ぼくが二十分以内に席をとってやろう。」

「そんなの、不可能だわ。」

「もし、とったら、どうする。」

「言うこと」彼女は笑いながら、「なんでもきいてあげる。」

もちろん、彼女の「なんでも」という意味は、映画のあとお茶を奢るとか、お菓子を奢るという、たわいないことだったろう。

ぼくはスクリーンに一番近い廊下側の入口に彼女を引張っていった。ここは幾分すいていたから、立っている人の体と体の間に彼女をわりこませた。

「でも見えやしないワ。」

「スクリーンじゃないよ。席の通路のほうを見てるんだぜ。あそこに俺は入る。手をあげたら、俺のところまで来るんだ。」

それからぼくは舌打ちする人々の背中を押し彼等の靴をふみ、ブツブツ言われながらもやっと席と席との間の通路に進出した。その通路でぼくはしゃがみ、右、左の観客の動きや気配をうかがった。

十分もしないうちに、好運にもその席の一人の男が立ち上った。ぼくは手にもっていた新聞紙をその空席に投げて確保すると、暗闇の中でこちらを向いている彼女に手をあげた。

「厚釜しい奴だな。」

だれかが背後でそう言っている。しかし席をとってしまえば、こちらのもんだよ。世間の生きかたと同じように早いもん勝ちだった。

「どうだ。席とったろう。」

ぼくは彼女を腰かけさせながら、そう囁いた。

「驚いたわ。あなたってズウズウしいのねえ。」

「約束は約束だぜ。忘れないでくれよ。」

映画のことなどぼくにはどうでもよかった。人妻の恋愛なんかこちらの知ったことじゃない。第一、外人の恋はどうしてああ行儀作法がうるさいのだろう。女と食事にいく。まるで下男のように煙草に火をつけてやったり、コートを肩からはずしてやったり、ああも恭しくしなければ恋を言えないのだろうか。

それにくらべると日本人は気が短い。ぼくは映画が終って夜の町にでると、早速、マリ子にきりだしたのだ。

「お前さんの席はぼくの涙ぐましい努力でとれたんだぜ。」

「まだこの上、礼を言わそうって言うわけ。」

「いや、君はそれが出来れば、なんでもするって言った筈だ。」

「そうよ。約束は約束ね。なに奢ればいいの。」

「奢ってもらわなくてもいいさ。」ぼくは一語、一語、はっきりと言った。「キスさせてくれ。」

びっくりしたように、マリ子はぼくの顔をみつめた。それから眼をそらし、うつむき、顔をあげ、

「あっ、きれいな靴。」

前のショーウインドーに並べてある靴のほうを眺めた。

「どうなんだ。」

今度も返事をしなかった。

キスをさせろなどと思いきったことを口に出した以上、彼女のことを好きだと言うのはずっと心理的に楽な行為だ。

マリ子の住んでいる池袋まで国電で送っていったが、その国電のなかでぼくは車輛の震動のリズムにあわせて、彼女の耳もとで呟いた。

「ある厚釜しい男が。」

「え?」

「映画館で席をとってあげたお嬢さんに、恋をしました。」

「…………」

「恋をした。恋をした。恋をした。」

電車は目黒から渋谷にむかってカタカタカタと音をたてながら走っていた。そのカタカタのリズムと「恋をした」という呟きは、ちょうど調子が合うのだ。

「さて、そのお嬢さんは。」

「…………」

「彼のことが好きですか。好きか。好きか。」

言いながらぼくは、指先でマリ子の横腹を軽くつついた。一日の勤めでくたびれた車中の人々はあるいは目をつむり、あるいは競馬新聞を読み、ぼくとマリ子のひそかな愛の仕草に気がつかなかった。窓のむこうによごれた小さな家、暗い窓の灯、夜食のわびしい膳をかこむ家族の影、それらがチラッとみえ、消えていく。

「好きか、好きか、好きか。」

マリ子は人の息でくもったドアの硝子に指をあてた。

yes

飛行機が飛行機雲をつくるように、彼女は指先でその三つの横文字を書き、それと同時にぼくの胸の奥底からみたされた自尊心の悦びがゆっくりと起ってくる。

(とうとう、この娘も……)

ぼくは一番最後までとっておいたオイしいものを、楽しみながら口中で味わうように、その快感をかみしめる。

その時だった。国電はちょうど渋谷の町に入りかけていたのだが、ぼくの得意の目に道玄坂の夜の灯や赤や青の映画館のネオンがうつり、うしろにあの場所が——もちろん、それはひとぬりの闇につつまれていたが——忘れもしない、ぼくが始めてミツとよぶ女をだいた場所、あの旅館や坂道、地下鉄の引込み線をとりかこむ一角がとびこんできたのだ。

（ミツ……）

このイメージはぼくの心を突然、針のように刺した。なぜか知らぬ。おそらくそれは渋谷の表通りのまぶしさにくらべて、その一角だけがその時のぼくの眼には、暗く、さびしく、悲しげにうつったためかもしれぬ。なぜか知らぬ。ぼくの心のどこかで、その暗く、さびしく、悲しげにうつったものと森田ミツとを合わせてしまったためかも知れぬ。なぜか知らぬ。ぼくがこうして会社でも恋愛でも幸福なとき、あの娘は十字架をのこして、姿を消してしまったためかもしれぬ。

電車が渋谷駅につく、座席の人々の幾人かが争ってホームに降り、ホームから、また、毎日の生活にくたびれた顔の人々が乗ってくる。軋んだ音をたてて扉がしまった時、ぼくはかつて同じホームで電車に追いすがるように追いかけてきたミツの顔をぼんやりと心に甦らした。

「つかれたの？　吉岡さん。」

マリ子はぼくの体に靠れるようにして囁いた。

「変な人、急に黙ったりして。」

「え？　つかれてなんかいないよ。」

「吉岡さんて時々、急に寂しそうな顔をするわね。」

「冗談じゃあねえよ。俺、そんなセンチな男じゃねえさ。センチなんて……大嫌いだ。」


ぼくらはかくしておいたつもりだったが、会社の同僚たちは——特に敏感な女の子は、マリ子とぼくとの関係をうすうす気づいてきた。知っていないのは社長や二人の重役ぐらいなものだったろう。

はじめのうちは、それは男の同僚たちの軽い羨望と多少、意地悪な皮肉をもって迎えられた。休憩時間の時なぞ、みんなが誰かの机のまわりで雑談していて、ぼくがそのそばに寄ると、急に話をやめる場合がある。みんなはぼくらのことを話題にしていたにちがいないのだ。


時々は（もちろんマリ子が事務所にいない時だったが）彼等は聞こえよがしに、

「接吻ぐらいしたのかなア、あいつらよオ。」

「そりゃしたさ。あたりめえじゃないか、あのほうだって……」

そのあと押し殺したような笑いが耳に伝わってくる。

（よし、向うがその気なら）とぼくは考えた。（こちらは逆手でいくぜ。）

事務所でも外でも、ぼくはマリ子は自分の恋人だと、はっきりみせるような態度をとってみた。始めは気をのまれた連中も、次第にぼくらのことを容認するようになる。特にマリ子が社長の親類のためか、彼等はぼくの機嫌をとっておいた方がいいと思ったのかもしれぬ。やがて意地悪な軽口や皮肉をぶつける者はいなくなった。

だが彼等が、好奇心をもって二人を眺めていることには変りなかった。

「キスぐらいしたのかなあ。あいつらよオ。」

けれどもぼくとマリ子とは、まだ一度もキスをかわしたことはない。それは本当だ。

ぼくはマリ子を尊敬していたのか。ミツならば見さげて、その体を奪っても当然だと思ったぼくが、なぜマリ子の唇や純潔を大事にしたのだろう。

もちろん、その理由の一つには彼女の信用を失いたくはないという気持があったことはたしかだ。もし彼女の信用を失い、そして我々の恋愛が御破算になれば、ぼくは同僚の笑い者になるし、その上、やがて会社の上役からも変な眼でみられるにちがいない。

だが、ぼくだって若い男だった。マリ子と一緒に歩いてて、彼女の体に指を触れ、顔をちかづけたいという衝動に駆られる。喫茶店でなにげなく二人の膝と膝とがふれあう時、彼女のやわらかい暖かい体温が膝を通してこちらに伝わってくる。電車の中で急に彼女が体をこちらに靠れさせる瞬間、その髪の匂いやゴムまりのような胸がどうかしてぼくの顔や手にぶつかることがある。

それをグッとこらえて、思えばぼくもよく頑張ったものだ。

「吉岡さん。口じゃ不良みたいな物の言いかたするけど。」とマリ子はある雨の日、喫茶店でしみじみ言ったのだった。「本当は純粋なのね。」

「そうかね。」

「あたし、そんな人、好きよ。だから吉岡さんのそばに夜遅くまでいても、あたし安心できるの。」

「俺だって男だよ。しかし恋愛中には越えるべからざるものを越えてはならぬ、とマルクスも言っている。そのマルクスの言葉こそわが信念だな。」

「えらいわ。吉岡さん。あなたはいつもマルクスの言葉のいいとこだけを取るのねえ。」

「そうかな。それほどでもねえや。しかしマルクスはよく読んだねえ……」

しかしぼくは、マリ子にも言わぬ秘密があった。ぼくはマリ子との逢引きをすませたあと、二度か三度、赤線に女を買いに行ったことがある。マリ子から感じた肉体の衝動をどこかで消化する必要があったからだ。マリ子によってみたせぬものを街の女で解消しようという考えだった。

恋人をもちながら、その恋人の肉体にふれようとせず、欲望のはけ口を商売の女に見出すという心理をぼくは別に矛盾したものとは思ってもいなかった。マリ子にたいする裏切りとも考えなかった。もちろんマリ子にはそのことを話さなかったが、それは彼女のような娘には若い男性の生理が理解できず、きたないものと誤解されるのを恐れたからである。いや、ぼくの心情は女を二つにわけて、Aの女にできないことを、Bの女に平気でできたのだ。そしてAの女には三浦マリ子が入っていた。Bの女には街の商売女や森田ミツが入っていたのである。

ある小雨のふる日、ぼくは池袋までマリ子を送ったあと、やりきれぬ気持で電車に乗った。マリ子はその日、上衣の下にナイロンを着ていたのだが、乳色のその半透明な布を通して、彼女の胸のふくらみが、一緒に歩きまわっている間、ぼくを随分なやましたものだった。喫茶店で彼女は肩を自分の左手でもみながら、

「つかれたわ。今日一日、タイプ打ったでしょう。」

それから、からかうような眼つきで、

「ね、あなた結婚したら、あなたの奥さんの肩、もんであげる?」

「おもみしますよ。しかし俺の奥さんってだれだい。」

「知らないわ。さア。一体、だれでしょう。」

その時の彼女の急にキラキラ光った眼や、とぼけた声には娘らしい媚がはっきりと感じられた。ぼくは急に胸ぐるしくなってうつむいた。外は霧のような雨が降り、喫茶店の中は客がもちこんでくる湿気と暖かさで、妙にベトベトした刺激的な空気になっていたせいかもしれぬ。うつむいたぼくは、雨靴をはいた彼女の足に視線をとめ、それからストッキングにつつまれたふくらはぎと膝と、スカートの下の腿を想像したのだった。

その記憶が電車に乗っても頭にのこっていて、

（ちょッ。マルクスさんの信念まもるのも、楽じゃあねえよ。）

電車が新宿についた時、ぼくが急いでおりたのは、何処か屋台で、この記憶を追い払うため、焼酎の一杯でもひっかけていこうと思ったからである。

西口の歩道に出ている屋台でブドウ割りと称するピンク色の安酒を一杯コップでひっかけたが、かえって外の湿気と体内の熱さとが、ぼくを益々、妙な気持にさせてくる。しめった微温は青年の生理に一番いけない刺激なんだ。

そのまま、いつかのソープの近くまで歩いた。前を通りすぎた時、ふしぎに酔のまわった頭には森田ミツのことは苦痛をもって心に甦らない。有難かった。

大通り、一つわたると、そこからは赤線である。霧雨のなかを映画のセットのような道が真直つづき、その両側にふるびた菓子箱にも似た家がならび、戸のそばに二人ずつ女がならんでよびかける。雨が彼女たちの頬をぬらして、

「寄ってよ。ねえ。」

声のしゃがれたのは避けたほうがいい。病気で咽喉をやられているかもしれぬからだ。首のところに包帯やバンソウコウをはっているのもお断りだ。

「素敵、お兄さん。佐田啓二に似てるよ。」

顔も体も痩せた女が雨のなかを走り出てぼくの腕にぶらさがり、無理矢理に入口に押しこもうとする。

「こらこら、無茶するなよ。」

「するわよ。逃げると洋服やぶってやるから。」

靴をぬがされ、うしろから押され、結局、こちらにその気があったから、ぼくは女と二階の小さな部屋にのぼった。鏡台や茶箪笥のある六畳だった。窓はむこう側のネオンが反射してほの赤かった。ああ、あそこがミツが働いていた店だ。あいつも、こんな夜、同じように夜空にうつるネオンを眺めたんだろう。

女をだきながら、今度は別にマリ子のことを思わなかった。これは男の心理だ。女性とちがって生理と心理は若い男の場合、容易に別々になる。女は愛した者にしか肉体の欲望を感じないが、男は恋愛の対象と欲望の対象とをわけることができる。マリ子はマリ子、この女はこの女。

乳房の小さな女だった。夜がふけるにつれ、チャルメラの音が窓の下できこえ、酔客が歌を歌いながら通りすぎ、やがてあたりはひっそりとする。女は小さな乳房をぼくに握らしたまま、口をあいて眠っていた。その口の息がくさく、ひどく疲れきっているような表情だった。

朝がきた。雨戸のすきまから光がもれてくる。女はまだ眠っていたから、ぼくは煙草を口にくわえ、窓をあけた。むこうの窓にも、娼婦が布団をほしているのがみえる。昨夜とまった客はもう帰ったらしい。その女は頭に金具みたいなものをいっぱいつけ、ぼくを見るとニヤッと笑った。その口の金歯が朝の光に光った。

「帰るぜ。おい。」

「え、もう帰んの。早いのねえ。」

ぼくの女は寝巻から出た細い腕をボリボリかきながら、それでも階段の下までついてきた。スリッパの片方の足をなくして、片方だけにだらしなくひっかけながら。

なんだかすべてが不潔にみえた。女もこの家も、路もすべてがきたならしくみえた。早くここを出て大通りに出たかった。会社にはまだ間にあうだろう。

「おッ。」

ぼくは誰かに背後から声をかけられた。ふりむくと、会社の同僚の一人、大野という男だった。

「ヘエ、吉岡さん。あんた、こんなとこに来てたのか。」

大野は皮肉な笑いをゆがめた厚い唇にうかべながら、

「いいのかね。マリちゃんに知られていいのかね。」

ぼくは黙った。とんでもないところを見られたという驚きが胸を横切った。

ぼくの手記　(六)

一日、事務室の机にむかいながら体中に針がささっているような感じがした。

三浦マリ子とぼくとの間は事務室の連中がもう知っているし、おそかれ、早かれ、ぼくたちが結婚することも、会社内では公然の秘密になっている。マリ子が社長の姪だから、ぼくもいつかはこの会社の幹部になる可能性はみんなの羨望や嫉妬をかっている。

だから、そのぼくが昨夜、新宿の赤線で女をだいていたと大野の口からみんなにひろまったらどうなるだろう。女子社員たちは、ぼくを恋人を裏切って他の女の体を買った不潔な男と思うにちがいない。思うだけでなく、マリ子にたいしても、同性の意地わるな眼をそそぐにちがいない。

「あなた、マリちゃん、なにも気づいていないのよ。いい気なもんね。」

休み時間、化粧室や廊下で交わされるそんなヒソヒソ声が、まるでぼくの耳にきこえるような気さえした。

男の同僚たちは同僚たちでこう言うだろう。

「野郎、まだ、だかせてもらえないんだよ。」

「そうさ。だからよ……」

ぼくは机から顔をあげてそっとマリ子を窺った。たしかに彼女はまだ大野からあのことを聞かされてはいないようだった。いつもと同じように彼女はタイプにうつむいて、生真面目な顔をしてキイを叩いていた。初夏の暑さのため、その顔はうっすらと汗ばんでいる。

大野は鉛筆を口にくわえて、ソロバンをはじいていた。はじき終るとメモに何かをかきこみ、急にポケットからマッチ箱をとり出した。マッチ棒で耳あかをほじくり、それをたんねんにメモになすりつけている。

(きたない奴だな。)とぼくは舌打ちした。(不潔な奴だよ。)

その舌打ちがきこえたわけではあるまいが、不意に彼は頭をあげた。そして、ぼくと視線があうと、突然、その白っぽい狡猾そうな顔に、うすら笑いがうかんだ。うすら笑いをうかべたまま、彼はぼくにわかるように、ゆっくりとマリ子のほうを眺めた。

彼がこの動作でぼくに言おうとしていることは明瞭だった。それは今朝のできごとを暗示しているのであり、マリ子があの事実を知るのも知らないのもすべて自分にかかっていると言うことだった。

それだけではなかった。その日の昼休み、遂に困ったことが起った。

洗面所で手を洗い、廊下に出たぼくに大野は例のうすら笑いをうかべて近寄って、

「ねえ、吉岡さん。」

「たのみがあるんだけど、さ。」

「なんです。」

顔を強張らせ、ぼくはボクサーが身がまえるような姿勢をとった。

「俺さ、マージャンでよ、金、すっちゃって困ってんだけど、少し貸してもらえないかね。」

「金……、ぼくも素寒貧なんですよ。月給日の前だし。」

「あれ、赤線に行く金はあったのにねえ……」と大野はじっとぼくを見つめ、ゆっく

りと呟いた。「それとも、あんた、恋人にあの金を借りて行ったと言うのかね。なら、俺、三浦さんにあのこと、話したっていいんだぜ。」

「いくら欲しいんだ。」

怒りと屈辱とで、こちらの声がふるえていた。

「三千円、……いや、二千円でいいな。」

「じゃ、明日、もってくる。」

「明日？　今、持ってないの？　ふうん。仕方ないな。じゃ、明日、忘れてくれるなよ。」

まるで大野はぼくから金をせびるのが当然の権利のような顔をして、流行歌を口ずさみながら廊下を去っていった。

だが本当のところ、月給前でぼくの懐中には千円さえ入っていない。金の工面《くめん》はなんとか、なるだろうが、それを大野に言われたようにマリ子から借りることはこちらの自尊心がゆるせなかった。ぼくの心にはまだマリ子の前で、みじめったらしい自分を見せるのが嫌だったのだ。

午後は事務室にいても一日、憂鬱だった。下宿に戻って窓ぎわに腰をおろし、トタン屋根の上の夕焼の雲をぼんやり眺めながら、ぼくは今後の自分のとるべき態度を考えた。

もう、赤線などには近寄るまいぜ。油断していたのはこちらのウカツだった。それから大野にこれ以上、人の弱点におぶさるまねはさせないぞ。今度は二千円は貸してやるが、また、こちらをナメたまねをしやがるなら、タダじゃおかねえからな。この吉岡努をなんと思ってやがるんだ。大野のことを思いだすと、頭も体もアルコールをながしこんだように、急に熱くなり、腹がたってくる。

しかし、今後、赤線に行かぬとすれば、どう若い欲望は処理するか。思いきってマリ子に言いよるか。いや、いや。万が一でも、そんなことをして、彼女から軽蔑をうけたら大変だ。そうなれば、社長や上役の吉村さん、片岡さんから俺がどんな眼でみられるか、わかりきった話だ。じゃ、どうすれば、いいんだ。

突然、ぼくの心にあのミツの、馬鹿みたいな、人のよさそうなわらい顔がうかんできたのだ。あいつはまだ、俺に惚れてるかもしれない。もし、そうなら、今後、赤線に行くかわりに彼女をだけばいい。足のみじかい、ずんぐりした彼女の胴体だが、どうせ赤線の女の体だってそれと大差があるわけではない。

そう思うとぼくは今日一日、憂鬱だった気分が幾分、晴れてくるような気がした。洋服に着かえると、下宿を出て都電に乗った。神田神保町の金さんのスワン興業に久しく行かないが、学生時代にゲルピン（金に困ること）になるたびにバイトをもらいに出かけたように、明日の二千円の件も金さんに工面してもらおうと思ったのだ。

始めてスワン興業に出かけた二年前の秋の夕暮を、ぼくはまだ憶えている。灰色の靄が戦災で焼けのこったこの一握りの一角を包み、細い路で子供たちがマリつきをして遊んでいた。どこかの家で七輪を燃し、そのあわい煙がながれ、うしろから紙芝居の親爺さんが古自転車を軋ませながら通りすぎていったっけ。そう……あの時、ぼくは今より貧しく、腹をすかせていたのだ。

硝子戸のうしろに、金さんの姿がうごいていた。相変らず下っ端の映画俳優のきるような洋服をきて、しるし半纏姿の職人らしい男と話をしている。

「金さん。」

硝子戸をあけ、そっと声をかけると、ふりむいた金さんの顔が嬉しそうにクシャ、クシャになって、

「やあ。お前。」

「久しぶりです。」

「ははア……げんき、らしいな。顔色いいよ。金かせいで、腹いっぱい飯くってるな。洋服みれば、ちゃんと、わかる。」

「いや。」ぼくは弱々しく首をふって、「そうでもないんです。それに今日もその金のことで来たんです。」

「バッカだなあ。バッカだよ。なにに使う。ははア……女のことか。」

「いや……そうじゃない。ただできたら二千円ほど借りたいんです。」

他の人にならいざ知らず、金さんはぼくにだけはいつも親切だった。彼の気持のどこかには自分が面倒をみてやった若い日本人という意識があったのだろう。片言の日本語でいつもぼくを説教する癖があり、ぼくはぼくで彼には妙な親近感をもっていた。

来月の月給日に二千円を返すという約束で、金さんは快くズボンのポケットから金をだして貸してくれたが、

「ぼくはねえ、川崎に大きな事務所をつくったねえ。ここ売ってこの通り引越しよ。」

得意そうに、自分の事業は拡張されて川崎にパチンコの店を一軒もち、その二階をスワン興業の事務所にすることにしたのだと言う。

「川崎?」

「そうだ。川崎には韓国人が沢山、仕事してるからねえ。バア開いているのもいるよ。ソープやるのもいるよ。みな、成功だ。日本人はだめだな。イクジないな。」

ソープという言葉と川崎という市の名は、ぼくの記憶をゆさぶった。金さんがくれた煙草をすいながら、ぼくはミツのことを考えた。そう……ミツは新宿の女が言う通りならば川崎に行った筈だ。

「ねえ、金さん。もう一つ頼みがあるんだけど。」

「なんだ。また金か。」

「ちがう。人をみつけてほしいんですよ。森田ミツっていう娘ですが。」

眼鏡の奥で金さんの目が狡そうに光った。

「ははあ。」

小指を一本だして、

「ははあ……、コレだな。」

ちがうと答えかけて、ぼくはただ笑うことにした。その方が便利だった。

「どこ、住んでるか、そのコレ。」

「知らないんだ。おそらくソープとか、パチンコ屋とか、金さんの友人の経営しているような店に勤めていると思うんです。だから雲をつかむような話だけど。」

「ふうん。」今度は気のなさそうに金さんはぼくの手首をじろじろみた。「むつかしよ。そりゃ。」

だが帰ろうとするぼくを彼は急によびとめて、片手を差しだすと、

「タンポ。」

「タンポ?」

「タンポだよ。二千円かりて、タンポおかないのだめだな。金かえした時、わたしてやるよ。」

「ひどいな、金さん。あんたぼくという人間信用してくれないんですか。」

「だから、日本人はだめだよ。契約は契約だ。ぼくは人間より、金しんようするな。」

国産の品物だったが、容赦なく金さんは借金の形にぼくの腕から時計をまきあげた。


あたりを窺いながら、大野は素早くその二千円をポケットにしまいこんで、卑屈な笑いをうかべた。

「すみませんねえ。」

「これっきりですよ。きっと。」

「わかってるよ。さ、そう、念をおさなくてもさ。」

「しつこいようだが一度だけだ。俺あ、人に金かりるのも嫌いだが、貸すのもイヤで

すからね。」

「まア、そう冷たいことさ、言わんでさ。」

窓から流れこむ陽をうけて大野の顔はずるく、いやらしく歪んだ。これで一応は助かったという気持だったが、しかし相手が今後、どうでてくるかがまだ不安だった。

事務室に戻ると、マリ子がぼくをみてタイプをうつ手をやめ微笑した。周りの同僚も別段、変った表情をみせない。どうやら大野は今のところ、例の秘密を洩らしてはいないようだ。

しかし、それも二千円のためだった。その二千円は返してもらわないことにするのだ。いつも彼がぼくに借金しているという気持をいだかせたほうがいい。そのほうが口封じになる。来月、金さんに時計と交換で月給の一部を差し引かれるのは痛いが、口どめ料をそれで買ったと思わねばならぬ。

契約、契約と言った金さんは、流石に約束は守る男だった。

あの日、気のなさそうな返事をしていながら彼は二週間後、ミツのことについて電話をよこしたのだった。

「コレのこと、むツかしかったなア。でも、わかったよ。」

「コレ?」

「ばっかだなあ。コレだ。おんなだよ。おんな。」

「ああ……、女か。」

マリ子と同僚を横目でひそかに窺いながら、ぼくは急に声をひそめた。金さんの話はこうだった。パチンコ屋を経営している男が、森田ミツという娘を使ったことがあると言うのだ。ただもう彼女はその店にはいない。首にされてしまったのだ。

「なぜ、首になったんです。」

「店の金、ごまかしたな、チョロまかして、にげたな。」

「ミツが?」

少し茫然としてぼくは受話器を握っていた。あの馬鹿娘が泥棒をやったのか。人のよさそうな顔をしているくせに、どんな風に金を盗んだんだろうか。

金さんはそれ以上はわからないが、川崎にくればそのパチンコ経営のトモダチに会わせるという。

「くるか。」

「じゃ、夜、行きますよ。」

受話器を切って、顔の汗をふいた。今の電話を怪しむ者はいない。マリ子は机にうつむき、大野はマッチ棒で耳あかをほじくりながら書類をみている。ミツがどんな風に金を盗んだのか、ぼくは好奇心と興味にかられていた。オズオズとためらいながら、店の金に手をのばす彼女の姿が眼にみえるような気がする。

（馬鹿娘が。）ぼくは呟いた。（馬鹿娘が。）

人生には人がよいだけで、坂道の傾斜をわざわざころげる連中がいる。不器用で要領がわるくて、損得の観念が結局よくつかめぬ連中だ。ミツはきっとそんな一人なんだろう。

午後の仕事が終った時、マリ子はタイプにカバーをかけると髪に手をあててぼくに微笑した。二人だけのサインで今夜、どこかに行こうかという意味だった。

それに首をふったのが、あとで考えると大変な失敗だった。しかしその日、彼女とつきあっても遅かれ、早かれ、事態は来たのかもしれない。

川崎の駅前広場は夕暮の靄につつまれ、改札口からあふれ出る人々にぶつかりながら、ぼくはひょっとして、その中にミツの姿がないかと思ったりする。昼は晴れていたのに、曇りだした空はあるいは雨がふるかもしれぬ感じである。

あたらしいスワン興業はすぐわかった。一階のできたばかりのパチンコ屋の前には、開店祝いの花輪が幾つか並べられ、連弾式の新機械が人々の興味をそそったのか蛍光燈の照明の下で、沢山の男や女の客が、店内を流れる流行歌を聞きながら、球をはじいていた。その流行歌はぼくの心に記憶のあるものだった。

　あの日に　棄てた　あの女
　今ごろ　何処で　生きてるか
　今ごろ　なにを　しているか
金さんは嬉しそうにその流行歌と客の間をゆっくり歩きまわり、賞品渡しの女の子たちに注意を与え、ぼくに気がつくと笑いながら近寄ってきた。
　あの日に　棄てた　あの女
　今ごろ　何処で　生きてるか
　今ごろ　なにを　しているか
「お前、その女にホレてるな。」
「馬鹿な。」
「それだから、すぐ、とんで来たんだろ。ははア。顔を赤くしたな。純情だな。お前。」
「まア、いい。それよりその友だちって、何処にいるんです。」
「トモダチの店はすぐ近くだ。行ってみるか。話はしてあるから、すぐ行ってこい。」
　金さんの店と同じようなパチンコ屋だったが、そこは照明も暗く、パチンコ台もふるく、客もまばらだった。

ぼくは二十円をだして一握りの球を買うと、バネのすっかりゆるんだ台の前にたち、義務的に指を動かした。気のなさそうに球はまがった釘にぶつかり、はねかえり、人生の落伍者のように下の穴に消えていった。そのあわれな球を一つ一つ眼で追いながら、ぼくは人生のようだなと思った。

「ねえ、その機械。」

台のうしろから眼鏡をかけた娘が、ホオズキをかみながら小声で言った。

「それでやると損するわよ。あっちのほうが、よく球が出るわよ。」

「かたじけねえッと。しかし、そんなこと客に教えちゃ、店の損になるぜ。」

「いいの。損になったって、あたしの知ったことじゃ、ないから。」

「ねえ、君、森田って女の子、ここにいたろう。」

ぼくが暗誦でもするように、この名前をゆっくり言うと、二ヵ月前のソープの娘と同じように、この娘もピクッとしてこちらをじっと見つめた。

「ミッちゃんを……知ってるの。」

「知ってたよ。やめたんだってね。店の金をくすねて。」

「くすねたんじゃないわ。」彼女は怒ったように肩をそびやかした。「あの人、馬場さんを……助けたのよ。」

「おや、おや。なんだい。ややこしいな。」

眼鏡をかけた娘は、パチンコの台と台の間から下駄のまま体をあらわした。ホオズキをキュッ、キュッと口のなかでならしながら、あたりを見まわし、

「だってさ。うちのマスター、とってもケチだもの。馬場さんは、カリエスの兄さんと二人暮しでしょう。薬だってお医者さん代だってかかるでしょう。なんども前借したから、馬場さん、その時マスターにかりられなかったのよ。だから店の金をつい、黙ってかりたのね。」

「それが見つかったわけか。」

「そうよ。でもその時ミッちゃん、自分は一人暮しだから、馬場さんの代りに責任をとってあげる気になって……自分がやりましたってマスターに言って……」

「じゃ警察へつれていかれたろ。」

「マスターだって、悪いこと、随分してるんだから……表沙汰にしたくなかったんじゃない？」

「その金は返したのか。」

「ミッちゃん、だからマスターの言いなりに酒場で働かされて、お金をとりたてられ

た筈よ。」

「あいつ、時々、ここに来るかい。」

「一度しかこない。こちらから行きたいけど……女なんか行けない、いやらしい酒場だもん。」

外には霧のような雨がふりはじめた。若い男があわてて路においた自転車を屋根の下に移している。それからその男の口笛がきこえてくる。

酒場の名と場所とをきいて、ぼくは路に出た。首すじと顔とに細かい針のような雨があたってきた。金さんにさようならを言おうと思ったが、彼の姿は照明のあかるい店のなかには見当らない。相変らずジャラ、ジャラというパチンコ球の音にまじって、例の曲だけがながれていた。

製薬会社からソープ、ソープからパチンコ屋の店員をやって、遂にあいつは、「いやらしい酒場」で働くようになったわけか。

　今ごろ　なにを　しているか
　知ったことではないけれど

あの曲の歌がぼくを追いかけるようにまた聞えてくる。本当にあいつがどう生きようと、ぼくの知ったことではないけれども、男には一度、寝た女が人生を少しずつ滑り落ちていくのを知ると、やはり一種の感傷のようなものが起ってくるのだった。

そうだ。ぼくはその時、がらにもなく妙に感傷的になっていた。今までそれほどふかく思いもしなかったあいつの人生を、霧雨のなか、頬や首をぬらしながら、指をかみながらぼくは考えた。パチンコの球が釘にぶつかり、はねかえり、次第に落ちていくようにあいつも堕《お》ちてったんだ。なぜ、もう少しうまく俺のように毎日を渡れないんだろう。他人のやった罪までひっかぶって、わざわざ自分の運命を狂わしてやがる。あの愚鈍な話しかた。俺が小児麻痺で体が不自由だと言っただけで、みんな与えてしまうような人のよさ。あれじゃ、どうにもなるまいな。

雨にぬれた細い道の両側に、表だけをセメントとペンキでごまかした酒場が両側にならんでいた。どの店も「スズラン」だの「ジュリー」だの、ありふれた花の名を片仮名でかき、路には客の影は一人も見えず、ぼくの靴音がひびくと扉が少しあいて、女が顔を出して、

「ね、お寄りになりません。」

まるでここは新宿の赤線とそっくりだ。店の中でも、新宿の赤線と同じことをやっているのかもしれない。

「ね。安いのよ。」

あいた扉から男の嗄れた声がひびいてくる。

「なんやなんや。豚みたいな顔しよって、サービスもろくにせんやないか。」

ミツが勤めている「サフラン」という店でも、ぼくが立ちどまると、暗い影のなかから女が声をかけた。

「ビールのみません、お兄さん。」

「ミッちゃん、いるならな。」

「ミッちゃん？」

「そうさ。」

「いないわよ。そんな人。あたしが、ミッちゃんの代りにサービスしてあげる。ねえ、ねえってば。」

「森田ミツって言うんだよ。」

「なんだ。咲子さんのことか。」

ミツは、この店では咲子という名をもらって働いているらしかった。

「咲子さんなら、休み。」

「休み？　病気かい。」

「病院に行ったのよ。今日。」

「なんの病気だい。」

「しらない。オデキでもなおしにいくんじゃない……ねえ、いいじゃない。咲ちゃんがいなくたってさあ。寄っていきなさいよ。」

「俺、吉岡って言うんだが。」ぼくは自分の名と住所をかいた紙を彼女にわたして、「吉岡が来たと伝えといてくれないか。」

ぼくが店に寄らないことがわかると、女はうしろから口ぎたない罵声をあびせてきた。

(病気か……あいつ。)

ぼくはひどく疲労を感じた。なぜか知らないが体だけではなく、心の芯までくたびれているのを感じた。雨にぬれて一匹の犬が路をよろめきながら横切っていった。

その瞬間、突然、誰かが耳もとでぼく自身に問いかけるような錯覚に捉われた。今でもあの瞬間、どうしてあんな声を聞いたような気がしたのかふしぎである。

(ねえ、君があの日、彼女と会わなかったら)と、その声は呟いた。(あの娘も別の人生を――もっと倖せな平凡な人生を送ったかもしれないな。)

(俺の責任じゃないぜ。)とぼくは首をふった。(一つ一つ、そんなこと気にしていたら、誰とも会えないじゃないか。毎日を送れないじゃないか。)

（そりゃそうだ。だから人生というのは複雑なんだ。だが忘れちゃいけないよ。人間は他人の人生に痕跡を残さずに交わることはできないんだよ。）

ぼくは首をふって、雨のなかを、ぬれながら、歩きつづけた。ちょうどあの渋谷の夜、仔犬のようについてきたミツに眼もくれずに駅にむかって歩きだしたように……

けれどもその翌日、雨があがり陽があかるく照ると、ぼくはミツのことも、彼女についてがらにもなく感傷的な気分になったことも忘れていた。

さア。仕事だ。お前はあんな人生を小石のように落ちていく女たちとは何の関係もないんだ。初夏の赫《かがやか》しい空もまぶしい光もぼくにそう言いかけているように見える。

会社でぼくはいつもより、はりきって仕事をした。誰にも——そう大野にたいしてさえも愛想よく話しかけ、テキパキと仕事をし、電話をかけ、吉村さんに書類のハンを次々ともらいにいった。

「ねえ、昨夜、どこにいらしたの。」

昼休み、マリ子は肩を並べてあかるい歩道を歩きながら、ぼくにたずねた。街路樹の銀杏の葉は六月の梅雨に水を充分すって、すっかりみどり濃くなっている。

「あたし、とても詰らなかった。」

「ごめんよ。」ぼくはマリ子にいつもやさしかった。

「ちょっと用があってね。どうしても、避けられない用だったんだよ。」

「あたし、仕方ないから、昔、おつとめしていた所に寄ったのよ。」

「昔、勤めていた所って？」

「いつか、お話しなかったかしら、あたし伯父の会社に来る前、社会見学のつもりで経堂の製薬会社に一寸いたことあるのよ。でもあんまり汚い小さな会社なので、すぐやめたけど。」

「そうか。」

そうかと何気なさそうに言ったけれど、こちらの声は震えていた。

「そりゃ楽しかったろう。」

「知っている人は少くなったわ。あたしの頃、女の子が二人いたんだけれど、二人ともやめちゃって……」

とりとめもなく彼女は自分の過去をうちあける。うちあけることがまるでぼくにたいする信頼と愛情の証拠であるような話しぶりだ。だがその話はこちらの胸を突きさしてくる。

「ジャズききにいかないか。ロキシーに。」

あわててぼくが話題をかえると、マリ子はそれに気がつかず、

「だれか歌ってるかしら。」

「いけねえ。だめだ。俺、今日、懐中がさびしいんだよ。」

「馬鹿ねえ。昨日、あたしをだましてお酒飲みにいったんでしょう。結婚してから、そんなこと、なさっちゃイヤよ。いいわ。お茶ぐらい、あたしが払ってあげます。」

結局、銀座の銀巴里という店でぼくらはシャンソンをきいた。ここはお茶をのませながら若い歌手のシャンソンをきかせる店だった。

二日たった。三日たった。大野はあれ以後、もうぼくを脅かす様子も見せない。すべてが事なく処理できたように思えた一週間後、会社から下宿に戻ったぼくは、アパートの入口の状差しに一枚の葉書が放りこまれてあるのに気がついた。

見憶えのある子供のような拙い字で書かれたミツの字だった。

「お元気ですか。このあいだ、吉岡さんがお店に来てくれたときいてびっくりしました。おこらないでください。でももう、たずねないでくださいませ。仕方ないです。まえから体がわるく……」

相変らず誤字だらけの文章だったが、その文面はむかしとちがって、ひどく寂しく

せつなそうだった。

ミツを川崎の駅から電話をかけて呼びだしたのは、その翌日の夜である。久しぶりに会う彼女にたいして同情心や好奇心がぼくになかったわけではない。もちろん、その気持もあったが、彼女を今後、新宿の女をだくかわりの相手にしようという衝動のほうが強かったのだ。

今でも憶えている。その夜もこの間の夜と同じように霧雨がふっていた。

駅にちかい「ロッキー」という喫茶店で、ぼくは煙草をふかしながら待っていた。月給をもらったばかりだったから、ふところは暖かかった。

ふところだけではなく、ぼくはひどく寛大な気分になっていた。場合によっては病気のミツに少しぐらい小遣をやって、あたたかいものを食べさせてやろうと思ったぐらいだ。そうすることによって、あの娘にたいする自分のうしろめたい気持を誤魔化そうとしていたのだろう。

二十分待った。しかしミツは来なかった。さっき電話口でも、とても悲しそうに、会えないと言うのを無理矢理、承諾させたのだ。あの娘になにかを承諾させるにはどうすればよいか、渋谷の夜以来、こちらは知っている。彼女は誰か他人が辛そうで、孤独なのに我慢できないたちなのだ。しかし、それなのに今、半時間たってもその姿は扉のむこうにあらわれない。

(あいつ、流石に俺のことが、嫌いになったんだな。)

一寸の虫にも五分の魂か。四十分待って来なければ引上げよう。

その時、喫茶店の扉に小さな影がうつった。捨てられた猫のように雨に髪も顔も汚なく濡れて、古ぼけた傘を手にした彼女がぼんやりと立っていた。レインコートもなく、下駄をはいている。髪も昔のように三つ編みにしていた。

食い入るようにミツはぼくを見つめた。ああ、こんな眼には見憶えがある。渋谷駅のホームでドアがしまり、走りだした電車の中のぼくを小走りに走りながら必死でさがしていたあの時の眼だ。

「元気か。」

「…………」

「この間、たずねたんだよ。」

注文をとりにきたウェイトレスがじろじろとミツを眺める。珈琲が運ばれてもミツは眼を伏せたまま飲もうとしない。

「どうしたんだ。俺、君のことが懐しくてたずねたんだぜ。」

「…………」

「俺と今後、つきあうのはイヤか。え？　ツキあおうぜ。昔のようにさ。面白かったじゃないか。渋谷でよ。歌ごえ酒場のこと、おぼえているかい。占いの爺さんが来てさ。……どうしたんだ。ツキあいたくないのか。」

「………」

「俺のこと、嫌いになったんだな。」

はじめてその時、彼女は顔をあげてぼくをじっと見た。

「そうだろ。」

「そうじゃないよ。そうじゃないよ。」

顔をクシャクシャにゆがめて彼女は半泣きになりながら、しゃくるように呟いた。

「好きだよ。」

「好きなら、なぜツキ合わねえんだ。」

「だって、あたし……」

「あんな酒場に勤めてるからと言うのかい。かまやしねえよ。こちらも気が楽だもん。」

「あたし……病気だもん。」

やっとぼくは彼女の顔色がひどく悪いのに気がついた。

「病気？　なんの病気、まさか肺病じゃないだろうな。」

「ちがうの。お医者さんに腕のハレモノを見てもらったら。」

「うん。」

「精密検査しなくちゃいけないって。だから、あたし、あさって御殿場に行くんだよ。」

「御殿場？」

「あそこに……」ミツは一瞬、絶句した。「病院があるの。」

ぼくはあの日の夕暮、マリ子たちと山中湖に行った帰りにバスの中から遠望した病院のことを急に心に甦らした。林の中につつまれ、孤独におしだまった病院だった。それはハンセン病の療養所だった筈だ。

「まさか、君……」

ミツは顔に手をあてて……泣いていた。

手の首のアザ　(二)

吉岡と会う四日前、ミツは大学病院にでかけた。吉岡と会った夕暮のように、その日も霧が降っていた。

一ヵ月ぐらい前から腕の赤い痣はなぜか少しずつ膨らんでいった。ちょうど十円銅貨大ぐらいの大きさで押しても、ふれても別に痛くも痒くもない。そのくせ膨らみは次第に大きさと厚さとをますようである。

「なんだ、気持がわるいな。」

ある夜、ミツの片手を弄びながら麦酒をのんでいた中年の男が、ふとその痣に眼をとめた。

「デキモノか。」

その中年の男は、川崎で下駄屋をやっている商店主だった。飲むと酒癖がわるく、他の女給たちは嫌っていたが、なぜかミツにだけはやさしかった。

「こんなもん、治療しとかないと、客にイヤがられるよ。俺だからよかったけど。」

「塗薬はぬっているんだけど、なおらないの。」

「売薬じゃ駄目だ。駄目だ。」その男は電気にミツの腕をむけながら、遠いものでも見るように眼を細くした。

「皮膚病だけは病院にいかなくっちゃあ。」

酒場の赤い電球の光に腕の痣は余計に赤黒く、その周りの皮膚がまるで蝸牛《かたつむり》の這ったあとのようにテラテラ光って見えるのだった。

中年の男が引上げたあとへ、多田さんという客がやって来た。もう二ヵ月前に女房にすてられた男で、店に来て愚痴ばかりこぼしている。店の女たちは痩せこけて肌の色のわるいこの会社員を馬鹿にしているが、ミツだけが彼の相手になってやる。耳がタコになるほど彼の不倖せな境遇はきかされたが、その話をきくたびに、ミツはこの男が可哀想でならなくなるのだ。

この男もミツの赤黒い痣に気がついた。こわい、きたないものでも見たように、彼は体を横にねじった。

「アレじゃないのかい。」

「アレって？」

なにも知らないミツは南京豆をなげつけられた小鳥のように、キョトンとしてたずねた。

「アレだよ。梅の字のつく病気。」

カウンターにいた女給たちがどっと笑ったが、ミツはまだ気がつかなかった。

「ミッちゃん、本当に医者に行っといでよ。下駄屋さんにも言われたろ。」

爪楊枝でチュッ、チュッと歯をほじくりながら、ヨシ江という女給が言った。

「でも、痛くも痒くもないんだよ。」

「あんたはそれでいいか知んないけどさ、移されたら、あたしたち、迷惑だよ。」

顔を赤くしてミツはうつむき、足で床をゴシゴシとこすった。

翌日、近所の白井医院まで出かけた。楠本という質屋の横にある小さな汚い医院だが、内科、小児科、性病科、皮膚科という沢山の診察科目をならべている。

ひどくむし暑い日で、肥った禿頭の医者はランニングの上によごれた診察着を着ていた。

玄関をあがった四畳半が待合室で、ふるい黄ばんだ雑誌や子供の絵本がちらかっている。自分の番がくるまで、ミツは先に来た女の人の子供を守りしてやった。女の人は軽い空咳をしながら、

「すみませんねえ。ちょっと、あずかってくれます？」

そう言って診察室に入ったのだ。五つぐらいの男の子は洟汁で顔をよごしたまま、ミツの顔をじっと見る。

「坊や、なんて名前。」

「ツトム。」

ああ、吉岡さんの名とおんなじだナ、そうミツは思った。自分が川崎に来たことを吉岡さんは知っているだろうか。会いたいな。一度だけでいいから、会いたいな。

「おとなしく、おとなしく待ってんだよ。母ちゃん、すぐ、すむからな。」

いつか故郷の言葉で、彼女はこの男の子をあやしている。おとなしく、おとなしく待ってるんだよ。それは吉岡さんにたいするミツの姿勢だった。吉岡さんだけではなく、すべての知っている人にたいするミツの姿勢だった。

「母ちゃんは。」

「ああ、すぐ、すむってば……」

空咳をしながら母親が医者に送られて診察室から出てきた。

「レントゲンかけなくちゃ駄目だよ。ラッセルがきこえるんだから。でないと、保健所のほうに連絡するよ……。次の人。」

体臭と消毒薬の匂いのこもった暗い診察室で医者はじっとミツの赤黒い痣を見つめた。窓のむこうにひまわりの花がのぞいていて、さっきの子供の泣く声がきこえる。

「いつから……」

「二年ほど前ですけど、なんでもないんです。痒くも、痛くもないんだから。」

できるだけミツは病状を小さく言おうとする。それによって自分で自分の不安を打ち消すためだったが、医師は黙ってカルテに何か書きこんでいる。

「先生。なおるんですか。」

「うむ。」クレゾールで手を洗いながら彼は、酒に酔ったような眼でミツを凝視した。なぜかその顔は汗がたれていた。「明日でも大学病院で血液検査したほうがいい。」

「血液けんさって?」

「血を一寸とるだけだ。そのほうが正確だから。もちろん、なんでもないさ。悪性のもんじゃないと思うけどね。念のためだよ。」

ミツは最後の言葉にホッと安心した。悪性のものでなければ大丈夫だった。医師は薬をくれず、ミツは帰り路に包帯を買った。包帯でこの痣をかくそうと思ったのである。

なんでもないと言ったのに、次の夜、医師は店に電話をかけてきた。大学病院に行ったのかと訊ねてきたのである。大学病院に田島という先生がいる。その先生に連絡をとってあるからすぐ診察をうけるようにと、今度は押しつけるような言いかただった。

翌日は霧のような雨が降っていた。大学病院の病棟と病棟とがその雨にぬれて、曇った窓に寝巻姿の患者が、外来にくる人たちを退屈そうに見おろしていた。皮膚科と書いた診察室の廊下にも、沢山の人がうつむいたまま椅子に腰をかけて順番を待っていた。その中には顔中、白い包帯をまいた男が坐っている。

ミツはこういう所に来たことはない。受付で廊下で待っているように言われたのだが、自分が場所を間違えたのではないか、失敗しはしないかと不安で不安でたまらない。通りすぎる看護婦にミツは幾度も幾度も、

「あの……これ……どこでしょうか。」

受付でもらった表をみせるのだった。それからまた片隅の椅子に腰をおろして靴を

カタカタ言わせながら、まわり中に眼を走らせ、時々、たまらなくなって便所に走りこむ。用を足しても足しても、便所に行きたくなるのである。

「高木さん。戸川さん。丸山さん。」

看護婦が順番にしたがって名前をよんでいくが、森田という名を口にはださない。

「あたし、森田ミツですけど。」

「待って下さいよ。患者さん、沢山いるんですから。」

眼鏡をかけた看護婦に叱られてミツは、仔犬のようにスゴスゴと椅子に戻る。周りの人がうす笑いをうかべて彼女をじっと見つめる。

順番がやっと来た。外は霧雨が降っているのに、病棟と病棟との間によごれた猫が一匹じっとうずくまっていた。

「上を裸になって。」

「え？」

「裸になりなさい。」

真中にでっぷりと肥った偉い先生が腰かけて、その周りに同じように診察着を着た若い医師が五、六人、両手を前に組んで立っている。沢山の立派な人たちの眼を注がれて、ミツの心はすっかり顚倒してしまう。彼女は先生たちの言葉がよくのみこめない。頭はお酒でものんだように熱くなり、泣きだしそうな顔で、

「なおるんでしょうか。」

「調べなくちゃわからんよ。」肥った先生はつめたく、「だから診察してるんだ。」

一昨日と同じように、ミツの腕の赤黒い痣はライトにあてられ、じっと凝視される。

「輪郭性斑紋だな。」

偉い先生は周りの医師たちに教えるように説明する。

「見たまえ。中央部は色素脱落して白色を帯びてるだろう。これは発汗が阻止されるので乾燥したためだ。輪郭部の赤黒いのは充血のせいだが、組織所見は結核様浸潤を呈している。」

聞いたことのない外国語がその会話に交る。外国語が交るたびにミツは震えまいとしても膝がビクッと動くのだった。小学校の時、体格検査で脚気がないか、どうかを調べるため、棒で足を叩かれた時のように震えるのだ。偉い先生が説明するたびに、若い医者たちはまるで落ちた銅貨でもさがすように体を傾けて、小さくなったミツの体に痛いほど視線を浴びせるのである。

「レプロミン・テストをやってみますか。」

「いや、それはサナでうけたほうがいい。ワクチン注射法だけですぐ調べてみてくれ。」

看護婦がアルコールの臭いのするガーゼと注射器とを運んでくると、池部良に似た神経質そうな若い医師の一人がそれを受けとった。

「手を固くしないで。手を……。臆病だな。このクランケ（患者）は。」

ミツの腕に注射をゆっくり打っている間、他の先生たちはじっとその注射痕を見つめている。

「反応は……」

「反応はありませんが。」

「おかしいな。しかし反応がないハンセン病もあるからな。」

診察と検査とが終ると、ミツはふたたび廊下に出された。

さきほどは混んでいた患者たちの数はもうまばらになっていた。顔中に白い包帯をまいた男も姿を消していた。ただ窓のむこうには絶え間なく針のように雨が降っている。雨が降っている。雨が降っている。

雨が降っている。ぬれてきたない中庭の地面にさっきの猫がうずくまっている。

雨が降っている。渋谷の旅館ではじめて吉岡さんにだかれた時も、こんな湿った空で悲しい雨が降っていた。ミツは吉岡の顔をその中庭の上に空想しようとする。だがその顔は輪郭がぼやけ、泣いているようだ。

じゃの目のおむかえ

うれしいな……

小さな声でミツは歌を歌ってみた。歌うことで心に拡がっている不安をまぎらわしたかった。むかし学校の遠足の前の日、ミツはテルテル坊主を弟と妹のために作ってやり、この歌を歌ってやったものだ。

「森田さん。」

うしろを振りむくと、さっき注射をした若い医者が、顔を強張らせて立っていた。

「一寸、別室でお話したいことが、ありますから。」

それだけ言うと彼は先に立って暗い廊下を歩きだした。そのあとを、ミツは小さくなって従っていった。

皮膚科図書室という札のさがった部屋で、彼女はその若い医師と向きあった。

診察着のポケットから煙草の箱をとりだして、医師はそれをしばらくじっと見ていた。

「ハンセン病って、知ってますか。」

ミツが首をふると、

「そう……実はね。もう少し検査をしたいんでね。ひとつ、この場所で精密検査を受けてくれませんか。」

ポケットから一枚のメモを渡して、

「御殿場から一時間ほどの場所に、復活院療養所があります。そこまでの旅費は心配いりません。我々のほうから連絡しておきますから、向うで後払いをしてくれる筈です。」

「私……、悪いんでしょうか。」

「いや。たんなる皮膚病かもしれませんよ。」医者は慰めるように言ったが、その眼は自分の言うことを信じてはいなかった。「ただ大事をとって……」

「私、なんの病気なんですか。」

この時ふたたび若い医師の顔に困惑そうな表情がうかんだ。火のついてない煙草を口にもっていき、それに気づくと、ふたたびポケットにしまいながら、

「まだ、きめられないんですよ。」

「その、ハン……ハンセンって……」

「ハンセン病ですか。いや、なにもあなたがハンセン病ときまったわけじゃないんだから。ただ……何と言うのかな。その疑いが少しだけあるので……」

それから彼は、できるだけこの言いにくい会話を打切るように急いで立ちあがった。

「とも角、この住所の病院に急いで行って下さい。」

医師のたち去ったあとミツは椅子に腰をおろしたまま長い間、両手で顔を覆っていた。頭のなかでハンセン病、ハンセン病とくりかえす。誰かがこの図書室を不意にあけて、

「あっ。失礼。」

扉をバタンとしめて去ってしまう。

この病気が一体なにを意味するのか勿論、彼女にはわからなかった。わからないが、聞きなれぬ名前だけにミツはもう自分が治らぬ病気にかかったような気がするのだ。とに角、普通の病気ではないようだ。

だがミツにとっては今、この病気が長くかかるのか、すぐ治るのかが何より問題だった。川越の町にいた子供の頃、近所に中上川さんという家族がいた。そこの父ちゃんが肺病で三年も四年も寝て、母ちゃんは昼は勿論、夜も内職をやっていたのをミツ

は記憶している。

　自分は入院することはできない。そんな貯金はないし、それに今の仕事では保険ももらっていないのだ。

（でもさ。小さなおできだもん。）彼女は自分で自分に言いきかせるのだった。（今まで放っておいても何でもなかったんだから。）

　そう思うと幾分ホッとしてミツはたち上り、傘を手ににぎりしめて、もう人影のすっかりなくなった廊下に出た。

　雨はやっとやんでいた。雲と雲との間からまぶたに重いほどの微光がもれている。病院の芝生で、散歩時間の患者があるいている。

　誰かがうしろからミツに、

「忘れものですよ。」

　声をかけてきた。ふりむくと若い看護婦だった。ゴムまりのように顔のまん丸な、頬の赤い娘で、白い清潔そうな看護服から健康そうな腕が出ていた。

「この風呂敷包み、あなたのでしょ。」

　木綿の風呂敷包みをミツに渡すとニッコリ笑って、

「雨がやんで、よかったですね。」

空を見あげた。

「あの……」ミツはおそるおそるさっきから迷っていたことを口に出した。「ハンセン病って何でしょうか。」

「ハンセン病。」彼女は無邪気に首をかしげて、「ハンセン病……それ癩病のことじゃないかしら。」

ミツの顔色がさっと変り、若い看護婦ははじめて自分の言葉が相手に言ってはならぬものだったことに気づいた。

「あらッ。」

彼女はしばらく驚いたようにミツの顔を眺めていたが、その顔にもさっきの若い医者と同じように当惑の色がうかびはじめた。

太い樫の棒で頭をガアンと撲られたような感じで、ミツはその場に立ちつくした。

「お大事に。」

小さな声でそう呟くと、看護婦は逃げるように身をひるがえし走り去った。

病院の建物が突然、灰色になった。眼の前でグルグルと廻転した。体中の力がぬけたようにミツは危く地べたに倒れそうだった。

信じられない、自分がそんな病気だとは信じられない。雨の日に向うだけ晴れている丘陵の存在を眺めるようなうつろな気持だ。

(夢。悪い夢、みてるんだ。)

自動車が横を通りすぎてミツにぶつかりそうになり、

「馬鹿野郎。死にてえのかよ。」

誰かが窓から顔をだして大声で怒鳴った。


鉛筆のように黒く光った一本の坂路が、まっすぐ伸びている。蝙蝠傘《こうもりがさ》を手にもち、風呂敷包みをかかえたミツは、その坂路の途中で足をとめた。

病院を出てからもう何度も見た腕の赤黒い痣におそるおそる視線を落して、ミツは小さな首をふった。

ハンセン病という病気は彼女にとって別世界の病気だった。自分には全く関係のない、関係のないというよりは一度だって考えたことのない病気だった。腕の赤黒い痣に眼をおとして、彼女は過去の思い出からこの病気について知っている記憶のすべてをとり出そうとした。

子供の時、死んだ母ちゃんと一緒に川越の大師さまにお参りした昼のことが、ミツの頭に蘇ってくる。

縁日が出ていた。赤や黄色の風船が陽の光にひかり、その横でエプロンをかけた婆さまが、足で機械をふみながら綿飴を売っていた。

ミツはその綿飴を一本買ってもらって、母親の手にひかれながら、石段をのぼった。

「飴で、ミツ、着物よごすんじゃ、ないてば。」

母ちゃんは時々ミツを叱りつけていたが、石段の途中で、急に、彼女をかばうようにして、

「しッ、右によんな。右に……」

階段の右端に体を避けていった。

一人の乞食が石段の左端に坐って物乞いをしていたからである。体を地面にひれ伏させて、石段に毛のぬけた頭をすりつけている。その頭の横に、一銭も放りこまれていない皿があった。

子供の時からミツはこういう可哀想な「人」をみると泣きだしたくなる。こわさと好奇心と一緒に、相手にたいする本能的な憐憫が彼女を動かすのだ。

母親の手にしっかりつかまって、こわごわその大きな体のかげから乞食を眺める。粘土のような色をした手は丸太棒そっくりで、先が丸くなっている。指がない。五本

の指がないのである。

「母ちゃんてば。」

「なんだ。」

「ぜに、やりなよ。」

「馬鹿な。」と母ちゃんは眼をそらして、「見るんじゃないよ。ありゃあ、こ、こじきだもんな。」

「こ、こじき。」

「ああ。悪いことばっかし、しとると、ミツもあんなに指がなくなってものごいになるぞ。だから……」

やがて誰かが連絡したのか、自転車にのった警官が一人やってきた。乞食は警官に追われて、松葉杖をつきながら姿を消していった。

この思い出が今、突然のようにミツの思い出に蘇ってくる。もし間違いでなければ自分はあのこ、こじきにかかったのだ。

「悪いことばっかししとると、ミツもあんなに指がなくなるぞ。」

死んだ母親のあの時の言葉は、ありありと彼女の記憶に残っていた。

自分がどんな悪いことをしたというのだろう。自分はいいことはしなかったが、悪いこともしなかった。単純なミツには悪いことといえば、盗みをするとかウソをつくとかしか考えられない。新しい母ちゃんが来た時、自分が家にいるといけないと思ったから、東京に出てきた。工場でだってミツはできるだけ一生懸命に働いたと思う。ヨッちゃんがさぼっている時だって、自分は包装をやり続けた。そのどれが悪いことだったのだろう。

坂路をのぼりつめると広い電車通りに出る。朝から何もたべていなかったが、食欲は全くなかった。どこへ行くという当もなく、どこにもいきたくはなかった。ただ布団にくるまって眠りたかった。

不倖せなときには眠るといいと、母ちゃんはいつも口癖のように言っていた。眠ること……眠れば苦しいことも辛いこともみな忘れてしまう。何も忘れて死んでいくのと同じだ。

電車通りの下に国電が走っている。その橋架にもたれて、彼女は電車がゆっくり走っていくのを眺めた。電車の窓には、学校がえりらしい学生たちの顔がチラッとみえた。交叉点の信号が赤から青に変り、トラックやタクシーが雨にぬれた道路を走りだす。すべてがいつもと同じような東京の営みである。だれもが今、この橋架にもたれて真下の国電の走るのをじっと暗い表情で見つめている女が、自殺を考えているとは知らない。

(とびこめば、いいんだ……)

しかしミツは怖ろしさのため、やっぱり、とびこめないのである。

新宿に出た。どこに行ってよいのかわからないので、彼女はデパートの食堂に入り、ただそこに腰をかけるために、あん蜜を注文する。

食堂の大きな窓から、灰色の空と灰色の街がみえる。人に見られないように、ここでも彼女は腕の赤黒い痣に眼をおとす。病院で肥った偉い先生が他の医者たちに説明していたように、真中が霞でもかかったように白い。指でおさえてもほとんど感覚がない。

(医者がなにさ、あたし、そんな病気じゃないよ。)

今度は彼女は自分でそれを否定するために、ふたたび懸命に昔の記憶をほじくりかえす。

そうだ、あの大師さまに行った夜、母ちゃんが父ちゃんに晩飯の時、その話をしていたのだ。

「え？　こじきだって。」

父ちゃんは焼酎で赤くなった顔を掌でごしごしこすりながら、

「まだいるのかなあ。俺の子供の頃あ、随分いたもんだけどな。」

ミツは、遺伝とはなにかと父ちゃんにきいた。だから、その時の会話を今でも思いだすことができるのである。

ミツの家にはもちろん、そんな病気にかかった人はいない。父ちゃんだって元気だし、母ちゃんだって別の病気で死んだのだ。

だから、自分はそんな病気になるはずはない。そう彼女は信じようとする。

向うのテーブルから小さな女の子が、母親の手から離れてヨチヨチとこちらに歩いてくる。

両手にたった今、買ったばかりらしい人形をかかえて、ピンクの洋服を着ていた。

女の子はたべものでよごれた口を少しあけて、ミツの顔をふしぎそうにみた。

「こんにちは。」

始めてミツはほほえんで両手をこの女の子にさしだした。

彼女は子供が好きだった。理由はない。工場の近くの子供をみると、自分の小遣をはたいて菓子を買いあたえて、

「姉ちゃん。もっとおくれよ。」

「だめだよ。腹こわすじゃないか。」

そう母親のように言いきかせてやるのが、たまらなく嬉しいのだ。

だから今も、手をさしだして、人形をだいたこの子供を受けとめようとしたが、彼女は思わず、その手を怯えたように自分のうしろに廻した。

（あたしは……病気なんだ。）

万が一、この可愛い子供の薔薇色の頬や、すべすべして、食べもののかすが黄色くついている唇に自分のみにくい、赤黒い痣がふれてはいけない……そう思ったのである。

ミツは両手で顔を覆って、じっと動かなかった。

「もし、もし、気分が悪いんですか。」

眼をあけると、食堂の制服を着たウェイトレスが少し怒ったような顔でたっていた。

「いいえ。」

「風呂敷がおちましたよ。」

デパートを出ると、ふたたび霧のような雨が降りだしていた。傘をさして、さまざまな色どりのレインコートを着た人が、この新宿の歩道を歩いている。その中には、こんな時刻なのに、むつまじく腕をくみ、よりそっている恋人たちもいた。白い歯をみせて笑って、その雨にぬれた顔は幸福に赫《かがや》いていた。

いつもなら、そんな幸福な恋人たちとすれちがう時、ミツはちょっぴりねたましく、羨しかった。それから彼女はいつも吉岡のことを考えるのだった。

けれども今、彼女は人々にもまれて歩くのが苦しかった。恋人たちがこちらの体にぶつかり、ごめんなさいと言わずに通りすぎても何も感じなかった。ひどく疲れていた。

レコード屋から流行歌がきこえてきた。

あの日に　棄てた　あの女

今ごろ　何処で　生きてるか

傘をさして歩いている人々のなかに、ミツは見憶えのある若い女を突然みつけた。むかし一緒に働いたことのある三浦マリ子さんだ。お金持のお嬢さんだと工員たちは噂していたが、えらそうにしたところもなく、ミツやヨッちゃんにもやさしい人だった。

三浦さんは今、婦人洋装店から出てきたばかりらしい。手に大きな紙袋をぶらさげている。

なぜかミツは、傘で自分の顔と体を本能的にかくしてしまう。三浦さんがなつかしくないのではない。けれども今日は誰にも声をかけられるのがひどく辛かった。

あの日に　棄てた　あの女

今ごろ　何処で　生きてるか

自分の世界とマリ子さんとはちがうとミツは痛いほど今、考えた。彼女は、働かなくてもいいのに働いているお嬢さんだ。しかし、私は働かねば生きていけないのだ。彼女はやがて、立派な男の人のお嫁さんになるだろう。けれどもあたしはそんなことさえ、もうできない。あの人はいつも倖せだ。手にこんな、みにくい赤黒い痣はない。だがあたしは、あたしは……

(嫌いだ。三浦さんなんか大嫌いだ。)

はじめて森田ミツは他人の倖せを憎むという、暗い衝動を感じた。この新宿のすべての人たちが、自分と同じように不幸になればいい。腕をくんで、むつまじそうに歩いている恋人たちが自分のように泣くこともできず、この街を歩きまわるとよい。自分だけがなぜこんなに辛く、不幸でなければならないのか。

彼女は身ごもった女のようにのろのろと足をひきずりながら、新宿の駅まで歩いていった。

行く当がない以上、ふたたび、川崎に戻って小さな穴ぐらのような部屋に戻るより仕方がなかった。今日はお店に出るのはもうイヤだ。

みんながいかにも親切そうに聞くだろう。

「ミッちゃん。たいしたこと、ないんだろ。」

「体だけが資本だからね。あたしたちは。」

「梅毒じゃなくて安心さ。あたし、どうしようと思った。」

そんな会話が今、耳にきこえるような気さえするのだ。

駅の中は、人々の傘と雨具からただよう臭気と湿気とがこもっていた。乗車券売場でミツは切符を買い、それから少し元気をつけるために十円の牛乳を飲んだ。

構内の前で、一人のお爺さんがアコーディオンをひいている。救世軍の制服を着たお爺さんだ。いつか渋谷の駅で、吉岡さんと一緒にこんなお爺さんから十字架をもらったことを彼女は思いだした。

「あなたたちを愛している神。」

そんな字をかいた紙が、お爺さんのうしろの壁にはりつけてある。

「あなたたち誰でもを愛している神。」

だが、ミツの眼にはこの文字は今、うつろな意味のないものとしてしかうつらないのだった。もし神というものが本当に存在するならば、なぜ意味もなくあたしのような女の子を不幸にするのだろう。そう彼女は歩きながら考えた。あたしだって三浦さんのように生れたかった。あたしだって、もう少し綺麗で可愛いくて、吉岡さんの気にいられて、それからみんなにもやさしくしてあげたかった。あたしだって三浦さんのように元気で、赤黒い痣なぞ持ちたくはなかった。毎夜、毎夜、こんな雨の降る日、いやな臭いのする路にたってお客さんを店に引きずりこみ、そのお客さんから、「なんだ。ブタみたいな顔だな。」

馬鹿にされながら、胸や腰をいじられたりしたくなかった。

御殿場、御殿場、御殿場、ラウド・スピーカーから駅員がそう叫んでいる。いや、ちがう。それは五反田へむかう山手線の電車が、ホームにすべりこむことを告げているのだった。

突然胸の底から、そう、ミツの小さな胸の一番ふかい奥底から、言いようのない悲しみがこみあげてきた。この霧雨の降る新宿の人ごみの中で、――いや、人生とよぶ路の中で、自分が全くひとりぽっちであり、ひとりぽっちであるだけではなく、病んだ犬よりももっとみじめで見棄てられていることを彼女ははっきりと知った。地下道の壁にもたれ、彼女は人びとがふしぎそうに振りむくのもかまわず泣いた。ミツは本当に辛かった。辛かった……

手の首のアザ　(三)

　雨雲が垂れこめた午後、ミツは汽車に乗った。

　彼女が汗ばんだ手に握った切符には行先きの御殿場という文字が書きこまれていたが、ミツには自分がこれからたどりつく所は、真実地の果のような気がした。地の果――そこには社会や世間から隔絶された一握りの人々だけが体をたがいに寄せあってひっそりと生きている。病気が肉体を崩し、顔を崩し、指を崩している。蠟の溶けた痕のように残骸だけを残しているが、しかも彼等はなお、命の火を燃やしながら生きていかねばならぬ。その群のなかにミツも今日から加わるのだ。

「間もなく国府津《こうづ》、御殿場行き準急列車が発車いたします。」

一滴、二滴……雨のしずくがホームの真下、砂利と線路に真黒いしみをつけて、ラウド・スピーカーから男の退屈そうな声がきこえてくる。

「間もなく、国府津、御殿場行き……」

意外に混んだ汽車のなか、少しあいた便所の扉から腐った卵のような臭気がながれこみ、煙草の煙と人々の衣服にしみこんだ外の湿気の臭いとまざりあった。四隅がすっかり剝げた古い小さなトランクと傘とをもってミツはよろめきながら、やっと一つの席をみつけた。

サラリーマンらしい若い夫婦が同じ席で弁当をたべていたが、細君のほうはこの時箸を動かすのをやめて、急に烈しい視線でミツの古トランクと傘とを見おろした。両手で傘の柄をしっかり握りしめたままミツは小さくなってじっと坐っていた。

ベルがやみ、汽車が動きだし、灰色の煙が指痕のついた三等車の窓をかすめていった。午後の陽をあびた有楽町のさまざまなビルディングがゆっくりと去り、街には今日も人々が溢れ、歩道を歩いている。一週間前、四ツ谷の駅橋でミツが死のうかと思った時と同じように、今も日常の営みはこの風景をぼんやり見ている彼女には無関心にながれていた。二度とミツはもう、この東京に戻ってくることはない。二度とミツは、これら人々が珈琲を飲み、恋人と散歩し、映画館の切符を買い、幸福をゆめみる場所には戻ってくることはない。雑木林を無限の闇が包み、病舎の暗い灯だけが盲目となった人間の指さきを照らすあの世界が向うにあるのだ。

汽車が品川を通りすぎる頃、ミツは席から伸びあがるようにして工場の屋根、黒い家々の屋根の彼方を見つめた。その方角にミツが空しくさがしたのは渋谷だった。雨に濡れていた坂道。あの日彼女がはじめて自分を与えた男。

サイナラという言葉が小さな胸から口もとまで出かかったのを、拳を唇にあててミツは怺《こら》えた。真向いの若い細君がふたたび、鋭い視線を彼女にあびせた。

横浜から、乗客がまた乗りこんできた。通路にも立っている人の数がふえてくる。

「すみませんが、誰か席をゆずってくれませんかね。」

中年の女の哀しそうな声が入口の方からきこえる。

「このお爺ちゃんが病気なんですのよ。」

だが疲れてきた乗客は不機嫌そうにその声を聞きながしていた。男たちはたたんだ競馬新聞をもう一度ひろげて読みなおし、女たちは眼をつむって居眠りのふりをする。

「すみませんが、誰か……」

その声はもちろんミツの耳にも届いていた。病気。なんの病気。どんな病気でも今の彼女がかかっている病気にくらべればなんでもないじゃないの。お爺ちゃんが病気なら、彼女はもっとみじめだった。

他の乗客と同じようにミツも眼をつむり、その声を聞くまいとしていた。悲惨な砂漠のように彼女の感情をひあがらせていた。一きれのパンをまだ持っている人間が、全く飢えた者に要求する権利がなく、飢えきった者が相手に与えることを拒んだとしてもそれは無理のないことだった。

けれども中年女の哀しそうな声はまた、入口からミツの耳に聞えてきた。

(今日だけは放っといてよ。)ミツは両手で傘の柄を握りながら呟いた。(お爺ちゃんより、あたしのほうが、もっとわるいのよ。あたしだって、疲れているんだもん。)

ミツは本当に疲れきっていた。体だけではなく心のすべても鉛の鋳型にはめこまれたように疲れ、だるかった。雨滴がパラパラと埃のたまった窓硝子を叩き、窓のむこうにちょうど海が見えはじめていたが、その海もまた蒼黒く、冷たく孤独だった。

便所に行きたくなったので彼女はトランクと傘とをそこにおいて通路をよろめきながら出口にむかった。出口にも人が四、五人、立っていた。洗面所の扉に背広をきた老紳士がくたびれた顔で靠れ、中年の女がハンカチを水にひたして彼の額をふいてやっている。

「あのね……」

とミツは言いかけて口を噤《つぐ》んだ。いつもと同じように彼女はこの老人のような人間を見ることでもうお人好しの感情を顔にむきだしにしてしまうのだ。

「あのね……あそこにね、坐っていいんですよ。」

遂にその言葉を口に出して、あたしって、本当に馬鹿だなあ、と心の中で思った。

「でも、あなた……」

「いいんですよ。あたし、若いんだもん。」

「そうですかね。」助かったというように中年の女は口の中に金歯を沢山みせながら、「すみませんねえ。お爺ちゃん、坐らしてもらいなさいよ。お爺ちゃんは……病気なんだからさ。」

デッキの扉に一人もたれてミツは線路が走っていくのを見つめる。光った線路、錆びた線路。子供の時、弟をおぶいながら川越市の近くの線路に遊びにきたことを彼女は思いだした。線路の上に釘をおき、貨物列車が遠くから走ってくるのを叢《くさむら》のなかにかくれながら待つのである。列車が通りすぎたあと、釘はまるで新しいナイフのようにペチャンコになっていたものだ。

光った線路。錆びた線路。眼をつむって立ったままミツはしばらく眠ろうとするが眠れない。稲田の上に灰色の雨をふくんだ雲が拡がって、農夫が二人、腰をかがめたまま働いていた。その雲の左端に少し灰色をおびた割目が赫《かがや》いているのだ。それを眺めながら、自分が今から御殿場に行き、御殿場から神山とよぶ病院を訪れることが全く出鱈目であるようにミツは思おうとする。

（みんなウソよ。ウソ、ウソ、ウソ。）

汽車が線路をかむ固い音にあわせて、彼女は必死にウソ、ウソ、ウソという言葉をくりかえした。たとえば今、自分は汽車に乗って川越の故郷に帰ろうとしていると考えようよ。ごらん。トランクの中には弟や妹へのお土産が入っている筈だ。二日、家に泊って近所の人に挨拶して、また東京に戻るつもり。花をもって死んだ母ちゃんの墓に参らねばならないし忙しいこった。父ちゃんは久しぶりに見る自分にびっくりするだろう。父ちゃんはミツに生活のますます苦しいこと、弟の憲吉を東京の工場に勤めさせられないかと相談するだろうよ。

車輛の扉があき、乗務員とかいた腕章を腕につけた車掌が、ミツを見てたちどまった。

「切符を拝見します。」

それから、ミツが手に握りしめていた切符にパンチを入れると、

「もうすぐ御殿場です。」

問いもしないのに、そう告げて、鋏をならしながら立ち去っていった。

御殿場には霧雨がふっていた。駅の小さな待合室では富士登山をするのか、金剛杖をもち、笠を頭にかぶった若い男女が窓から空を見上げて、

「これじゃ、御来光、拝めないわねえ。」

「せめて五合目ぐらいまで登るか。」

リュックの中から彼等がジュースや菓子をとり出して別け合うのを、ミツはむさぼるように眺める。咽喉もかわいていたが、それより一度だってこんな風にみんなで遠足や山登りをした経験は彼女にはなかった。彼等に加わっている、スラックスをはいた娘が待合室の椅子に腰かけて小声で唄を歌っている。

走れ、トロイカ
走れ、トロイカ

どこかで聞いたことがある。あっ、この歌は吉岡さんに連れていってもらったあの渋谷の「地下生活者」という酒場でみんなが合唱していた唄だった。

娘は歌いながら、ふと、こちらを羨しそうに見つめているミツに気がつき、えくぼ

をみせて人なつっこく笑った。

「ここのかた?」

彼女はミツの傘やトランクを見て、そうたずねた。

「いいえ。」

「あたしたち、富士山に登ろうと思ったのよ。ついてないわ。天気が。」

「学生さんですか。」

ミツは吉岡のことをかみしめながらおずおずときくと、

「じゃ、ないわ。みんな会社に勤めてる連中よ。東京の。」

それから彼女はキャラメルの粒を掌の上においてミツにさしだし、

「おあがんなさいよ。」

だが、その時、だれかが叫んだ。

「バスが来たぞお……」

雨の中をバスは走り出した。さきほどの若い男女たちはそのバスの中でも楽しそうに笑ったり、小声で唄を歌っていたが、ミツにキャラメルをくれた娘は、

「どこでおりるの。」

「神山。」

「ああ、あそこじゃお祭りがあるのね。駅の前にチラシがはりつけてあったわ。だから、あなたお祭りに親類のお家に行くんでしょう。」

こちらが何も言わないのに勝手にそうきめて、また頰にえくぼを見せて笑った。

駒留という部落をすぎると、やがて人家はみえなくなり、雨雲に覆われた北の地平線に富士の麓がくろぐろとどこまでも拡がっていた。風が少し出てきたのか、バスの走る街道をつつんだ雑木林と草原が左右に大きくゆれた。夜になればこのあたりは灯の光もみえないのにちがいない。そしてこの雑木林のむこうに、ミツの行く病院が存在する。

「ついてないわ。」と娘はまた不平そうに、

「これじゃ晴れそうもないわねえ。」

「大丈夫だよ。明日……」

胸に重く沈んだ悲みを抑えながらミツは娘に慰めの言葉を言った。この女の人が……自分が世間で話す最後の人かもしれないという想念がミツの頭を急にかすめた。

「どうしたの……あんた、気分、わるいの。」

「ううん。」ミツは弱々しく首をふって、「降りなくちゃ……」

娘はミツがトランクを網棚から引きずりおろしている間、傘をもってくれた。

「さよなら、元気でね。」

と彼女は小さな声で呟いた。

小さな流れをつくって雨水のながれている街道にミツはたった一人でおりた。そして、バスは泥をはね飛ばしながら走りだした。若い男女たちがふたたび合唱をはじめたのか、楽しそうな歌声と笑声がとり残されたミツの耳に風に送られて聞えてきた。じっと立って……棒のようにじっと立って雨に濡れるのもかまわず、ミツはそのバスが灰色の彼方に次第に小さく消えていくのを見送っていた。風は草原をわたり、灰色の雲をあらあらしくちぎり、曠野の上に走っている高圧線をならしながら通りすぎていった。右をみても左をみても人影は一つもなかった。

なにもかもが……終ったのだという絶望がミツを打ちのめした。自分は今一人ぼっちだ。一人ぼっちとは誰とも会えぬことではなかった。今日までミツは一人ぼっちにはちがいなかったが、それは今、おそってきた孤独感にくらべれば何でもなかった。一人ぼっちとは過去の楽しかった思い出とさえ別れをつげることだった。

「吉岡さん。」とミツは歩きながら唇をふるわせた。「サイナラ、吉岡さん。」

トランクは重く、傘をもった指がすべった。ミツはたちどまり、ここで始めて栗林のなかに、「復活病院入口」と書いた白い立札をみつめた。

街道とその立札との間には小川がながれていたが、この小さな橋が世間と病院とをわずかにつなぐ細い通路だった。小川は音をたてて小石をかみ、新聞や藁屑をうかべている。きっとそれはさきほどの駒留の部落から運ばれてきたものにちがいなかった。そこからアカシヤの大きな木が湿り気をふくんだ風に音をたて、その向うになにを植えているのか畠らしいものが拡がっていた。

(帰ろうね。ね。帰ろうよ。)

だれかが耳もとでしきりにそう促すのである。今このまま、路を引きかえせばよいのだ。今日までだってそう生きていたのだから、これからも知らぬ顔をして生きていればいいんだ。さア、帰ろう。帰ればいいんだ。

栗林のなかにしゃがんで、ミツは古トランクを地面におろし、手首を眺めた。赤黒いアザは雨のつめたさのためか、少し縮んだようにみえた。たった、これだけのことじゃないか。かくしておけば誰にだって迷惑をかけるものではなかった。かくして今一度、どこかに勤め、そして……

叢から立ちあがった時、ミツは路に黒い蝙蝠傘をさし、白い修道服を着た外人の女を見た。

「こんにちは。」

彼女はミツのトランク、傘、そして雨にぬれた顔を凝視していたが、長年の経験から、この体の小さな日本人の娘がなんのためにここにしゃがんでいたのかがわかったらしかった。

「さあ……。元気を出しましょね。」

一語、一語くぎるように日本語で挨拶をして、彼女は手をさしのべ、ミツの古トランクをもって歩きだした。

「心配、いらないですよ。心配、なにも、なにも、いらないですよ。」

雑木林のなかに兵舎のような建物があらわれた。それが病棟だった。

ミツが最初に連れていかれたのはこの木造の二列にならんだ病棟ではなく、診療所の一室だった。彼女にここで、熱い紅茶がまず与えられた。二人の日本人の修道女がその間、横に坐って怯えたミツの気持をときほぐすように色々と話しかけてくる。

「疲れた？　疲れたのなら、隣りの部屋でしばらく体を休めて。」

眼鏡をかけた若い日本人修道女は笑いながら、

「そのあとで……病棟のほうに行きましょうね。ここではみんなが家族みたいなものよ。そりゃあ……病気になったことは辛いけど、ここじゃ何の気がねもいらないのよ。ほら、このホットケーキの原料の小麦だって……だれがつくったと思う。男の患者さんたちなの……」

けれどもミツにとって修道女を見るのは始めてだった。ふち幅のひろい異様の帽子をかぶり、白い修道着の腰に黒い数珠をさげている彼女たちはミツを気づまりにさせる。どう返事をしてよいのかわからないのである。

「女の患者さんたちはここで刺繡をやるのよ。そしてそれを売ってお小遣をつくるの。あなた、刺繡をやったことある？　きっと好きになるわね。」

その修道女は修道服さえぬげば、街のどこでも見かけられる上品な奥さんのようだった。少しずつミツはかたくなった気持も解きほぐされていくのである。

「どうなさる？　しばらく、ここで休む。それとも病棟に行らっしゃる？　そう。じゃ出かけましょうね。」

外は既に少しずつ暗くなっていた。雨はやんでいたが、修道女たちは時々、身ぶるいをするように滴を落す雑木林の路を傘もささずに歩きだした。

「ごらんなさいよ。この椎茸だって。」

途中でたちどまり彼女たちは林の一角にそこだけ樹木を切って、その根っ子に一面に作った褐色の椎茸を指さした。

「患者さんたちの作ったものよ。患者さんが作ったものはまだ色々あるわ。向うに見える池だってそうよ。手足が不自由でもみんな、いじけないわ。あなた。病気に負けちゃ駄目ね。」

雑木林のつきた所にさきほどミツがかいま見た兵舎のような病棟があらわれた。洗濯物のほしてある中庭をはさんだ凹字型の病舎は随分ふるく建てられたものらしく、ミツはそれを眺めながらまた重い気持にさせられた。

なぜか、病棟の中はガランとして人影がない。部屋は板戸でかこまれ、その板戸のうしろに六畳ほどの陽にやけた畳がしいてある。

「あなたのお部屋、ここよ。」

修道女がたちどまったその部屋には窓の下に小さな机があり、机の下に人形が一つ飾られていた。その人形も窓にはピンクの手ぬぐいがかけられているのもミツには悲しかった。

「同室の方は加納さん。もう二年前から入院されている方なの。……その方に今日からの日課などきいて下さいね。困ったことがあれば何でもあたしに言って下さるのよ。……意志だけは病気も侵しはしないわ。」

それから彼女は腰の黒い珠を指でまさぐりながら微笑して、

「そう、あたしの名を言ってなかったわね。あたしはスール・山形、こちらはスール・稲村。スールというのは修道女という意味なのよ。」

鞄をおいて二人の修道女は立ち去ったあと、ミツは畳の上に横ずわりに坐りながら、しばらく、うつむいていた。

とうとう来たわ。これが……病院だったんだわ。こんなにだれもいなく、雨の午後、ガランとしている。みんなが帰ったあとの工場みたいだ。

しかし、ここは工場とはちがう。ハンセン病の病院なのである。そしてミツはここに来たから、今日から本当にハンセン病なのだ。さっき修道女たちに大学病院からことづかった手紙を見せた時、それははっきりミツにもわかったのである。それでなければ、あの日本人の修道女たちはこの部屋にミツを入れる筈はなかった。

静かな廊下のむこうから跫音がきこえ、部屋の前にたちどまった。若い女が一人そこに立っていた。

その女性の顔は熱でもあるように赤く、のみならず、むくんでいた。そして、どこか、皮膚に言いようのない光沢があった。ミツは彼女を坐ったまま見上げ、女は廊下に突ったったまま、ミツを見おろし、二人は長い間だまっていた。

「入院のかたね。」

「うん。」

「この部屋なら……あたしと御一緒だわ。あたしは、加納たえ子と言う名前……あなたは……」

「森田ミツ。」

たえ子は窓にほしてあるピンクの手ぬぐいを片づけ、部屋の押入れをあけて、

「あたし、この押入れの下の段を使っていますから……上の段に荷物を、整理なさるといいわ。お布団は届いたの。」

布団も持ってきていなかった。首をふるミツにたえ子は、それじゃスール・稲村にたのむといいと教えてくれた。

「あなた……あたしと御一緒なのおイヤじゃない。だって。」たえ子は少し辛そうに、「あなたはまだ普通のかただけど……あたしって顔の神経がもう侵されてきたんですもの。」

「熱があるん？」

「熱じゃないわ。この顔が赤いのはね……病気のせいなの。ごめんなさい。イヤな思いをさせて……」

「ううん。」

ミツは首をふった。窓のむこうの病棟に誰かが帰ったのか、ラジオの音がきこえた。ラジオは素人の歌合戦を中継しているらしく、アコーディオンの伴奏と男の歌につづいて、残念でしたねえというアナウンサーのからかうような声がする。

今日は日曜だったんだとミツは今更のようにやっと気がついた。二週間前の日曜、まだなにも手くびのアザに気をとめなかった時、ミツは下宿でこの番組をきいたのを思いだした。

「あなた、お国はどこ。」

「川越。……でも東京の工場で働いてた。」

「あたしは京都よ。その頃は、病気になるなんて思いもしなかったわね。」

とたえ子はひきつった口をゆがめて笑った。

「でも……ここの生活、すぐなれるわ。そうそう、ここの日課をあなたに教えてあげなくっちゃ……」

日課というのは朝六時に起床、食事がすむとお昼まで診察や治療がある。診察が終った軽症患者は男ならば畠に作業に、女は診療所で手伝ったり、文化刺繍をやったりする。昼食後、二時から五時まで働いて、それからは自由時間だというのだ。

「月に一度、映画だってあるわ。」

「ほんと？」

「御殿場からフィルムをかりられるの。でもいい加減、雨がふって、トーキーだってよく聞きとれないわ。」

「それから……」

「そのほかは何もないけど……。でもなれるわよ。第一、みんな同じ病気でしょう。だからなにも遠慮しないですむのよ。」

患者たちが帰ってきたらしい。廊下の跫音が烈しくなった。たえ子は、つと立って部屋の戸をしめた。

「ここ、とじておきましょうね。」

さまざまの患者の中には容貌もひどく醜く変形している人もいる。その容貌になれていないミツに第一日から大きなショックを与えたくないという心づかいだった。

「食事はここでたべてもいいのよ。あなた、疲れているでしょ。ここでたべましょうよ。」

姉のようにやさしくたえ子は言うと、立ちあがった。

「じゃ、持ってきて、あげるわ。」

真実の話、ミツには食欲はなかった。加納たえ子には悪いと思っても、顔のむくんだ彼女が運んでくれる食事に箸をつけるのは気が進まなかった。

だがそういうこちらの気持はたえ子には敏感に反射したらしかった。少し哀しそうにミツを眺めると、彼女はしずかに部屋を出ていった。ミツはふたたび、うつむいて陽にやけた畳の一点を眺めていた。廊下のほうで、

「だみだよ、田中さん。」という声がきこえた。

やがて戸があき……意外にスール・山形が顔をみせた。

「どう、森田さん、落ちついた？　お食事、持ってきたわ。」

修道女が運んでくれたアルミの盆の上に、もり切りの御飯、煮魚、そしてお汁がわびしくのっていた。

「たえ子さんは？」

「たえ子さんはみんなと一緒にたべるんですって。……気にしなくてもいいの。あの人、機嫌を悪くしたのじゃないの。むしろ、あなたに今日はゆっくり食事してもらおうと思って、あたしに頼んでいらっしたの。さあ、おたべなさいよ。たべなくちゃ駄目。勇気は必要よ。ここではみんな闘わなくちゃいけないの。自分と闘う場所なのよ。」

スール・山形は一生懸命な表情で、

「みんな、同じ運命をここでは別けあっているのよ。運命だけじゃないわ。苦しみと辛さ、それをわけあっているのよ。たえ子さんだって二年前、京都から入院した時、あなたと同じように食事さえできなかったわ。あの人は京都でなにをしてらっしゃったと思う。ピアニストだったのよ。」

「…………」

「ピアノひく人だったのよ。ちょうど、演奏会なども二度ほどやって、結婚なさる相手もいらっして……そして発病でしょう。この病気、指の神経も少しずつ麻痺させる場合があるから、ピアノは諦めなくちゃいけないの。婚約の相手も病気を知って離れていったわ。でもあの人は勇気で闘ってるでしょ。みんなここでは闘わなくちゃ駄目なのよ。」

それから修道女は少しきびしい声で言った。

「さあ、食べましょう。食べるのよ。それが治療なの。」

一口、二口、我慢してミツは煮魚を口に入れた。いつもは何でもない魚の臭いが口中いっぱいにただよい、彼女は思わず吐気さえ催した。

「もう、ほしくない。」ミツは肩をふるわせた。「もう、駄目。」

「そう。でもよく、やったわよ。……じゃ、明日はもう少し食べましょうね。」

赤坊でもあやすような言いかたをして、アルミの盆をもち修道女が部屋を出ていくと、入れかわりに再び、加納たえ子が戻ってきた。

「スミません。」

両手を膝の上においてミツは頭を下げた。たえ子の心を傷つけたことがミツにはつらかった。自分はほんとにいけないわるい女の子だと彼女は心のなかで呟いたのである。

「いいのよ。あたしだって始めはそうよ。だってねえ……」とたえ子はひきつった顔に微笑をうかべて、「最初はイヤなことあたしにはとてもよくわかるわ。皮肉でいってるんじゃないの。だって、あたしも入院第一日はそうだったから……わかるのよ。その気持。」

それから二人は何もすることがなかった。古トランクをあけてミツはゆっくりとわずかな下着やわずかなスエータやスカートを押入れのなかに入れた。

ホウ、ホウ、ホウと口笛を吹くような音がどこからかきこえる。

「なに。あれ。」

「ああ。」たえ子は教えた。「山鳩よ。林のなかで鳴くの。」

「いつもなら、夜、なにをするんですか。」

「別の部屋にいって、おしゃべりしたり、ラジオきいたり……」

「スミません。」

「なにが……」

「あたしが来たから、一緒にいてくれるんでしょ。」

「気を使わなくていいの。」

暗い電気の下でミツはそっとむくんだ加納たえ子の顔を窺った。電気の光にその赤みは消えて見えたが、テカテカした光沢はさっきより一層ひどいように思われた。

昔、ピアノをひいていた人だと修道女さんが教えてくれた。ピアノをひくようならきっとどこかの金持のお嬢さんに違いなかった。結婚する相手もいたのである。その時、この人は、三浦マリ子のように美しかったにちがいない。その人が、今こうして一人ぽっちで、山鳩のなく声しか聞えぬ病院にいる。そう思うとミツは自分のことをすっかり忘れて、なんだか声をあげて泣きたいような衝動に駆られる。

「スミません。」

またミツは両手を膝において頭をさげた。

「あなたって……」たえ子は遂に笑いだして、「おかしなかたねえ。」

だがこの時、別の想像がミツを襲ってきた。自分もやがて加納たえ子のように膨らんだ顔になるという恐怖だった。思わずミツはそむけた顔を手に覆った。

「寝ましょうね。」

たえ子には相手の心の動きが手にとるようにわかるのだ。二年前、秋の夕暮、この娘よりもっと倒れそうな絶望感でここにたどりついた時の自分の心の動きを、そのまま、この三つ編みの髪をたらし粗末なスカートをはいている娘は繰りかえしている。

半分、麻痺した手で彼女は自分の布団をしきかけて、ミツが寝具を忘れたことを思いだした。彼女は部屋を出てスール・山形に連絡しにいった。

半時間後、二人は枕をならべ、しかし体と体をできるだけ離して布団の中で横になっていた。

闇のむこう、林を隔てた別の病棟からかすかな呻き声がきこえてくる。あれは重症患者が苦しんでいる声である。この病気が不治な以上、やがて自分たちも五年のち、七年のちにあの病室に入れられ、その激痛と闘わねばならぬ。運命はいつか、必ず来るのである。そしてその後、病院のうらにある苔むした小さな墓地がみんなを待っているだろう。

「泣いているの。」

とたえ子は訊ねた。

「ううん。」

「苦しいのは体のことじゃなくってよ。二年間のあいだにあたしはやっとわかったわ。苦しいのは……誰からも愛されぬことに耐えることよ。」

だがミツは、たえ子が自分自身に言いきかせるように呟いた言葉の意味がわからなかった。彼女は布団の襟を手でつかみながら、病院をとりまく闇のふかさを計っていたのである。そう……闇にも音があることを彼女ははじめて知った。それは、雨をふるい落す雑木林のざわめき、山鳩の声ではなかった。闇の音とは静寂にはちかいが、静寂とは全くちがって、孤独に追いこまれた人間の心臓の音だけが、こういう夜、はっきり聞こえることに他ならなかった。

手の首のアザ　㈣

一日が他の一日と、同じように過ぎ去っていった……

最初の二日、ミツは部屋にとじこもって、便所以外は全く外に出なかった。廊下でなにか、もの音がすると体をピクッとふるわせ、追いつめられた兎のように不安な怯えた眼で、その方角を眺めた。

加納たえ子が一度だけ散歩にいかないかと誘ったことがあったが、

「いや。」

とミツは首をふって、

「すみません。」

とあやまった。

「いいのよ。」

悲しそうにたえ子は微笑してうなずいた。

始めて入院した患者がどんな打撃を心に受けているかは修道女たちももちろんよく心得ていた。しかし彼女たちはいたずらに憐憫をかけたり同情的な態度を患者に決してとらなかった。

三度の食事を、たえ子か、スール・山形が運んでくれた以外、ミツは放っておかれたのである。

慰めの言葉をかけることはかえって新入患者の精神を害する結果になる。この病気だけはたんに闘病だけではなく、人生へのはげしい意志と、絶望感からたちなおる勇気が必要なのだ。それは他人が与えるものではなく、自分がつくらねばならぬ。これが最初の患者にたいする、病院の方針だった。

他の患者たちもことさらにミツに同情的な眼をむけなかった。ここでは誰もが同じ悲しみと同じ苦悩とをもって最初の一週間の夜を送ったからである。

ミツが病院に来てから三日間のあいだ、雨は毎日ふり続いた。

午前、眼をさますと、既に布団をたたみ、洗面をすませた加納たえ子は治療室や作業場に出かけていた。ミツはひとり部屋にとじこもったまま、雨が雑木林の葉にあたる音をじっと聞いていた。

耳をかたむけながら、彼女は自分のこれからのことと、今までのこととをその小さな頭のなかで何度も何度もくりかえし、嚙みしめる。

その時、どうしてもミツははじめて吉岡さんに会った日曜日のことを思い出すのである。今までにも何度も心に甦らし、牛のように反すうしたことだけれど、その日の街の風景の一つ一つまではっきり憶えているのだ。

あの時、大学生さんのように偉い人から手紙をもらえるとは思ってもいなかった。その手紙を同じ下宿のヨッちゃんにみせ、一緒に行ってくれるようにたのんだ時、

「馬鹿ね、あんた、あたしたちなんか、相手にしてくれはしないわよ。どうせ、からかってんのよ。」

ヨッちゃんは少し妬いたような眼つきでそう言った。でもその日の午後、下北沢の駅に二人で出かけてみると、本当に大学生さんは来ていたのである。

ミツはその瞬間から、この大学生さんを好きになっていた。ずっと前から映画や娯楽雑誌で映画俳優の石浜朗が大学生の制服を着た姿をみて、

「すてきね。」

ヨッちゃんと思わず溜息をついたものだった。すべての女の子と同じように、恋というものに憧《あこが》れていたミツは流行歌を口ずさむ時、二つ編みをした小さな頭のなかで、自分がそんな大学生さんとポプラの並木道を歩けたらどんなに嬉しいだろう、そう思いつづけていたからである。

だから吉岡さんと街に出た時も、彼女は不安と嬉しさとでまるで胸がつぶれそうだった。一緒に大学生さんと歩けるだけで、もう自分が石浜朗の相手役をする若山セツ子のような気がするのだったが、ふとみすぼらしいスエータや古びた靴に気がつくと、こんなものを着ているため嫌われはしないかしらと不安になったものだ。

ミツはたちあがって窓をあけた。むこう側の病棟の窓に松葉杖をついた患者をスール・山形が助けて歩いている。空は古綿色にくもり、際限なく雨がふり続く。

雨……雨をみるとやっぱり、あの渋谷の旅館のことを思いだしてしまう。あの時、ミツはたまらなく吉岡さんが可哀想だった。小児麻痺をわずらって右腕がいたむ吉岡さんが自分のために寂しそうな顔をしているのをみると、胸がしめつけられるぐらい辛かった。あんな旅館に行くのはイヤだったが、しかし行かない自分は吉岡さんをさらに寂しくさせるイヤな娘だと思ったのだ。あの日も雨で、その旅館の窓から、坂路をだるそうに歩いている中年の女の人の姿がみえたのを憶えている。

それから今一つ……悲しい思い出がある。御茶ノ水の吉岡さんのアパートをたずね、会えなかった夕暮のことだ。駿河台の坂路をキョロ、キョロのぼりながら、坂を歩いている学生さんたちの中に、もし、吉岡さんがいないかと絶望的な気持で探しまわったこと……自分が彼から嫌われていることを始めて知ったのは、あの時だった。

畳の上に横ずわりに坐って、それらを思いだしながらミツはまた子供のように泣きだした。今日だけではない。あの駿河台の坂路を歩きまわった思い出を嚙みしめる時、彼女はいつも、自分がひどく可哀想でみじめな気がして泣くのである。

泪《なみだ》がながれ、しゃくりあげていると少しずつ気が晴れてくるのだ。

戸があいて加納たえ子が入ってきた。

泣いているミツを少し困ったように見おろして、

「空が少し白んできたわ。晴れるかもしれないわね。」

ミツはうしろをふりかえり、昨夜は暗い電気の下でよくわからなかった加納たえ子の唇が、右側に引攣《ひきつ》っているのに気がついた。ちょうど焼傷《やけど》をした人の顔のようにその部分はゆがみ、皮膚の光沢が変っている。

「少しは、元気が出た？」

「…………」

「あたしも同じだったわ。入院して一週間あなたと同じように部屋に閉じこもって……誰にも会うのが怖ろしかったし、会いたくなかったわ。考えることと言ったら、健康だった時の楽しかった思い出ばかり……森田さんも今、そうなのね。」

ミツは黙ってうつむいていたが、自分の心の奥を見とおされたような気がすると、更に辛い気持になっていく。

「あたしはピアニストになろうとしてたのよ。」

ミツの横に坐りながら、たえ子は突然、ひくい声で言った。それから自分の指をじっと見つめながら、

「よく勉強したわ、あの頃。……一日中、ピアノの前から離れなかったぐらい。ちょうど始めてのリサイタルだったの。リサイタルの時は肩から腕をだすイブニングを着るつもりだったでしょう。だから、少し前に赤い斑点が腕にあったのを母が気にして、京大の付属病院につれていったわけよ。」

たえ子はそこで、まるで可笑しいことを話すように微笑して、

「そしたら、アウトだったわけ……」

「アウト？」

ミツが眼をまるくすると、

「そう……母とお医者さまとが、廊下で長いこと話をしていたわ。廊下から戻ってきた母の顔は紙のように、真白だったの。こちらはなにも知らないでしょ。平気な顔して、何日ぐらいで治るの、そんなこと訊ねたぐらい。」

昨夜、寝床をならべて横になった時、雨をふるい落す雑木林のざわめきを聞きながら、この加納たえ子がふと洩らした言葉をミツは思いだした。

(苦しいのは体のことじゃなくってよ。二年のあいだに、あたしはやっとわかったわ。苦しいのは……誰からも、もう愛されぬことに耐えることなのよ。)

「恋人、いたの?」

吉岡のことを考えながらミツは、たえ子にたずねた。

「ええ、いたわ。」たえ子の顔は一瞬、曇って、「でも仕方ないことよ。だれだって、この病気にかかった女と結婚しようと考えないわ。あの人を恨んだり……責めたりする権利はあたしにないのよ。」

「…………」

「でも……森田さん、あたしたちは不幸にも馴れるわよ。いえ、馴れると言うんじゃないの。ここの生活だって楽しみもあれば悦びもあるのよ。あたしは今、自分が見すてられた場所にいるとは思わないわ。普通の世間とは次元のちがった世界に来たのだと考えているの。普通の世界の悦びや幸福はここでは拒絶されているけれども……、あそこにはない生き甲斐だってここには見つけられる筈よ。」

赤くはれた頬に掌をあてながら、加納たえ子はミツに聞かすというのではなく、自分自身に呟くようにそう言った。

「あなたも、二週間もしたら、少しずつ勇気が出てくるわ。それに勇気をださなくちゃ駄目。」

四日目、まるで穴の中からおそるおそる外の気配を窺い出た動物のように、ミツはたえ子に伴われて病舎の外に出た。

三日間ふりつづいた雨は漸くやんで、林の上の空に乳白色の雲がながれる日だった。

病棟の外で、患者たちの笑い声がひびいていた。

「なに、してんの。」

たえ子にそう訊ねると、

「ああ、あれ？　鶏舎に皆、集ってるのよ。行って見る？」

そう言われて、ミツはたえ子の背後からそっと鶏舎まで行ってみた。

患者たちはここで作業として鶏を飼っている。この病気には保険はつかないし、国家がくれる金だけでは病院の経営はなりたたぬ。だから修道女たちの一番大きな仕事の一つは寄付を篤志家から集めることだった。もちろん、それだけでは不足だから、軽症患者の男たちはそれぞれ作業として養鶏や農耕をしたり、女たちは刺繡をして、それを金にかえねばならなかった。

鶏舎はふるぼけた倉庫を改造したものである。

今、その前に十人ほどの男女の患者たちが集って、

「中野さん、しっかり。」

「ほら、右に逃げた。」

声をあげて、中野さんと呼ばれる中年のおじさんに声援しているのである。

鶏舎から、ヒヨコが五、六羽、逃げ出したのだ。中野さんはヒヨコの責任者だから、懸命につかまえようと追いかける。しかし指が麻痺したこのおじさんは折角、両手をさしだすまで近寄っても、ヒヨコは巧みにその間をくぐって逃げてしまう。

ピヨ、ピヨ

ピヨ、ピヨ

「おじさん。うしろにいるわよ。」

「駄目だなあ。中野さん。ねらいを定めろよ。」

みんなにそう冷かされて、中野さんは顔を真赤にし、汗をかきながら、

「そう、大人をからかうもんじゃ、ねえぞ。」

ブツブツ怒りながら右に動いたり、左に手をさしのべたりする。

中野さんの顔もたえ子と同じようにむくみ、はれあがっている。見ている患者の中には頭に包帯をまいた男もいれば、眼帯をかけている女性もいた。

たえ子とミツとが近づくと、みんなは笑いながら二人を見て、

「加納さん。中野のおじさんとヒヨコのサーカスだよ。」

「そう。」たえ子は笑って、「紹介するわ。三日前に来た森田さん。」

ミツをみんなに紹介して、

「今日、やっと外に出られたのよ。」

「そりゃ、おめでたい。」

だれかがそう叫ぶと、他の患者たちは嬉しそうに声をあげて笑った。ミツは恥しさと悲しさで地面に眼をおとしたが、

「なあに、お前なんか二週間も部屋で泣いてたじゃねえか。」

「うん、今井君は一ヵ月かかったな。だから森田さんなんか、早いよ。」

みんなは口々に自分たちのむかしの経験をしゃべりあっている。次第にミツもみなの笑いにつりこまれて微笑した。

「ほら、森田さんも陽気になったぞ。」

頭に包帯をまいて、唇が右につりあがった男の患者がそのミツの顔を指さすと、ひとしきり、また皆は笑声をたてた。

「あら、ミツさん、出てきたの。」

いつの間にかスール・山形は背後にあらわれて、修道服の腰にぶらさげた黒いコンタツを指でいじりながら、

「やっと元気が出たわね。もう大丈夫よ。お友だちも、次から次へとできるわ。……じゃ、元気のでた所で、医療室に一緒に行きましょう。精密検査をしたいから。」

「たえ子さん。」

ミツは加納たえ子をふりかえって、妹が姉にたのむように小さな声で言った。

「一緒についてって。」

「甘えっ子だな。森田さんは……」

しかし、たえ子はようやく自分を信頼しはじめたこの娘の哀願を嬉しそうに聞き入れた。

病棟の端に医療室はあった。隣の部屋は温浴療法室である。かなりの温度の湯に足を入れて麻痺した手足の動きを少しでも戻す部屋だ。

医療室では年とった眼鏡をかけた先生が一人で机に向いカルテに何か記入していた。

「森田ミツさんです。」

つきそって来たスール・山形がそう言うと、先生はうなずき、人なつこそうに笑って、

「どう？　病院になれたかい？」

やさしく、回転椅子のむきをかえた。

「今からやるのはねえ、光田式反応という方法で君の病気がどの程度のものかを調べるんだよ。ちょっと、血をとるが、あとはなにも痛くないから、安心しなさいよ。」

それから先生はミツの手首をとって、あの赤黒いアザに眼を落した。

長い間、アザに先生は注目していた。

「ほう……」

やがて彼の口から嘆声とも溜息ともつかぬ声が洩れた。

東京の大学病院でも、ミツはこのアザを沢山の医者から食い入るような眼で見つめ

られた。その医者たちは今と同じように、「ほう」と溜息のように声をだした。そして今の先生と同じように首をかしげ、回転椅子を軋ませながら、カルテに何かを書きこんだものだ。ミツはもうすべてを諦めた気持で、診察ベッドに腰をおろしていた。

血を二本のアンプルにとられ、聴診器を胸と背中にあてられ、やっと医療室から廊下に出ると、

「どうだったの？」

加納たえ子が少し心配そうに壁に靠れて待っていた。

医師はスール・山形をよびとめて、何か小声でしきりに説明していた。時々、スール・山形が廊下にいるミツのほうに視線をなげかけてくる。一ヵ月前なら、それだけでもミツの小さな胸は恐怖と不安とで震えただろうが、今、彼女の心はもう動く力さえ失っていた。自分はもう不幸のどん底まで落ちた。これ以上、落ちる筈はない。そんな絶望と苦い諦めがミツの心を支配していたからである。

一週間たつと、ミツは軽症患者のための食堂にやっと出られるようになった。

加納たえ子は女子のやる作業のうちで、刺繡をすることをミツにすすめた。ミツの指はまだ神経麻痺がきていないし、健康人と同じように針をもつことができる。もっ

とも指が屈曲しかかった女性患者は文化刺繡といって、掌で動かす特別の針をつかうのだそうだ。

この仕事は自分の部屋でもできるから、たえ子に教わりながら、ミツは富士山と山中湖とを図案にした絵がらを眺め、一針、一針、刺繡をやりはじめてみた。

「うまいじゃない？」

スール・山形も時々、部屋に入ってきて、ほっとしたように声をかける。

午後のやわらかな陽が雨あがりの今日はいつもより優しく、部屋にさしこんできている。針を動かしながらミツはその光をみつめ、いつの間にか自分がほんの少しではあるがここの生活に溶けこみはじめているのに気がついた。

「森田さんは入院前、どこに勤めていたの。」

スール・山形にそうきかれてミツは顔を赤らめ、工場やパチンコ屋やそれから酒場でも働いたのだと答えた。

「そう。」と修道女はうなずいて、「ここには色々な人が集ってくるわ。昨日、ヒヨコを追いかけていた中野さん……あの人はあれで静岡で大きな洋服屋をやっていた御主人なのよ。眼帯をかけていた女の人は長野の人でお子さんが二人もいる奥さんだったの。みんなそれぞれちがった過去と生活をもっていたのよ。しかし今はみな同じ不幸と悲しみとで結ばれているわ。わかる？　森田さん。」

「…………」

「この病気は病気だから不幸じゃないのよ。この病気にかかった人は、ほかの病気の患者とちがって、今まで自分を愛してくれていた家族にも夫にも恋人にも、子供にも見捨てられ、独りぼっちになるから不幸なのよ。でも、不幸な人の間にはお互いが不幸という結びつきができるわ。みんなはここでたがいの苦しさと悲しみとを分けあっているの。この間、森田さんがはじめて外に出た時、みんながどんな眼であなたを迎えたか、わかる？　みんなは、自分も同じ経験をしたから、あなたが一日でも早く、自分たちにとけこむ日を待っていたのよ。そんな交りは普通の世間では見つけられないわ。ここにだって、考えようによっては別の幸福が見つけられるのよ。」

ミツは返事こそしなかったが、スール・山形のいう言葉を一生懸命きいていた。今日まで彼女は誰からもこういう話を耳にしたことはなかったし、もちろんその小さな頭はスール・山形の話をすべて理解したわけではなかった。しかしミツこそ、今日まで他人の不幸をみると、その上に自分の不幸を重ねあわせ、手を差しのべようとする娘だったのだ。そして今、自分を他の患者たちがあたたかく迎えようとしていたのだと修道女から聞かされた時、彼女はやはり涙ぐみたいほどの嬉しさをおぼえた。あの人たちを嫌悪し、あの人たちのみにくい容貌をおそれていた自分がひどく悪い人間だったと思えてくるのである。

「ねえ……」

針と布とを膝の上において、ミツはそれら患者たちが可哀想でたまらなくなってきた。彼女自身、同じ病気であることさえ忘れてしまって、スール・山形にたずねた。

「あの人たち、いい人なのに、なぜ苦しむの。だってさ、こんなにいい人たちなのに、なぜこれほど可哀想なめに会うのよ。」

「あたしも、その問題を毎晩、考えるわ。」スール・山形はミツの眼をじっと見つめながら、「眠れぬ夜に、考えるわ。世の中には心のやさしい人ほど辛い目に会ったり、苦しい病気にかかったりするのね。なんのために神さまはそんな試練を与えるのか、あたしもよく考えるわ。この病院にはびっくりするほど心の美しい患者さんが沢山いるわ。世間にいた時だって、その人たちは悪いことなんか何一つしなかったでしょう。それなのになぜ、この人たちだけがこんな病気にかかり、家族に棄てられ、泪をながさねばならぬのか、考えるわ。そんな時、あたしは自分が信仰している神さまのことまで、わからなくなる時もあるの。……でも、あとになって考えなおすのよ。この不幸や泪には決して意味がなくはないって、必ず大きな意味があるって……」

「そうかなあ。」

ミツは陽のまだらにあたる窓をぼんやり眺めながら溜息をもらした。彼女がその時、思ったことは自分の人生のことだった。自分は今日まで、そんなによその人たちに悪いことをしなかった。川越の父ちゃんが新しい母ちゃんをつれて来た時も、自分がいると邪魔になると思って東京に働きにきた。そして工場でも一生懸命、薬の包装の仕事をやった。吉岡さんのことを好きになっても、あの人の迷惑にならないように、悲しいのを我慢して離れていったんだ。それなのに、こんなみじめな病気になってしまった。今日まで、損ばかりしてきた。ミツは自分は馬鹿だから仕方がないと思うのだけれど、スール・山形は「大きな意味がある」と言うのである。

ミツはできあがった刺繍を手にもって病棟を出た。刺繍を作業室にいる加納たえ子にみせようと思ったからだ。

欅《けやき》や橡《とち》の樹の上に白い雲がながれている。樹の茂みのなかでは鳥がないている。どこか遠くで、犬のなく声がきこえる。

白い雲をみていると、ミツは急に作業場に行きたくなくなった。あたりを見まわし、患者の姿も、修道女たちの姿もいないのをたしかめると、道のない林のなかに体をかくした。

この病院から逃げだすほどの勇気はまだなかった。しかし、病院のまわりをとりまく雑木林をぬけ出て、もう一度、普通の人生の――そう、ここの患者たちが世間とよび、ミツもまた、そこに十日前まで生きてきた世界のなつかしい匂いをかぎたかったのである。その世界には今日だって吉岡さんが働いている。川崎の駅前で、最後に会った時、吉岡さんは立派な会社員になっていたが、その彼が働いている世界に一分でも戻ってみたかった。

雨があがって一週間もたっているのに、雑木林のなかはまだ、濡れていた。湿った地面と草の臭気がただよい、足もとには、薄紫のつり鐘草の花や赤い水引草の花が咲いている。

樹だちと樹だちとの間から、男子の軽症患者たちが働く畠がみえる。牛を追っている二人の患者のうち、頭に包帯をまいているのは、ヒヨコが逃げだした時、ミツを笑わせようとして一生懸命おどけてくれた渡辺さんだ。渡辺さんたちはミツが今、雑木林のなかにかくれたことに気がつかない。

なんと言う鳥なのか、嗄れた声でさえずりあいながら枝の間を羽の黄色い小鳥がとびまわっている。蝿が一匹、ミツをいつまでも追いかけてくる。

静かだった。

もしむこうに灰色の病棟さえ見えなければ、ここを誰もがハンセン病の病院とは思いもしないだろう。幹に体を靠らせ、ミツは樹木の匂いを思いきり胸に吸いこみ、叢をみまわした。

その叢にかくれて、この時、二列の墓石がミツの眼についた。また、石の白い新しそうな墓石が二つ、三つ、そのほかは雨や泥に長年あらわれて、既に黒ずんだり、青い苔のついた墓である。

昭和二十一年、五月、召命、井口栄治……

昭和十六年、九月、召命、アウグスチン・田村……

昭和二十年、七月、召命、杉村よし子……

二列にならんだ墓石の下に眠っているのが、ここの患者たちだということをミツは始め、わからなかった。

しかしやがて、それに気がついた時、彼女は右手で幹を思わず摑んで、咽喉まで出かかった声を抑えた。やがてこの病気が自分にも死を運んでくること、その時この暗い雑木林のなかに埋められることが、その小さな頭にやっと摑めたのである。

叢のなかを水引草の花をふみくだきながらミツは外まで走っていった。

林がつき、白いバス路にぶつかってから、ようやく肩で息をつきながら立ちどまった。見てはならぬものを見てしまったような気持だった。病院の患者たちがなぜ、あの林に近寄らぬか、そして夜ごとにあの林が雨滴をゆさぶり落しながらざわめく理由も今、わかったような気がする。

(ああ、ここは、バス路だ。)

バス道は畠のなかを御殿場の方向にむかって真直に走っている。遠くでトラックであろう、白い砂埃を竜巻のように巻きあげ、小学生たちが、四、五人、道ばたの草をむしりながら、こちらに歩いてくる。

今までは眼にもとめなかったこの平凡な風景が、砂漠で発見した泉のようにミツには清冽《せいれつ》だった。ここは兎も角も、生きている人たちの世界だ。病気の臭いのしない世界だ。顔がふくれ、唇のゆがんだ人たちのいない世界だ。

畠のむこう、白い巻雲がながれる方向をミツは食いいるような眼で、

(あっちが東京だよ。吉岡さんが住んでいる。)

胸のしめつけられるような思いで、眺めた。

(吉岡さん。吉岡さん。)

馬糞と小石とがそのミツの足もとに落ちてきた。こちらをむいて小学生たちが投げ

つけてくるのである。

「なに、すんのよ。あんたたち。」

思わず、そう怒鳴ると、

「こじき」

「こじきは、道に出たら、いけんぞォ。」

子供たちは、畠の隅に集って、石をにぎった小さな手をあげながら、合唱するようにそう叫んだ。


「森田さん。医療室にちょっと来て。」

せかせかと、走るように廊下にあらわれたスール・山形は、ちょうど洗濯物を中庭でほしていたミツに窓から声をかけた。

「また、検査？」

「いいえ。」

スール・山形はひどく、こわい顔をしていた。いつもは、必ず頬に姉が妹をみるように微笑をたたえているのであるが、今はなぜか、強張った眼でこちらを見ている。

「兎に角、すぐ、いらっしゃい。」

水にぬれた手をふきながら、ミツは不安な気持を抑え、修道女のあとに従った。

この間の検査は医者の話によると、たしか、病気の程度を調べるというものだった。スール・山形のきつい表情からみると、この検査の結果は思わしくないのではあるまいか。悪い予感が黒雲のように胸のなかに拡がるのを感じる。

「森田さん、どこに行くの。」

通りすがりの患者がミツを見て声をかける。

二週間ちかくのあいだにミツは沢山の軽症患者と親しくなった。そのくずれた顔も包帯も今はそれほど気持わるくなくなってきた。

「医療室まで。」

「ああ、そう。じゃ、いよいよ、注射の開始ね。」

そうか、たえ子が三日おきに注射をうちにいくが、あれを自分もうけるのかしら、……そう考えて彼女はわずかに心を慰めた。

スール・山形はさきに医療室の戸をあけて、

「さあ。」

ミツを促した。

先生は回転椅子をきしませながら、こちらをふりむき、

「ああ、森田さんか。」

眼鏡の奥でやさしい笑いをうかべ、

「そこに坐りなさい。」

診察ベッドを指さして、カルテをじっと見ながら、

「森田さん。」

「はい。」

「この間の検査の結果がわかったんだよ。」

ミツは宣告を待つように、両手をスカートの上において、うなだれた。

「光田式反応といってね、この病気の程度を調べる反応をやったんだが……君の場合、意外な結果がでた。」

「…………」

「君はハンセン病じゃないんだよ。」

「え？」

「念のため三度も検査したが、反応は全くゼロなんだね。随分、くるしんだろうけど……」

眼鏡の奥で先生は眼をしばたたいた。

「大学病院で誤診をしたことは、私もかわって、深くおわびします。」

ミツの頭の中心に渦がまきはじめた。渦は速度をまし、眼の前に雲のように拡がった。スール・山形がうしろから支えてくれなければミツは倒れていたにちがいない。

先生はだまっていた。スール・山形も黙っていた。

やがて小さな声で――

ミツは泣きはじめた。手で顔を覆い、少しずつ声を大きくし、泣きつづけた。

「いいのよ。いいのよ。」スール・山形はその肩を支えたまま、「大きな声でお泣きなさい。本当につらかったでしょうね。本当につらかったでしょうね。」

手の首のアザ　㈤

　スール・山形に支えられたまま、ミツは診療室から廊下に出た。陽は窓からさしこみ、廊下の板の上に縞目模様をつくっていた。

「大丈夫？」

「うん。」

「大丈夫なの？　手を離すわよ。」

　一人で廊下にたつと、目が昏々《くらくら》とした。その眩暈にも似た気持が頭から去ると、突然、奔る水流のように歓喜が胸の底から口もとに溢れてきた。

　この感じは夢のように遠いところにあったが、廊下の壁に靠れていると、少しずつ、それが現実感となって五体に迫ってきた。しかし、奇妙なことにこの現実感と悦びをミツはどう処理してよいかわからなかった。

「あァッ。」

悲鳴にも似た声を口から洩らし、彼女は自分の髪を引きしぼりながら突然、背後をふりむいた。

「森田さん。」

スール・山形はびっくりして、

「森田さん、しっかりして。」

「…………」

「しっかりして。」

ミツはふたたび、声をあげて泣き始めた。その声は診療室の周りにひびくほど大きかった。

(あたしは病気じゃない。あたしは病気じゃない。)

それからスール・山形の手から離れるとミツは廊下を走り出した。むこうから松葉杖をついた患者が、駆けてくるミツに驚いてたちどまった。病舎の外のまぶしい陽光が彼女の額にあたった。その陽光と爽やかな空気とを五体を思いきり伸ばし、ミツは胸いっぱい吸いこんだ。生きていること、病気でないことがこんなに素晴らしいものであると今まで彼女は知らなかった。陽の光がこんなに美しく、空気の味がこんなに甘いとは今まで知らなかった。

（吉岡さん！）

病舎のむこう、雑木林の高い梢の上に青空があり、青空の上に白い雲がながれていた。

（吉岡さんにまた、会える！）

吉岡さんにまた会える。もう一生、二度と会うことのできないと思っていた吉岡さんにまた会える。川崎までわざわざ、たずねてくれた吉岡さんはもう一度、つき合いたいと言ったのだ。自分が病気でない以上、あたしはもう威張って、あの人に会いにいくことができる。工場のベルトコンベアから部品が流れでるように、次々とそんな想念が彼女の心を流れていた。

スール・山形は当惑したようにミツを眺めていた。今までこのように誤診されて入院してきた患者はいなかったからである。どう処理していいのか、流石にこの修道女も迷って、

「森田さん。すぐ、荷物をまとめる？」

おずおずと声をかけた。

「え？」

「あなたは……もう患者さんじゃないんだから、病院を出てもいいのよ。すぐ荷物をまとめるの？」

ミツは大きくうなずいた。一刻も早く、この別世界から——歪んだ指や膨らんだ顔しかない世界から逃げていきたかった。雨がふる夜、雑木林の樹々が身震いでもするようにざわめき、重症患者の呻き声が洩れてくるこの建物から遠くへ離れていきたかった。

「もう、二度と戻ってこないな。」

自分に言いきかせるようにそう呟くと、スール・山形は少し哀しそうな顔をして、

「勿論よ。二度と戻ってくる必要はないわ。森田さんに会えないのは残念だけど……それが当然ね。でも手紙ぐらい呉れる？」

「うん。」

「お昼の汽車に乗る？　なら、急がなくちゃ駄目よ。」

「その次は？」

「次は二時にも三時にもあるけど、駅までのバスはそう沢山、出ていないでしょ。」

二時の汽車ならば、今からでもたっぷり時間はあった。その汽車で東京に戻ってから、どんな所に住み、どんな仕事をするのか見当もつかなかったが、今は悦びが不安など圧倒していた。

患者たちが少しずつ集ってきた。ミツが退院するというニュースは敏感な彼等の耳に次から次へと伝わりはじめたらしい。

「森田さん。退院するんだってな。」

いつか、ヒヨコを追いかけていた中野さんが足を曳きずりながら、そばに寄ってきて、

「よかったじゃねえか。」

「うん。」素直にミツはうなずいて、「有難と。」

「退院ときまったら、何時までもこんなとこにいるもんじゃねえよ。」

「でも、これからさ、どうしようかと考えてんの。」

「なんでも出来るさ。娑婆がつれえって言ったたって、ここよりは、ましにきまってるもんな。」

中野さんはそう言って自分の屈曲した指に眼を落しながら寂しそうに笑った。

その時、ミツは病舎の幾つかの窓からこちらを向いている幾つかの眼を痛いほど感

じた。

それは女の患者たちの眼だった。細目にあけた窓から女子患者たちはまるで今朝とはうって変ったような強張った顔でミツをぬすみ見ている。

その眼には羨望と敵意さえ感じられる。ミツがふりむいた瞬間、大きな音をたてて窓をしめる者もいた。急にたち上って窓から離れていく者もいた。自分たちに決して与えられなかった倖せをただこの森田ミツが受けるのが、彼女たちには理解できず、許せなかったのである。

だが、中には中野さんのように寂しそうにこちらを凝視している年輩の患者たちもいた。諦めと忍従とがその皺のふかい顔にきざみこまれている。

「さあ、早く、部屋に戻って仕度しましょうね。」

スール・山形は病舎の微妙な雰囲気を感じとって、急いでミツをこの場からつれ去ろうとした。

部屋に戻ると、加納たえ子が窓から洩れる日差しのなかで刺繍をやっていた。ミツの跫音に気づくと顔をあげて、

「おめでとう。よかったわ。」

一生懸命、笑顔をみせて退院を祝福してくれた。しかしたえ子の笑顔が一生懸命で

あればあるほど、その裏側に、とり残される者の辛さと哀しみとがあらわれてくる。

「悪いわ……」

ミツは畳の上に横ずわりになって思わず溜息をついた。

「なにが……」

「あたし、なんだか悪い気がするんだもん。」

「馬鹿ね。あんた。」たえ子は声をあげて言った。「つまらぬことを気兼ねするもんじゃないわよ。あたしたちにはあたしたちの運命があるの。羨んだり妬んだりするのはこちらが間違いなの。誰だって、こんな場所に一日だっていたくない筈よ。それがあたり前のことじゃない？　さあ。荷物をつくりなさいよ。」

促されてミツは戸棚をあけ、古いトランクを引きずりだした。だが荷物といってもこのトランクの中にわずかの下着や洋服をつめればそれで終りだった。

「あのね。」

「なあに。」

「あなたにね。」

加納たえ子は自分の引出しをあけて銀色の指輪をとりだした。

「これ、あげたいんだけれど。」

「あたしに……」眼をまるくしてミツは、「あたしに……」

「そうよ。」

「あたしに……なぜ、こんなもの呉れるの。」

「だって。」たえ子は哀しそうに微笑した。「もうあたしには用のないものですもの。それをはめて、始めてのリサイタルに出る筈だったの。でも、その指輪は病気のわたしには用はないわ。第一、それをはめる指が、こう歪んじゃったんですもの。」

たえ子は麻痺してまがった指に視線を落した。うすら陽をあびたその姿からミツは思わず眼をそらした。

「ね、取っといてよ。嫌でなかったら。」

「嫌なことなんか……あたし、こんな立派なもん……高いだろうなあ、こんな指輪。」

「じゃ、指にはめて。」

「本当？　本当にくれるの？」

うなずいて、たえ子は指輪を縁のすり切れた古トランクの上においた。

下着やスエータを入れるとミツにはもうすることはなかった。時刻は既に昼近かった。もうすぐ作業場や畠に出かけている患者たちが戻ってくるだろう。今日も昨日や一昨日と同じようにこの病舎では一日の営みが続けられるのだ。どんな世界にあっても、みすぼらしい日常を人々は背負わねばならぬ。そしてそれが終る時、雑木林のなかの泥によごれた墓地が彼等を待っていた。

「もう、出かける?」

「うん。」

二人はたがいの眼を見つめながら立ちあがった。

「送らないわよ。送ると辛いから。」

「うん……」

トランクを片手にミツは部屋の閾で立ちどまった。たちどまったまま、小さな声で、

「さいなら。」

と呟いた。

「さよなら。」

加納たえ子はこちらに背をむけていたが、その背が泣いているのか、小刻みに震えるのがミツにも痛いほど、はっきりわかった。

ここに到着した日は霧雨が降っていたのに、同じようにトランクを片手にして病舎

を出ていく今、空はミツの心のようにあかるく晴れあがっていた。

病舎からバス路にいたる両側のアカシヤに風が吹いて、裏がえしになった葉は銀色にかがやいていた。栗林のかげから、小川のさわやかな音がきこえてくる。この栗林の前でミツはしゃがみこみ、修道女の一人に見つけられたのである。

小川を渡ると彼女はもう一度、病棟の方角をふりかえった。小川が世間とあの悲惨な病舎とを隔てる境界線ならば、今、ミツはふたたび自由な世界に足をふみ入れることができたのである。

病棟からは何の物音もきこえなかった。修道女たちの住んでいる宿舎の煙突から黒い細い煙が一すじ青空にのぼっていく。だが、静かなその内側に、どんな顔の人が生き、どんな生活をしているかをミツは知っていた、どんな苦しみやどんな眠れぬ夜があるかもミツは知っていた。

(でも……もう、こっちに関係したことじゃないわ。)

バスの停留所で地面にトランクをおいて、彼女はわざと今、病院の方角を見ないようにふてくされた顔をしてみせた。同じようにバスを待っている二人の農婦が好奇心のこもった眼でミツを眺めまわしたからである。

(そんなに、見ないでよ。あの病院から来たんじゃ、ありませんからね。)ミツは心の中でその農婦たちに言いきかせる。(あんなとこの患者だと思わないでくださいよ。こっちは病気じゃないんですからね。ウソだと思ったら聞いてきなさいよ。)

だが、その時、こちらに背をむけて肩を震わせながら泣くのを怺えていた加納たえ子の姿がミツの心に浮びあがった。

細目にあけた窓硝子から、ミツを羨望と妬みのこもる眼で眺めていた幾人かの女性患者の顔が浮びあがった。

その人たちは昨日まで、ミツにやさしく話しかけたり、刺繡を教えてくれたりした人たちだった。

まるで今、それらの患者たちを裏切ったような痛さを胸に感じる。あたしは悪い女だと思い……

バスがくる間、うつむいて、靴の先で地面を丹念に掘っていた。

バスが御殿場の駅についた。広場の周りの土産物屋に午後の陽がまぶしく照り、店先きにならべた竹細工や力餅の包みに店員がはたきをかけている。銀色のバスがゆっくりその間を通りぬけていく。映画館のポスターがちぎれて飛んでくる。

もう一度、手に戻った世界の匂いをミツは胸の底にまで吸いこんだ。駅の時計はち

ょうど一時半を指していたが、

（いいわ。すぐ東京に帰らなくったって、あたし、構わないんだから。）

東京に戻ったところで、家族も家もないのである。川崎の酒場に戻って、あの下宿に顔を出すのは辛かった。病気でないのだと説明したところで、マスターも女給たちも信じてくれないにきまっている。

トランクを手にもったまま、彼女は見知らぬこの御殿場の町を歩きまわった。化粧品屋にはクリームや白粉《おしろい》が並べられ、飲食店のよごれた硝子のなかに蠟で作ったライスカレーや中華そばが陳列されていた。むかしならば見むきもしないこんな在来《ありきた》りの品物まで、ミツはむさぼるように眺める。それらは消毒薬と死の臭気しかない病院のなかでミツがもう忘れ去っていたものだった。

レコード屋から流行歌がきこえてくる。歌っているのはミツの好きな田端義夫だった。

映画館に入った。映画は大友柳太郎の「白仮面城」と佐田啓二の「おいらはマドロスさん」の二本だてである。佐田啓二はミツの好きな俳優ではなかったが、久しぶりで見る映画に財布を出すのがもどかしいほど切符売場で胸はおどった。

便所の臭気のこもった場内には客がまばらで、ただ白っぽい画面が流れていく。売店で買った南京豆を齧りながらミツは時々、溜息をつく。客数の少い場内で女の客がつれてきた赤坊が泣きはじめ、子供がスクリーンの前にたって自分の手の影を大きく映してみる。

映画館を出た時は午後の光が次第に弱まりはじめる時刻だった。むかし宿場だったこの小さな町の路は狭い。その路にうすら陽があたり、どこかの家の二階から三味線を練習する音がきこえてくる。

駅に戻って駅員に次の上り列車の時刻をきくと、四時四十八分に鈍行があると教えてくれた。

ミツは構内の長椅子にトランクをおいて、その横にすわった。お山に登った帰りなのか、笠を首にかけて、金剛杖を手にもった人たちがすっかり疲れきった表情で時刻表を眺めている。

（あの日もこんな人たちが、いたっけな。）

たった三週間前のことだが、今は夢のように遠く思われるのは、この御殿場に着いた昼すぎのことだ。霧雨が悲しくふって、同じように山に登る若い男女が、しきりに天候のことを気にしていた。自分にキャラメルをくれたお嬢さん。お嬢さんは自分がこの土地の娘だと始めから信じきっていたのだ。

（イヤだったなあ……あの時……）

自分の苦しみを言いあらわす沢山の言葉を知らないミツは、あの時の奈落に突き落されたような苦しみさえ、

（イヤだったなあ……）

ただそれだけでしか語れない。手首の赤黒いアザを彼女はじっと見つめながら、始めて大学病院にいった日に、中庭のなかで一匹の猫が雨に濡れていたのを思い出した。病院から新宿までの路を、これからどうして生きていいのかわからずに、足を曳きずって歩いたことを思いだした。

（なんのために、あんなに苦しまされたんだろう。）

なぜ、こんな苦しみが自分にだけ与えられたのだろう。スール・山形はどんな苦しみもみんな意味があると思うと語っていたが、しかし、ミツの小さな頭にはそんな理屈はわからない。

向う側に下りの貨物列車が入ってきた。黒い車輌に白墨でトメとかシキリとか、そんな片かなが書いてある。

車輪を駅員が鉄の棒で叩きながら歩いている。

「ミッちゃんじゃないの。ミッちゃん。」

不意に声をかけられて、驚いてふりむくと、スカーフをあごに結んだ若い女が笑いながらたっていた。肩から出た腕が小麦色にやけて、ゴルフ・バッグを片手に持って、

「ミッちゃん。忘れたの？　どうしたのよ。ぼんやり見つめて？」

ぼんやり見つめているのではなかった。相手が三浦マリ子だとはすぐわかったが、しかしなぜか、一声も咽喉から声が出ないのである。

「ねえ、どうしたのよ。」

「ああ、三浦さんかあ。」

「あらあら、やっと、気がついたわね。」

あの日、新宿の雑踏のなかでマリ子を見つけ、避けるように身をかくした時の苦い気持が心に甦ってきた。自分とこの人との間には越えがたい溝のあることをあの時ほど、知った時はなかった。

「あたしね。伯父のお供で河口湖までドライブしたのよ。今、車からこちらを見たら、あなたでしょ。今、どこに勤めてるの、東京にまだ居るんでしょ。」

なつかしさを顔いっぱいに溢れさせて、彼女はミツに次々と質問をあびせてきた。

「意地悪ねえ。全然、手紙をあなたもヨッちゃんも呉れないんだから。あたし、てっ

きり、ミッちゃんは結婚したのかと……」

弱々しい微笑をうかべてミツは首をふった。なぜかしらぬが体も心もひどく疲れ、三浦マリ子に答える気力がなかったが、

「三浦さん、どうってさ、もうお嫁さんに行ったのかと思ってた。」

「まだよ。そんなの……でもね。」

マリ子は少しおどけた顔になって、

「偉いでしょう。これでも、やっと恋人らしい人はみつけたわ。」

「そう……」

「同じ会社の人。いささか平凡な職場恋愛だけど。」

駅の前にとまった自動車からマリ子をよぶ警笛がきこえてきた。

「ごめんなさい。じゃ、またね。元気でね。」

スカーフをといて彼女がのりこんだ車が駅前から去っていくのをじっとミツは見つめていた。マリ子を羨む気持は毛頭なく、ただ自分の住む世界と彼女の世界とは生れつき違うことを彼女はぼんやりと感じていた。

構内に客の数が急にふえはじめる。上りの列車がまもなく到着するのか改札口の前に金剛杖をもった客が二、三人、並びだした。

三つ編みの髪をミツと同じように垂らした土地の娘がトランクをさげてそのうしろに立っている。見送りにきた彼女の母親らしい中年女と弟らしい子供がその横で不安そうにあたりを見まわしながら、

「落すんじゃねえぞ。切符を。」

「うん。」

「むこうの住所、ポケットに入れてあるだろうな。」

娘がいくらうなずいても、母親は心配そうに風呂敷包を解いたり結んだりしている。

「ええか。叔父さんとこに葉書、だしときな。」

「わかってるよ。」

娘の頰はまだ林檎のように赤い。中学を出たばかりでこれから東京に就職にいくに違いない。

ミツは自分が始めて東京に出た時のことを思いだした。駅から汽車に乗る時、これと同じように送りにきた伯母がミツの風呂敷包を解いたり、結んだりした。この母親と同じように切符を落すなとか、住所を忘れるなとか、列車がくるまでくどいほど繰りかえしたものである。

（この子、東京のどこで働くのかな。）

東京でこの娘がこれから送るであろう生活をミツは知っていた。田舎者と言われまいとして懸命に背伸びをしながら自分の一挙一動にもビクビクする毎日。一週に一度の休日、新宿や渋谷に出て驚くこと。星空をみてぼんやり弟や妹のことを思いだす夜。そして今日から自分もふたたび、その東京で昔と同じような一人ぼっちの生活を送らねばならぬのだ。

ミツは川崎の下宿の小さな冷たい部屋のことを思いだした。電燈の笠がないので、電気がゆれるたびに部屋のなかに暗い縞の影がうつる。窓の下の汚水のながれた路に酔客が放尿をしている。この娘ならそんな時、故郷の家のことや母親のことを考えることができるだろうが、家を捨てたミツにはあたたかく思いだすものもない。天井をみあげて、うすい布団をあごまでかけながら、電燈の影がゆらゆらと揺れるのをじっと見ていただけだ。

戻っても孤独な生活がまた続くのだと言うことが今、ミツの胸にはっきりとわかってきた。捨てられた猫のように、一人だけでかじかんだ手を火種の乏しい火鉢におきながら送った昨年の歳末の夜。電車の音が、割目を新聞紙で押えた硝子窓を細かくゆらしていた。いやだ。もう、そんな生活はいやだ。

(でも、仕方ないもん。ほかに行くとこがないもん。)
ミツは真実、今、自分の体を暖めてくれる人をそばに欲しかった。体だけではなく、時には寂寞としたこの毎日、疲れた自分が頭をそこに靠れさせる母親のような相手がほしかった。鈍い、愚かな自分の愚痴を聞いてくれる相手。石浜朗の映画を見る時、一緒になって笑える友だち。そしてその友だちが一生、自分のそばにいてくれ、離れていかなければいい。そんな暖い存在が何処かにいないのか。

無駄とは知りながら彼女はこの駅のなかの人々を目で追った。だが誰もがこの古いトランクをぶらさげて、ぼんやりと立っている娘に一瞥も与えなかった。忙しそうに彼等は切符売場に近づき、改札口に並び、駅から外に出ていく。

「間もなく、二番線に東京行き、上り普通列車が……」

スピーカーから抑揚をつけた駅員の声がきこえてくる。ゆっくりと蒸気を吐きだして灰色の機関車と古ぼけた客車とがホームにすべりこんでくる。

東京に行く汽車。しかし東京とあの雑木林の宿舎と何処がちがうのだろう。人々は新宿でも川崎でもこの駅の中と同じように忙しく、つめたく、無関心にミツの横を通り過ぎていくだろう。たまに机をならべた人もあの三浦マリ子と同じように、やがてはミツのことを忘れて去っていくだろう。

改札口から客車にむかって駈けていく。席は充分あいているのに駈けないと乗り遅れると思うらしいのだ。さっきの三編みの娘が真中の窓から顔を出し、弟にむかって何かを言っている。

改札口に靠れてミツはその娘と母親と弟とをじっと眺めた。母親が大きな蝦蟇口《がまぐち》から一枚の札をだして娘に渡してやっている。

発車をつげるベルがすり切れた音をたてて鳴りはじめた。

(今、走ればいい。今、走ったら、まだ汽車に間にあう。)

彼女の心のなかにそう懸命に囁く声がした。と同時にもう一つの心の隅でミツは雨にふるえた雑木林と兵舎のような病棟のことを考えていた。自分が捨ててきたあの病棟では今、女患者たちは文化刺繍の作業を続けているだろう。加納たえ子は一人だけであの病室に坐っているかも知れぬ。ミツは胸がしめつけられるような気持で退院していく自分を眼で追っていた彼女たちの顔を思いうかべた。

ベルがやみ、しばらく沈黙が続き、汽車が鈍い音をたてて動きはじめた。機関車の煙が車輛にからみながら、ホームを流れていく。

ミツはトランクをもったまま駅の外に出た。そしてバスの停留所の方向にむかって広場をゆっくりと横切った……

「森田さんじゃないの。」

スール・山形は眼をまるくして事務所の玄関にたっているミツを凝視した。

「え？　汽車に乗り遅れたの？」

ミツは人の好さそうな例の笑いを顔いっぱいに浮べながら、

「ううん。」

首をふった。

「どうしたのよ。」

それでもスール・山形はミツの古トランクを受けとって誰もいない応接室に入った。茜色《あかねいろ》の西陽が硝子窓に反射している。

「どうしたのよ、本当に。」

今度は不安そうに修道女は娘の顔をみた。

「あたし、戻ってきちゃった。」

「まア……なぜ？」

「なぜって……」ミツは恥しそうに自分の気持を表現する言葉に口ごもりながら、

「なぜって……」

それからすねたように机の上に指で何か字を書いた。

「どこに行ったって……結局、同じだしさ。」

「でも……ここは病院でしょ。病気の患者さんたちのいる所じゃないの。」

「あたし、もう、こわくないな。始めはそりゃイヤだったけど、馴れちゃったから。」

「こわくなくったって……もう患者でもないあなたが。」とスール・山形は困惑の表情をみせて、

「居る所じゃないわ。患者でない人、あなたたちには住む世界があるでしょ。病気や苦しみしかない場所にわざわざ住みつく必要はないのよ。」

「だって、あんただって……ここに居るじゃない。」

その声はあまりに無邪気だったので修道女は驚いたように顔をあげた。

「あたしは……あたしたち修道女は……病人の世話をしたり、友だちになるのが一生の仕事だから。」

「じゃ、あたしも患者の世話をする。ここで働いたら、いけないですか。」

「冗談じゃないわよ。森田さん。」

少し、きっ、となってスール・山形は椅子からたち上った。

「一時の感傷や出来心から、そんなことを口に出しちゃ駄目よ。この病院にも時々、

そんなおセンチな申込みをしてくる女学生がいるわ。でも一度、この病院にきて、患者さんたちの姿を見たり、嗄れ声をきく時、蒼くなって逃げだすのよ。」

「あたしはもう、そんな声をきいたわ。」

ミツは膝の上に手を組み合わせながら笑ってみせた。なぜ、スール・山形が自分を迷惑がるのか今、彼女にはわからなくなったぐらいである。

「でも、あたしが残っちゃ、いけないと言うなら帰るけど……」

「いけないってわけじゃないけど。」

修道女はほとほと困った顔をして、

「でもあんたの親御さんたちが。」

「父ちゃんならいいの。あたしもう一人で長い間、生活してきたんだもの。」

「困ったわねえ……じゃ今晩一晩、ゆっくりもう一度、考えて頂戴。一時の気持だっていうことがきっとよくわかる筈。そして明日は東京に戻るのね。わかった？」

ミツは微笑してうなずいた。修道女はどうして問題を複雑にするのであろう。しかし兎も角も一晩だけこの病院に残ることを許してくれたのだ。一晩は二晩になり二晩は一週間になるだろう。

「加納さんは？」

「え？」

「たえ子さん、どこにいるう？」

「ああ。」スール・山形は立ちあがって窓硝子をあけながら、「あなたが帰ったので随分、しょんぼりしていたけど……さっき畠のほうを歩いていたわ。」

「行っていい？」

「もちろんよ。」

ミツは急いで事務室を飛びだした。病棟と病棟との間の中庭をぬけ、雑木林のふちにそって傾斜地をおりると畠に出る筈だった。

雲の間から幾条かの夕陽の光が束のように林と傾斜地とにふり注いでいた。その畠で三人の患者が働いている姿が豆粒のように小さく見える。

ミツはその落日の光を背にうけながら林のふちに立ちどまった。あれほど嫌悪をもって眺めたこの風景がミツには今、自分の故郷に戻ったような懐しさを起させた。林の一本の樹に靠れて森田ミツはその懐しさを心の中で嚙みしめながら、夕陽の光の束を見あげた。

ぼくの手記　(七)

三浦マリ子とぼくの結婚式は、翌年の九月下旬、こみあった明治記念館で行われた。

晴れあがった気持のいい日曜日だった。ほうぼうの学校では運動会をやっているらしく、ポンポンと花火をうちあげる爽やかな音が、すみ切った空を式場にまできこえてくる。

記念館はごったがえしていた。この日に結婚式を挙げるのは、ぼくらだけではない。式場入口の名札には当日、挙式する十幾組の連中の名が、ずらりと書きならべてある。その中に勿論、吉岡家、三浦家という文字も入れられていた。

田舎から出てきた兄貴夫婦に手伝ってもらって、着なれぬ貸モーニングのカラーをつけていると、長島が控室の戸をあけて、

「どうだい。この騒ぎ。」

彼は昔のよしみで、今日は受付をやってくれることになったが、控室の外を指さして、

「まるで、結婚の流れ作業だぜ。」

式場に赴く廊下には、角かくしをしたり、白いベールをかむった花嫁たちが、次から次へとすれ違っている。本当に流れ作業のようだ。

「仕方ないさ。俺たちサラリーマンの生活は、みんな、流れ作業の一齣みたいなもんだからな。」

ぼくは、モーニングのズボンをはきながらそう答えた。「今の社会じゃ人間の一人、一人の人格なんぞみとめてくれないさ。万事、コミだよ。死んだ時だって、物体と同じように、病院じゃあ流れ作業式に処理するじゃないか。」

「まあ。」

着つけを手伝ってくれた兄嫁が、

「縁起の悪いこと言うんじゃないよ。今日はお目でたい日じゃないか。」

「そうだったな。長島、受付、よろしく頼むぜ。」

うなずいて控室を出ていく長島の背広姿を眺めながら、ぼくは学生の頃、彼と二人で下宿していた時のことをふと、思いだした。マスクをして綿のはみ出た煎餅《せんべい》布団に寝ていたぼくら。雑炊をすすり、スケソウダラをかじっていたぼくら。そのぼくらも、どうにか、平凡だが堅実な幸福をつかめたようである。ぼくはマリ子と結婚し、旅行がすめば新しいアパートから会社に通うようになるだろう。その平凡な手がたい幸福を、ぼくはどんなことがあっても、失うまいと思った。

式は滑稽だった。チョビ髭をはやした神主が、掃除のハタキみたいなものを、我々の頭上にふりまわし、嗄れ声で祝詞《のりと》を申しのべた時、マリ子は、ぼくを突ついて、

「馬鹿馬鹿しいわ。」「全くだ。」

ぼくらは、神主や仲人にきこえぬように、笑いをかみころした。我々の両側には両家の親類が三、四組ならんでいたが、その中には、マリ子の伯父である社長も両手を前にあわせ、厳粛な表情で立っていた。

「君も……これで血縁になったな。」

祝詞がすむと、社長は満足そうにぼくの肩をたたいた。

「旅行から戻ったら、会社の仕事も、精だしてやってくれよ。とにかく、あれでも

……一族会社のつもりなんだから。」

社長のこの言葉のほうが、祝詞よりはるかに有難かった。祝詞よりもはるかに自分はマリ子の夫だ、という実感を与えてくれた。

式がすみ、小さな披露宴が終ると、みなにかこまれて万歳を三唱された。一番、大声をあげ、両手をふりまわしていたのは、長島である。学生時代の友だちはやはりい い。他の仲間――会社の同僚たちは、同じように両手をあげてくれていても、その眼には、社長の姪と結婚したぼくを妬む光が、かくれている。

「ふうん、うまく、泳ぎやがって。」

「大学出は、やることが、ちがうよなア。」

式の帰り、彼等が、たがいに話しあうこんな言葉が、耳にきこえるようだった。たしかにぼくは、うまくやったにちがいない。だがマリ子と結婚したのはその「うまく泳ぐ」ためだけではなかった。もちろん、そんな打算も交っていたが、ぼくはマリ子を愛してなかったのではない。しかし、現代における愛情にはエゴイズムを、ぬきにして考えるのは不可能だ。エゴイズムという言葉がわるければ、それは幸福になる欲望と、いったっていい。ぼくが「うまく泳ぐ」ことは、とりもなおさずマリ子の将来の幸福のためでもある――そう考えて、どうしていけないのだろう。

二人は、式場から車で東京駅に出かけた。旅行の行先きは、山中湖だった。箱根か熱海にしようかという案も、出ないわけではなかったが、

「憶えている？　会社で山中湖に行った時のこと。」

式より一週間前のデイトの時、喫茶店で、彼女は急に言いだしたのだ。

「ああ、ぼくが馬に乗ってみせた時だろ。」

「馬に乗ったと言えるもんじゃなかったわね。」マリ子は組みあわせた両手に顔をのせて、笑った。「あなた、まだショってるのねえ。」

「ふん、ショってる男に嫁にくるのは誰だ。」

「馬鹿ねえ。でも、あの馬のおかげで、私、あなたのことが好きになったのよ……」

あの駄馬に、礼を言うべきだという結論に達し、二人の新婚旅行は、富士五湖めぐりと急にきまってしまったのである。

東京駅から汽車で御殿場に、御殿場から奮発してハイヤーで山中湖までぼくらは登った。

車が湖にちかづくにつれ、山も林もブロンドに光っていた。金色の林の間から、そこだけ真青な湖がみえ、くりぬいたように空に巻雲が一つ、ゆっくり流れていく。

「あたし、いい奥さんになるわよ。」

車をおり、腕と腕とを組みあわせて、その湖までの路をおりながら、マリ子はぼくにそっと囁いた。

「ふん、そうかね。万事、お願い、いたしますだ。」

照れくさいから、そうおどけざるをえない。彼女が陶酔していると、ぼくは背中にジンマシンがおきるような気持になる。

「ここだったな。馬が小便したのは。」

「よしてよ。下品なこと言うのは……」

「構わねえじゃないか。縁むすびの馬さま、さまだぜ。」

二泊して河口湖もまわり、三日目に空が曇りだした。その日の夕方に、ぼくらは御殿場にくだるためにバスに乗った。

ここでも林は既に、紅葉しかかっていた。湖の付近ほど鮮やかではないが、黄色い葉々がくだっていくバスの上にも、道の上にも散ってくるのだ。

「あの時も、ここを通ったわね。」

マリ子はハンドバッグからキャラメルを出してぼくにすすめた。その仕草もいつのまにか、すっかり妻らしい雰囲気ができあがっていた。それは男のぼくには、珍しいほど新鮮にうつった。

「あの時って……」

「あの会社の旅行の時よ。」

「そうだったかな。」

そう言えば、曲り折れる道も、その道の周りの農家も、何処か記憶に残っているような気がする。

「そうよ。ここで……」

マリ子は懸命に自分の意見を証明するため、

「大野さんが、ほら、あそこに小さく見える建物のことを訊ねたじゃない？」

「どの建物？」

「見えないの？　あの林の中の……兵営みたいな建物よ。そしたら、車掌さんがハンセン病の病院だと言って……」

「……………」

「みんな、あわてて窓しめたじゃない。あたしとっても憤慨したわ。あの時……」

ぼくは黙っていた。黙って顔を、白くよごれたバスの窓に押しあてていた。不意に胸の底から一つのことが――長い間、記憶の闕のなかに埋れていたことが突きあげてきた。それはあの雨のふる日に、川崎の喫茶店で会ったミツの顔である。雨滴にぬれた髪の毛の下で、小さな丸い顔が泣きべそをかいて、ほとんど聞きとれぬ声で、

(御殿場にいくの。)

そう言ったのだ。

あの時、ぼくはどうしたろう。反射的にぼくの眼に、ミツの腕にある赤黒いアザのイメージがうかびあがってきた。驚きと恐怖とで、ぼくは会計の紙を手に握りしめ、

「まさか。」

「でも、お医者さんが、そう言うんだもん。」

「そんなら。駄目だよ。こんなとこに来ては。家に帰って寝ろよ。病気じゃないか。」

つづけざまに勝手な言葉をならべて、ぼくは椅子から立ちあがり、

「呼び出したりしてさ。悪かったよな。しかし、そうとは知らなかったんだからな。……でもさ、気を落すなよ。治るよ。いい薬あるんだろ。」

口では一時しのぎの慰めを言いながら、体は出来るだけミツから離れようとしていたのだ。

喫茶店の外に出ると、まだ、雨がふっていた。ミツのぬれた髪が顔にべっとりとついている。ぼくはさようならと小声で言い、足早やに駅にむかって歩いた。一度だけ

ふりかえった時、ミツの姿は、こみあう歩道の人群のなかに、もう見えなかった。

(ミツは、……雑木林のなかにいるのだな。)

ぼくはバスの窓に顔をあててそう思った。窓はぼくの息で白く曇った。しかしバスが走るにつれ、褐色の林と黒ずんだ木造だての、兵舎のような病棟は、すぐに視界から消えていく。

「どうしたの。」

マリ子はぼくの肩に靠れながら、

「なに考えているの。ね、あなた、幸福じゃないみたい。」

「幸福さ。」

そうだ。俺は幸福だとぼくは思った。そしてこの小さな幸福に関係のないこと、そこに暗い影をおとすようなことは、自分にはいっさい無縁にしようと考えたのだった。

にもかかわらず、その年の暮、ぼくはミツに年賀状を送った。

結婚するまで、賀状など人に出した経験はない。だが今度はちがう。仲人や世話になった人にきちんと挨拶をしなくては、とマリ子が言うのである。一寸したそんな行為を怠って、失礼な夫婦だと思われたくないというのが、彼女の主張だった。

十二月のある夜、二人で賀状を書いた。ぼくらは目黒のアパートに住んでいたが、学生時代の下宿とちがって、箪笥もあった。鏡台もあった。人形もあった。ぼくの横で、和服をきたマリ子が白い腕をだして、墨をすっていた。

十枚ほど葉書があまったので、ぼくは長島にも年賀状を書いた。アルバイトを世話してくれたあの金さんにも、

「一度、遊びにきて下さい」

としたためた。

そして、次にミツの名が頭にうかんだ時、ぼくはそっと、妻の顔を窺った。

マリ子は自分の年賀状をしたためるのに、夢中になっている。彼女はなにも知らないのだ。

筆をとってぼくは、

「謹賀新年、病気の恢復を祈る」

ただそれだけを書いた。住所は御殿場しか知らなかったが、ハンセン病の病院は一つしかない筈だった。その葉書をさりげなく、ぼくは自分の洋服のポケットに入れた。

なぜあの時、年賀状を送る気になったのだろう。自分が今、にぎっている幸福に比べて、川崎で会ったミツの姿が、あまりに惨めで、可哀想だったからかもしれない。それはたしかに、あの時の気持には、あの娘にたいする憐憫の情がふくまれていた。それは一時的な衝動ではあったが、憐憫は憐憫にちがいなかった。

返事はこなかった。いや、もらわないほうがよかった。もらわないほうがこちらには心理的にも助かったのである。

けれども、新しい年が来て、正月の飾りが東京の街路からようやく取り除かれた一月の終り、ぼくは朝、霜でよごれた道をふんで会社に出かけようとした時、アパートのおばさんから一通の封書を受けとったのである。

御殿場の復活病院という字が目にとまった時、いそいでポケットに手紙を入れた。マリ子に見られたくなかったのである。

その日は、会社がひどく忙しく、ポケットのなかの手紙が気になりながら、やっと、それを開いたのは夕暮のことだ。会社が事務室を借りている小さなビルの小さな屋上で、ぼくは、皺になった封書をとりだした。

差出人は、森田ミツではなかった。スール・山形という変てこな名前が、封筒の裏に達筆で書かれていたが、手紙に目を通していくうちに、病院で奉仕している修道女だとわかった。

読みながら、受けた驚きや衝撃のことは、ここで触れない。ただ始めの一枚を幾度も読み返さねば、よくその意味がつかめないほど、頭が混乱したことは言っておかねばならぬ。

森田ミツさんに過日、お送りくださいました年賀状の御返事が、このように遅れましたことを、心からお詫び申しあげます。そして、その返事とミッちゃん（森田さんのことを、私たちも患者たちもそう呼んでいました。）に起った出来ごとを、一日も早くお知らせしようと思いながら、多忙にまぎれ、遅延した次第でございます。

お送り下さいました御年賀状から拝見いたしますと、ミッちゃんのその後のことは、何も御存知でないようですが、実はミッちゃんは当病院で精密検査の結果、陰性反応が判明し、ハンセン病ではないとわかりました。こういう例は、千人に一人ぐらいの割合で起る誤診ですが、本当に彼女には大きな痛手だったと思います。

しかし、ミッちゃんはそのまま、病院に残りました。東京に帰っても同じだからと、例によって、口を大きくあけて笑いながら病院から去ろうとしません。人が嫌がるこんな世界から出ていこうとせず、ここで働かせてほしいというのがミッちゃんの希望でした。

私たち修道女は、正直な話、こういうミッちゃんの気持を、一時的な衝動か、感傷のように考えていました。我々修道女の言葉に、愛徳の実践というものがあり、この愛徳の実践に、修道女は生きようと心がけておりますが、愛徳は感傷でも、憐憫でもございません。私たちは、悲惨な人や気の毒な方を同情しますが、同情は、本能や感傷にすぎず、つらい努力と忍耐のいる愛ではないと、教わってまいりました。だからミッちゃんの気持も、病気でない幸福な人間が、病気に苦しむ患者に当然、感じる一時的な感情にすぎないのだろう、と思ったのです。

だが、そのくせ、患者さんのために働きたいというミッちゃんの申出を私たちが受け入れたのは、本当のところ、人件費を節約せねばならない（病院は国家の僅かな援助金と一般の御寄付でどうやら、まかなっているのです。）病院にとって、彼女が雑用をしてくれるのは、助かるからでした。病棟の掃除は、軽症患者がしてくれますが、流石に配膳や厨房の支度は、私たちの仕事でございます。また患者さんが作った農作物や刺繡などを、御殿場の商店に運ぶのは、病人たちには許されません。当然、ミッちゃんが人手不足の私たちを手伝って、こういう仕事をやってくれることになりました。

私は、今でもミッちゃんの働いている姿が、眼にうかぶようです。

あなたはきっと御存知でしょう、流行歌が好きなミッちゃんは、頭に白い布をかぶって配膳盆を食堂に並べながら、いろんな歌を、歌っていました。はじめはこんな俗っぽい歌を、大声で歌うのを嫌われる外人の修道女もいられましたが、やがて、ミッちゃんの無邪気さに、もう何もおっしゃらなくなったのです。私のような世間知らずでさえ、あの人から『伊豆の山々、日がくれて』という流行歌を教えてもらって、そっと歌ったくらいです。

流行歌の次に、ミッちゃんの好きなのは、映画でした。病院では月に一度、御殿場の映画館からフィルムをかりて、患者さんに見せるのでしたが、その日になると、ミッちゃんはそわそわして、落ちつきがなくなりました。患者さんたちにまじって、食堂をかねた娯楽室に、映画がうつしだされますと、一番、大声をあげて騒ぐのは、ミッちゃんでした。

そのくせ、彼女は自分で病院の外の映画館には行きませんでした。一、二度私は彼女に、

「ミッちゃん。日曜日なんだから、御殿場に行けばいいのに。映画みてらっしゃいよ。」

そう言いますと、

「ううん。」

彼女は首をふるのです。

「どうしたの。面白い映画、やっているんでしょ。」

「あんたは？」

「わたしは駄目よ。修道女ですもの。勝手に出られないのよ。でも、ミッちゃんは自由なんだから、行ってらっしゃいな。」

「あたしも、やめとく。」

「どうして。」

「だって。」と、彼女は当惑したような顔をして、「患者さんたちは映画、ほかの場所では見られないんでしょ。あたし一人で行けば……行けない患者さんたちに可哀想だもん。」

「でも、あなたは……」

「いいの。映画館、一人で行ったってさ。患者さんたちのこと気になって……詰んないんだもん。」

彼女の場合、こういう行為というのは、ほとんど自発的に出るようでした。私はさきほど愛徳とは、一時のみじめな者にたいする感傷や憐憫ではなく、忍耐と努力の行為だと生意気なことを申しましたが、ミッちゃんには私たちのように、こうした努力や忍耐を必要としないほど、苦しむ人々にすぐ自分を合わせせられるのでした。いいえ、ミッちゃんの愛徳に、努力や忍耐がなかったと言うのではありません。彼女の場合には、愛徳の行為にわざとらしさが少しも見えなかったのです。

私は時々、我が身と、ミッちゃんをひきくらべて反省することがありました。『汝、幼児《おさなご》のごとく非《あらず》んば』という聖書の言葉がどういう意味か、私にもわかります。『伊豆の山々、日がくれて』という流行歌が好きで、石浜朗の写真を、自分の小さな部屋の壁にはりつけている平凡な娘、そんなミッちゃんであればこそなお、神はいっそう愛し給うのではないかと思ったのです。あなたは神というものを、信じていらっしゃるか、どうか知りませんが、私たちの信じている神は、だれよりも幼児のようになることを命じられました。単純に、素直に幸福を悦ぶこと、単純に、素直に悲しみに泣くこと、――そして単純に、素直に愛の行為ができる人、それを幼児のごときと言うのでしょう。

でも、このミッちゃんは、私が信じている神については、決して首を縦にふりませんでした。

私自身、決して、患者さんにたいすると同様ミッちゃんにも、信仰に入れなどと奨めませんでした。ただ、二、三度、私たちはこんな会話をとりかわしたことがあります。

たしか、昨年の十二月のはじめだったと思います。病院には、四人ほどの小児患者がおりましたが、（子供でもハンセン病にかかるのか、とお思いでしょうが、実は、抵抗力の乏しい子供ほど、この病気の進行が早いのでございます。）その小児患者のなかで、壮ちゃんという六つになる子供が、肺炎になった時、ミッちゃんはつきりで、看病しておりました。ミッちゃんの子供好きというのは、病院でも有名で、この子供たちに、自分がもらう僅かな手当から、何かを、いつも買ってやるのでした。壮ちゃんは、特に、彼女になついたようでございます。

壮ちゃんは既に、神経まで犯されていましたし、その上、急性の肺炎のため、ほとんど絶望的な状態になりました。ペニシリン・ショックを受けやすい子なので、あの特効薬も使えなかったのでございます。

三日間、ほとんど寝ないで、ミッちゃんはこの子に、付添っておりました。三日目には流石にげっそりとし、眼なども充血しているので、私は、彼女に自分の部屋に戻るように、強く言わねばならなかったほどです。

「でも、あたしじゃなければ、壮ちゃん、ダメなの。」

氷嚢袋の氷を割りながら、彼女は首をふりました。霜焼けのできたミッちゃんの手が、青紫にふくれあがっていました。

「大丈夫よ。私たちがやるから。第一、あんたがまいっちゃうじゃない。」

そう申しますと、

「あたしね、昨晩、壮ちゃんを助けてくれるなら、そのかわり、あたしが病気になってもいいと祈ったわ。本当よ。」

ミッちゃんは、真剣な顔をして、そう言うのでした。

「もし、神さまってあるなら……本当にこの願いをきいてくれないかなあ。」

「馬鹿ね。あなたは……」私はきびしい顔でたしなめました。「眠りなさい。あんた、神経まで疲れているわよ。」

しかし私には、昨夜のミッちゃんの姿が目にうかぶようでした。この娘なら本気で手を組みあわせ、つめたい木造病棟の床にひざまずいて、壮ちゃんが助かるなら、自分がどんなに苦しくても辛抱すると、祈ったにちがいありません。もし、あなたがミッちゃんをよく御存知なら、私のこの想像が、決してウソではないとわかって頂けるでしょう。

悲しいことに、子供はそれから五日間して、息を引きとりました。ミッちゃんがその時うけた苦痛を、私はここでは書きません。ただ彼女は怒ったようにはっきり、こう申しました。

「あたし、神さまなど、あると、思わない。そんなもん、あるもんですか。」

「なぜなの？　壮ちゃんが死んだから？　あなたの願いを、神が、きいてくれなかったから？」

「そうじゃないの。そんなこと、今はどうでもいいんだ。ただ、あたしさ、神さまがなぜ壮ちゃんみたいな小さな子供まで苦しませるのか、わかんないもん。子供たちをいじめるのは、いけないことだもん。子供たちをいじめるものを、信じたくないわよ。」

純真な小さな子供にハンセン病という運命を与え、そして死という結末しか呉れなかった神に、ミッちゃんは、小さな拳をふりあげているようでした。

「なぜ、悪いこともしない人に、こんな苦しみがあるの。病院の患者さんたち、みんないい人なのに。」

ミッちゃんが、神を否定するのは、この苦悩の意味という点にかかっていました。ミッちゃんには、苦しんでいる者たちを見るのが、何時も耐えられなかったのです。

しかし、どう説明したらよいのでしょう。人間が苦しんでいる時に、主もまた、同じ苦痛をわかちあってくれているというのが、私たちの信仰でございます。どんな苦しみも、あの孤独の絶望にまさるものはございません。自分一人だけが苦しんでいるという気持ほど、希望のないものはございません。しかし、人間はたとえ砂漠の中で一人ぽっちの時でも、一人だけで苦しんでいるのではないのです。私たちの苦しみは、必ず他の人々の苦しみにつながっている筈です。しかし、このことをミッちゃんにどう、わかってもらえるか。いいえ、ミッちゃんはその苦しみの連帯を、自分の人生で知らずに実践していたのです。

随分、寄り道をしてしまいました。書いていることもチグハグでございます。仕事の合間に、この手紙を少しずつ書くので、ひどく時間がかかります。お許し下さいませ。

いよいよ、あなたにあの辛い事実を、お知らせせねばなりません。

あの出来ごとが起ったのは、十二月の二十日でした。二十四日がクリスマスなので、私たちは患者さんたちのために、その日は、何かをして差上げる習慣がございます。どうせ、予算の乏しい病院のことですから、大したことはできませんが、せめてこのクリスマスぐらいは、病気のことを忘れてもらいたいと思っています。

二十日の午後、私は、ミッちゃんに御殿場まで、お使いにいってもらいました。作業でできた鶏卵と刺繍とを、御殿場の理解ある店におさめてお金に替え、それを患者さんのお小遣いに、当てているわけでございます。

今から思うと、私が行けばよかったのですが、ミッちゃんは、いつもこの仕事を悦んで手伝ってくれましたし、その日、私は他の用事で忙しかったのです。病院の使役をやってくれている島田さんと、三輪トラックに同乗して、出発したのは三時をすぎてました。彼女は例によって、『伊豆の山々』という流行歌を口ずさみ、患者さんたちに、

「ミッちゃん。色気発散さしてよ、高く売りつけてくれよな。」

「卵、わらねえように気をつけてくれよ。」

そう言われていました。

五時半に、電話がかかってきました。御殿場の警察からです。電話口に出たのは私でした。ミッちゃんの名と、交通事故にあったということと、それから、収容された救急病院の場所を知らされた時、受話器をおろしたあとも、私の手は長い間ふるえました。

それから、どういう風にミッちゃんの所に駆けつけたか、今でも憶えていないほど

です。

とに角、駆けつけた時、ミッちゃんは既に昏睡していました。出血が多量で、おまけに首の骨が折れているという話でした。足と腕には輸血の針と、鼻には酸素吸入器のゴム管とがさしこまれ、小さな胸が波のように浮きあがったり、沈んだりしていました。

島田さんの話では、ミッちゃんが鶏卵の箱を大事にかかえて御殿場駅の広場を横切ろうとした時、横から、トラックがバックをしてきたのだそうです。もし何も持っていなかったなら、素早く体を動かして、助かったかもしれません。しかし、患者さんのつくった鶏卵箱を、両手でかかえたミッちゃんは、そのまま、トラックに横むきにねじり倒されたのでした。

「卵、卵。」

意識がなくなるまで、二分ほどの間、ミッちゃんは卵のことばかり言っていたそうでした。患者さんが、不自由な体と神経のきかない手で飼った鶏の卵は、広場の真中に砕かれ、散乱し、黄色く地面に流れていました。ミッちゃんは、その卵の黄身の中に、うつ伏せに倒れたのでした。

昏睡は、四時間ほど続きました。心臓が非常に丈夫なため、これだけ保っているので、普通ならば、とっくに脈もとまったろうという話でした。カンフルは、たえず打ちつづけて頂きましたが、昏睡からは醒めませんでした。そして、午後十時二十分に、ミッちゃんは息を引きとりました。息を引きとる前に、私は独断で御殿場の教会に電話をかけ、神父さんに来て頂いて、洗礼をミッちゃんにそっと授けて頂きました。

昏睡している間に、ミッちゃんは一度だけ叫びました。その言葉を耳にしなかったならば、私はあなたに、このような長いお手紙を差上げなかったと思います。私はミッちゃんとあなたが、どういうお知り合いだったか存じませんし、ミッちゃんからも何もその点、聞きませんでした。しかし、昏睡中、ミッちゃんは一度だけ目をぼんやりあけました。そして、何かを探すように手を動かしました。

「さいなら、吉岡さん。」

これが、ミッちゃんのその時の言葉だったのです。それっきり彼女はもう何も言いませんでした。

私は今、ミッちゃんの遺品を——といっても小さな古ぼけたトランク一つしかありませんが——川越の家に送ったばかりです。彼女の肌着やスエータを手にとりながら、あれ以来、幾度も考えたことをもう一度、心の中で嚙みしめました。もし神が私に一番、好きな人間はときかれたなら、私は、即座にこう答えるでしょう。ミッちゃんのような人と。もし神が私に、どういう人間になりたいかと言われれば、私は即座に答えるでしょう。ミッちゃんのような人にと。……

ながい間、その手紙を見つめていた。読んでいるというよりは、見つめていた。

(なんでもないじゃないか。)

ぼくは自分に言いきかせた。

(誰だって……男なら、することだから。俺だけじゃないさ。)

ぼくは、自分の気持に確証を与えるために、屋上の手すりに靠れて、黄昏の街を見つめた。灰色の雲の下に、無数のビルや家がある。ビルディングや家の間に無数の路がある。バスが走り、車がながれ、人々が歩きまわっている。そこには、数えきれない生活と人生がある。その数えきれない人生のなかで、ぼくのミツにしたようなことは、男なら誰だって一度は経験することだ。ぼくだけではない筈だ。しかし……しかし、この寂しさは、一体どこから来るのだろう。ぼくには今、小さいが手がたい幸福がある。その幸福を、ぼくはミツとの記憶のために、棄てようとは思わない。しかし、この寂しさはどこからくるのだろう。もし、ミツがぼくに何か教えたとするならば、それは、ぼくらの人生をたった一度でも横切るものは、そこに消すことのできぬ痕跡を残すということなのか。寂しさは、その痕跡からくるのだろうか。そして亦、もし、この修道女が信じている、神というものが本当にあるならば、神はそうした痕跡を通して、ぼくらに話しかけるのか。しかしこの寂しさは何処からくるのだろう。

ぼくの心にはもう一度、あの渋谷の旅館のことが甦ってきた。蚊を叩きつぶした痕のついている壁。しめった布団。そして、窓の外に雨がふっていた。雨の中を、ふとった中年の女が、だるそうに歩いていた。これが人生というものだ。そして、その人生をぼくは、ともかく、森田ミツという女と交ったのだ。黄昏の雲の下に、無数のビルや家がある。バスが走り、車がながれ、人々が歩きまわっている。ぼくと同じように、ぼくらと同じように……

解説

作家の主題

武田友寿

『わたしが・棄てた・女』は昭和三十八年、「主婦の友」に連載された。『おバカさん』(昭・34)、『ヘチマくん』(昭・35)などの新聞小説につづく遠藤氏の、いわゆる軽小説(便宜的にそう呼ぶことにする。)である。

遠藤氏には『白い人』『黄色い人』『海と毒薬』『沈黙』などの重たい主題の作品群がある。文壇的用語でいえば、いわゆる「純文学」的作品群だが、これにくらべれば、『おバカさん』『ヘチマくん』『わたしが・棄てた・女』などの作品群は「通俗的」な小説とみられているようである。遠藤文学の愛読者でも、純文学的作品の読者は氏の軽小説的作品を真面目に読もうとしないし、軽小説的作品の愛読者は重たい主題の純文学的作品を難しいといって敬遠するきらいがある。ぼくはこのような傾向に長い間疑問をいだき、また反撥を感じてきた。遠藤氏は通俗小説を書く作家ではないし、氏はまぎれもなく〝第三の新人〟と呼ばれる堅い作家なのだが、ふたつに分裂した読者をもつということはけっして氏にとって有難いことではないし、第一、ひとりの作家が二つの顔をもつことができるというほど遠藤氏は器用な人ではない。もしもかりに氏の純文学的作品と軽小説的作品とがそれぞれ別種の読者をもてるほど主題が異なっているのだとしたら、ぼくらはまずこの作家の二つの顔を見ている筈だし、その二つの顔を明瞭に識別できるにちがいないのである。だが、遠藤氏の顔は純文学的作品においても、軽小説的作品においても同じであり、主題においても純文学的作品群と軽小説的作品群の間には、本質的な相違は認められないのである。とすると、純文学的作品を好んで軽小説的作品を厭い、軽小説的作品を愛好して純文学的作品を敬遠するという態度は、読者の気儘《きまま》な好みか、さもなければ、遠藤文学にたいする理解の欠如にもとづくものであって、読者みずからが豊かな遠藤文学の享受を閉ざしていることになろう。

あらゆる作家にとって、かれのもつテーマはただひとつだけである。だから、どのような形式の作品を書くにしろ、作家はただひとつの、かれのテーマを追っているものだ。作家が生涯をかけて書こうとしているのは、かれのひとつの物語であるという意味はこのような作家とテーマの関係をいうのであろう。もちろん、テーマはつねに深化され、そして展開されてゆく。ひとりの作家の作品を書かれた順に読みすすめてゆくとき、あるテーマから別のテーマへ転位してゆく軌跡ではなく、ひとつのテーマが作品から作品へとひきつがれ、深められ、広くなって多面な貌《かお》をあらわしてゆくことにぼくらは気づくにちがいない。そして作家がその生涯を完結したとき、かれの完結した生涯は執拗にひとつのテーマを追い、成熟させてきた軌跡としてぼくらに見えてくるにちがいない。文学とはそのようなものであり、ひとりの作家の全作品に眼を通す喜びはこのようなかれの生涯をかけて追求したテーマを知ることにあり、作家の成熟の軌跡をみる感動にある、といってもよい。いいかたをかえれば、人間とはそのように融通のきかないものであり、作家もまた例外ではないのである。

では、遠藤氏の主題とは何だったのだろうか。そのことを明らかにするまえに、ぼくらは遠藤氏の経歴と作家的歩みをまず知っておく必要がある。

遠藤氏はもともと批評家として出発してきた人である。処女作は『神々と神と』という評論で、この評論は昭和二十二年十二月、堀辰雄の主宰する雑誌「四季」に掲載された。当時、遠藤氏は慶應仏文科の学生であり、二十四歳という若さであった。つづいて氏は雑誌「高原」に『堀辰雄論覚書』を、雑誌「三田文学」に『カトリック作家の問題』を発表し、カトリックの文芸批評家として注目を集めたのである。そして昭和二十五年、カトリック留学生としてリヨン大学に入学し、フランスのカトリック文学（モーリアック）を研究した。

氏が批評家から小説家へ転換したのはこの留学を終えて帰った翌年、すなわち昭和二十九年であった。「三田文学」に氏は『アデンまで』と題した短編を発表したのである。そしてそれに続いて翌年五月、『白い人』を「近代文学」という雑誌に発表して第三十三回芥川賞をうけたのである。氏はこのとき三十二歳だった。以上が遠藤氏の芥川賞をうけて作家的デビューをとげるまでの簡単な略歴である。読者はこの簡単な略歴に遠藤氏の特異な経歴をすでに感じとっているにちがいない。それはいうまでもなく、カトリック者ということである。しかも氏の文学を読む場合、このカトリック者・遠藤周作ということを見落してはいけないのである。氏は十一歳のときに母と一緒にカトリックの洗礼を受けているのである。

評論『神々と神と』から芥川賞受賞作『白い人』にいたる批評作品や小説の問題は、一貫して日本人であることとカトリック者であることとの矛盾感に発している。日本人としての血をうけつぎながら、果たしてカトリック者たることができるのか。

カトリック者たることが日本人であることにどのように問題をなげかけるのか。遠藤氏の問題意識はいつもここに根づいている。この氏みずからの問題はさらに一神論（カトリシズム）と汎神論（日本）の比較、対立、相剋《そうこく》、という関係に展開されて遠藤氏の文学の基本主題となってゆくのだが、『黄色い人』『海と毒薬』『留学』『沈黙』などの諸編は、いってみればもっとも鮮明にこの基本主題を形象した作品であるといえるだろう。

しかし、このような面においてのみ、遠藤文学を理解することは間違っている。たしかに一神論と汎神論をめぐる問題は、たんなる比較文化論の範囲をこえて人種問題や彼我の倫理意識への深い考察を含み、さらにはぼくたち日本人の存在観にたいする省察を促す洞察の深さも示している。それは遠藤氏のすぐれて異質の、しかも深いカトリック体験のもたらす特質であり、また、氏の問題意識の振幅の大きさでもあるのだが、このことだけに限局してしまうと氏のもっとも重要な、むしろ本源的ともいうべき主題とその基調を見逃してしまうおそれがある。それはたんに比較文化論的な範囲にとどまるものでもなければ、人種問題や倫理意識などの批判考察で終るだけのものでもなく、実に氏がこの二十五年間、真摯《しんし》に、しかも執拗に追求し、描いてきたところの〈愛〉とその受肉にほかならないのである。その〈愛〉を〈神〉と呼ぶか、それとも〈キリスト〉と名づけるべきかはいまは問わない。しかし、つねに〈愛〉の意味をもとめ、〈愛〉を語り、〈愛〉のかたちを描きつづけてきた氏の姿勢を忘れて遠藤文学を読むことは、氏の文学の基調を見落すものといわねばならない。〈愛〉こそまさに遠藤文学の基調にあるものであり、〈愛〉を描くことに氏のすべての作家的努力が注がれてきた、といっても過言ではない。しかもこの〈愛〉を基調に氏の文学をみるとき、そこには純文学的作品群も軽小説的作品群も区別はないのである。いなむしろ、『おバカさん』にはじまる軽小説群こそ、もっとも大胆かつ鮮やかに〈愛〉を追求、描写した作品群であるとさえいえるのである。

苦しみへの共感

遠藤氏が〈愛〉のかたちを明瞭に語りうるようになったのは、たぶん短編『パロディ』以後のことだろう。この小品は秀作『海と毒薬』の直後に書かれたものである。しかし、〈愛〉を作中人物をかりて生き生きと描きはじめるのは『おバカさん』や『ヘチマくん』からである。ひとことでいうならこの〈愛〉は〈運命の連帯感〉と名づけていいものである。たとえば『おバカさん』のガストン・ボナパルト、『ヘチマくん』の豊臣鮒吉、これらの主人公は〈運命の連帯感〉を生きた人間である。『わたしが・棄てた・女』の主人公・森田ミツもまたガストンや鮒吉と同種の作中人物である。彼女は徹頭徹尾〈運命の連帯感〉に生きぬいた人間であった。

森田ミツのこの態度は二つの場面で語られている。ひとつは、田口という同僚の妻が勤め先の工場に給料を貰いにたずねてきたときである。賭博や酒で田口は給料の大半を費《つか》ってしまう。二人の子どもをかかえた田口の女房は、そのために生活に飢えている。明日、学校に納めなければならぬ子どもの給食費さえ田口の女房は夫から貰えないのだ。ミツの心はその女のほうに傾いてゆく。ミツのふところには吉岡努に贈る靴下と、自分のカーディガンを買うために辛い夜勤で稼いだ千円があるのだ。それさえあれば田口の女房は明日をきりぬけることができるのである。しかしミツはその同情を自分で拒否する。作者はこの場面をつぎのように書いている——。

風がミツの眼にゴミを入れる。風がミツの心を吹きぬける。それはミツではない別の声を運んでくる。赤坊の泣声。駄々をこねる男の子。それを叱る母の声。吉岡さんと行った渋谷の旅館、湿った布団、坂道をだるそうに登る女。雨。それらの人間の人生を悲しそうにじっと眺めている一つのくたびれた顔がミツに囁くのだ。

〈ねえ。引きかえしてくれないか……お前が持っているそのお金が、あの子と母親とを助けるんだよ。）

（でも。）とミツは一生懸命、その声に抗《あらが》う。（でも、あたしは毎晩、働いたんだもん。一生懸命、働いたんだもん。）

（わかってるよ。）と悲しそうに言う。（わかっている。わたしはお前がどんなにカーディガンがほしいか、どんなに働いたかもみんな知ってるよ。だからそのお前にたのむのだ。カーディガンのかわりに、あの子と母親とにお前がその千円を使ってくれるようにたのむのだよ。）（イヤだなア。だってこれは田口さんの責任でしょ。）（責任なんかより、もっと大切なことがあるよ。この人生で必要なのはお前の悲しみを他人の悲しみに結びあわすことなのだ。そして私の十字架はそのためにある。）

その最後の声の意味をミツはよくわからない。だが、風にふかれた子供の口もとに赤くはれていたデキモノが、彼女の胸をしめつけてくる。だれかが不倖せなのは悲しい。地上の誰かが辛がっているのは悲しい。

彼女はこうして千円札を田口の女房にくれてやるのである。人生の平凡なひとこまにすぎないが、しかしこの部分は重要である。ミツは《くたびれた顔》の主《ぬし》の声に従って我執をこえる。自分の夢を捨てて田口の女房と子供を救うのである。彼女はそのとき、無意識のうちに〈愛〉の行為を生きているのだ。そしてその〈愛〉とは、くたびれた顔の主がミツに囁く、《この人生で必要なのはお前の悲しみを他人の悲しみに結びあわすことなのだ》ということなのである。まさしくこれは〈運命の連帯感〉にほかならない。

　この作品の終章でスール・山形は吉岡努への手紙に森田ミツのことをつぎのように書いている部分がある。

《私はさきほど愛徳とは、一時のみじめな者にたいする感傷や憐憫ではなく、忍耐と努力の行為だと生意気なことを申しましたが、ミッちゃんには私たちのように、こうした努力や忍耐を必要としないほど、苦しむ人々にすぐ自分を合わせられるのでした。いいえ、ミッちゃんの愛徳に、努力や忍耐がなかったと言うのではありません。彼女の場合には、愛徳の行為にわざとらしさが少しも見えなかったのです。》

ここに語られたのは《愛徳の行為》である。愛徳とは「カトリック要理」の説明をかりれば、〈神を愛するが為に、他人をも己の如く愛させる超自然徳である〉、というものである。根本におかれた思想は〈汝の近き者を己の如く愛すべし〉（マタイ伝）とされた聖書の精神であることはいうまでもない。つまり、ミツはこの愛の精神をごく自然に行い、しかもそこには少しもわざとらしさがないほどに彼女は《苦しむ人々にすぐ自分を合わせられる》人間だったのである。スール・山形はハンセン病の病院で働いていたミツにこの愛徳の行為をみていたのである。ミツは誤診されてスール・山形のいる病院に入ってきたのだった。隔離生活を送っていたミツが精密検査ののち誤診とわかり退院の日を迎える。病院を出、駅まで行った彼女は、そこからひきかえしてふたたび病院に帰ってくる。こんどは患者としてではなく、不幸に泣く患者を世話する人間として病院に戻ってきたのだ。ミツの態度を示す第二の場面である。

《ミツは急いで事務室を飛びだした。病棟と病棟との間の中庭をぬけ、雑木林のふちにそって傾斜地をおりると畠に出る筈だった。

雲の間から幾条かの夕陽の光が束のように林と傾斜地とにふり注いでいた。その畠で三人の患者が働いている姿が豆粒のように小さく見える。

ミツはその落日の光を背にうけながら林のふちに立ちどまった。あれほど嫌悪をもって眺めたこの風景がミツには今、自分の故郷に戻ったような懐しさを起させた。林の一本の樹に靠《もた》れて森田ミツはその懐しさを心の中で噛みしめながら、夕陽の光の束を見あげた。》

作者はミツの病院に戻ってきた日のことをこのように書いている。この部分を読むとき、ぼくはいつもいいようのない深い感動に誘われる。そして一方では心を洗われたような清々しい喜びにも包まれる。

ミツを病院にひき戻らしめたものは何だったのだろう？　不幸な患者にたいする、彼女の同情だったのだろうか。それとも、世間から嫌悪され、疎んじられて生きねばならぬハンセン病者にたいする、憐憫の情だったのだろうか。それとも、世の不幸に奉仕せんとする、彼女の若々しい感傷だったのだろうか。そのいずれでもないことはあきらかである。ではそのほかの、どのような理由があったのだろう？

たとえ誤診だったとはいえ、ミツもまた一時期、ライ患者として生きねばならなかった。彼女はここで、悲しみと苦悩と孤独と絶望をいや応なく味わねばならなかったのである。ある日ミツはスール・山形とこんな会話を交わす。

「この病気は病気だから不幸じゃないのよ。この病気にかかった人は、ほかの病気の患者とちがって、今まで自分を愛してくれていた家族にも夫にも恋人にも、子供にも見捨てられ、独りぼっちになるから不幸なのよ。でも、不幸な人の間にはお互いが不幸という結びつきができるわ。みんなはここでたがいの苦しさと悲しみとを分けあっているの。この間、森田さんがはじめて外に出た時、みんながどんな眼であなたを迎えたか、わかる？　みんなは、自分も同じ経験をしたから、あなたが一日でも早く、自分たちにとけこむ日を待っていたのよ。そんな交りは普通の世間では見つけられないわ。ここだって、考えようによっては別の幸福が見つけられるのよ。」

ミツは返事こそしなかったが、スール・山形のいう言葉を一生懸命きいていた。今日まで彼女は誰からもこういう話を耳にしたことはなかったし、もちろんその小さな頭はスール・山形の話をすべて理解したわけではなかった。しかしミツこそ、今日まで他人の不幸をみると、その上に自分の不幸を重ねあわせ、手を差しのべようとする娘だったのだ。そして今、自分を他の患者たちがあたたかく迎えようとしていたのだと修道女から聞かされた時、彼女はやはり涙ぐみたいほどの嬉しさをおぼえた。あの人たちを嫌悪し、あの人たちのみにくい容貌をおそれていた自分がひどく悪い人間だったと思えてくるのである。

「ねえ……」

針と布とを膝の上において、ミツはそれらの患者たちが可哀想でたまらなくなってきた。彼女自身、同じ病気であることさえ忘れてしまって、スール・山形にたずねた。

「あの人たち、いい人なのに、なぜ苦しむの。だってさ、こんなにいい人たちなのに、なぜこれほど可哀想なめに会うのよ。」

ミツにいま目覚めつつある感情は、まさしく〈苦しみの共感〉、あるいは〈苦しみの連帯感〉であろう。それは田口の女房に千円を与えることをためらったときに《この人生で必要なのはお前の悲しみを他人の悲しみに結びあわすことなのだ》と彼女に囁いた《くたびれた顔》の主《ぬし》のこころと同じものだった。この声の主が彼女にふたたび病院に戻ることをすすめたのであったかもしれない。いや、そうではない。《くたびれた顔》の主のこころがミツのなかにずっと生きていたのだ。作者遠藤氏はミツに託して〈愛〉、つまり、〈運命の連帯感〉を語っている。

人生の意味

しかし『わたしが・棄てた・女』にはもうひとつの見逃してならない問題がある。それは〈自己聖化〉という問題である。森田ミツを犯して棄てた男・吉岡努は「ぼくの手記（一）」の最後にこう書いている。

《理想の女というものが現代にあるとは誰も信じないが、ぼくは今あの女を聖女だと思っている……。》

またスール・山形は吉岡努への手紙をつぎのことばで結んでいる。
《もし神が私に一番、好きな人間はときかれたなら、私は、即座にこう答えるでしょう。ミッちゃんのような人と。もし神が私に、どういう人間になりたいかと言われれば、私は即座に答えるでしょう。ミッちゃんのような人にと。……》
ミツは凡俗で愚鈍な人間である。教養もなく、また特別に魅力ある人間でもない。このようなミツのなにが吉岡に〈聖女〉とみえ、スール・山形に〈理想の人〉と映ったのだろうか。彼女は《苦しみの連帯を、自分の人生で知らずに実践していた》ことはたしかなことである。しかし、それだけがミツを聖女とし、理想の人としてみた理由だったろうか。ぼくはこのような問いに迫られるとき、きまって『聖書のなかの女性たち』（講談社文庫刊）を想いだすのだ。遠藤氏はそのエッセイでベルナノスの『田舎司祭の日記』についてつぎのように語っている。
《ベルナノスの『田舎司祭の日記』を再読した。……（中略）この小説が私をもっとも魅了するのは主人公の田舎司祭が私たちと同じ地点から人生に生きていることだ。彼は健康ではない。頭も才能もすぐれた男ではない。善意で行なったことは、そのほとんどが失敗に終ってしまう。彼が今、街を歩いたとしても私はほとんどふりかえりはしない。だれとも同じような顔をして、だれとも同じように平凡だからだ。

その凡庸な、そして私たちと同じ弱さをもった男がこの小説の終りの頁をめくり終った時、いつか私たちの及ばぬ地点に、人生の崇高な部分を歩いていることに気がつく。それはなにか彼が特定の素晴らしい行為や死をえらんだためではない。(彼の死は私たちと同じように凡庸でみじめな外観をとっているのだから)

なにが彼をそうさせたか。なにが彼をそこまでいかせたか。

……(中略)……

私たち多くの人生というものは私たち小説家が時として選んで描くような冒険や事件や英雄的行為などはない。若い人々が恋愛や結婚がどんなに素晴しいかを憬《あこが》れるが、本当の結婚の動機とは安岡章太郎が『舌出し天使』で書いたように一人の男と一人の女がデパートの食堂でお好みランチを共にたべあったことで決るような平凡さと凡庸さに充ちているのである。そして顔を洗う。食事をする。満員電車にのる。風邪を引く。そうした凡庸な日常性を私たちは避けて通れない。

『田舎司祭の日記』の主人公の生活ははじめの頁から最後の頁までこの顔を洗い、満員電車にのる私たちの生活と同じつまらぬ出来ごとに埋められている。彼の毎日は私たちのそれと同じように、意味のない日常性にかこまれている。ところが少しずつ、眼だたず、この詰らぬ日常の出来ごとから彼は生きはじめる。我々と同じ石ころの上、同じデコボコのわずらわしい路を歩きながら彼は聖人となる。》（傍点＝武田）

氏は『おバカさん』でベルナノスの主人公をもっと一般的な形で書こうとした、ともこのエッセイに書いているのだが、『わたしが・棄てた・女』の森田ミツもまた『おバカさん』の主人公と同じ意図を託された作中人物であったろう。

《その凡庸な、そして私たちと同じ弱さをもった男がこの小説の終りの頁をめくり終った時、いつか私たちの及ばぬ地点に、人生の崇高な部分を歩いていることに気がつく。》

この文章の男という部分をミツといいかえて読めば、そのまま『わたしが・棄てた・女』の感想としても不自然ではないのである。遠藤氏の聖化思想をみとめうるのはこの意図についてである。

ところでぼくは遠藤氏の聖化思想についてもう少し詳しく述べておかなければならない。ふたたび『聖書のなかの女性たち』に聖化の説明を聞いてみよう。それは聖母マリアについて語った部分で聖書のなかの有名な「カナの婚筵《こんえん》」を説明したものである。

《カナの奇蹟は「水を葡萄酒にかえた」ということです。つまりあるものをより立派なものに変化させたということです。

我々の心の中には、また我々の周りにはこの「水」があります。水というのは決して葡萄酒ではない。象徴的な言い方をすれば高貴なもの、すぐれたものではない。

たとえば我々の肉慾というものを考えてください。肉慾はそれ自身では人間の弱さであり、動物的なものといわれています。いわば我々の精神にとっては高貴さと人間の価値を時として失わさせる「水」なのです。その水、つまり肉慾をいかにして「葡萄酒」に変えるか。キリスト教はそういう意味で「水」——人間の弱さを肯定し、しかもそれを人間の強さと高貴さに変えようとしている点を我々はもう少し注目してよいと思います。カナの奇蹟はいわば「低い人間性」を「より高い人間性」に変化させるキリスト教にとっては重大な意味をもっているわけなのです。》

(傍点=武田)

つまり、聖化とは、「低い人間性」を「より高い人間性」に変化させることなのである。凡庸な人間がいつのまにか〈聖人〉のような人生を生きていることに気づくのも、いいかえればかれが日常のなかで自分でも気づかずに自己聖化を遂げているからである。《なにが彼をそうさせたか。なにが彼をそこまでいかせたか》。遠藤氏はいつもこのことを問いつづけ、みつめつづける。森田ミツの短かい一生を描く氏の筆はこの問いをはっきりと感じさせている。ミツはもちろん、〈神〉などというものを信じてはいない。だが彼女は、〈神〉を信じていると自称する人間よりも何倍も高い人間性をそなえている。ミツをそのような人間たらしめたものはなんであったのか。いうまでもなく彼女の苦しみを連帯せずにいられないこころなのである。《苦しんでいる者たちを見るのが、何時も耐えられなかった》彼女の〈愛〉をもとめるこころなのである。

ここまでたどれば、遠藤氏の作品世界のなかで純文学的作品も、軽小説的作品の区別も意味がなくなってくる。『白い人』から『沈黙』までのすべての作品の基調にあるのは〈愛〉と〈聖化〉を希求する氏の真摯なる姿勢であろう。氏は徹底的に〈愛〉を思索し、〈愛〉をもとめ、愛の砂漠ともいえる現代に〈愛〉の回復を希った人なのである。そしてその氏の希う〈愛〉こそ、人間を堕落から救い、人間を低い位置からより高い世界へと導く聖化の機縁であることを氏は疑わなかったのである。なぜなら〈愛〉に生きうるとき、人間ははじめてエゴイズムから自分を救うことができるからであり、人間を破滅と醜悪に堕すエゴを脱して生きることが真の自己回復であることを氏は信じていたのだからである。

遠藤氏が描く人間の救いはいつもエゴから脱出する機会の発見におかれている。それは特定の教派の信仰心をもつことでもなければ主義、思想というようなイデオロギイに身に委ねることでもない。自分の弱さを自覚しつつ、弱さに耐えて自分を生き、弱さゆえに他者の弱さを共に哀しみ、苦しむことのできる〈運命の連帯感〉に自分を委ねることのできるとき、エゴをこえる機会が訪れるのだ。しかし人はどのようにしてその機会を知ることができるのだろうか。逆のいいかたをすればこうなる――。人はどのような場合にエゴにとり憑かれた自分のみにくさに気づくのか、と。吉岡努は「ぼくの手記（二）」でこんな告白をしている。

《この人生で我々人間に偶然でないどんな結びつきがあるのだろう。人生はもっと偶然というやつが働いている。長い一生を共にこれから送る夫婦だって、始めはデパートの食堂でお好みランチを偶然、隣りあわせにたべるという、詰らぬ出来ごとから知り合ったかもしれないのだ。だがそれが詰らぬことではなく、人生の意味の手がかりだと知るためには、ぼくは今日まで長い時間をかけたのである。》

吉岡努の知った《人生の意味の手がかり》とはなんだろう。『わたしが・棄てた・

女』の終章である「ぼくの手記（七）」の最後の頁にこう書かれている。

《ぼくは、自分の気持に確証を与えるために、屋上の手すりに靠れて、黄昏の街を見つめた。灰色の雲の下に、無数のビルや家がある。ビルディングや家の間に無数の路がある。バスが走り、車がながれ、人々が歩きまわっている。そこには数えきれない生活と人生がある。その数えきれない人生のなかで、ぼくのミツにしたようなことは、男なら誰だって一度は経験することだ。ぼくだけではない筈だ。しかし……しかし、この寂しさは、一体どこから来るのだろう。ぼくには今、小さいが手がたい幸福がある。その幸福を、ぼくはミツとの記憶のために、棄てようとは思わない。しかし、この寂しさはどこからくるのだろう。もし、ミツがぼくに何か教えたとするならば、それは、ぼくらの人生をたった一度でも横切るものは、そこに消すことのできぬ痕跡を残すということなのか。寂しさは、その痕跡からくるのだろうか。そして亦、もし、この修道女が信じている、神というものが本当にあるならば、神はそうした痕跡を通して、ぼくらに話しかけるのか。しかしこの寂しさは何処からくるのだろう。》（傍点＝武田）

〈愛〉は人間の生きようを通してはじめて明瞭なかたちをぼくらに教える、たとえば、キリストがそうであったように。〈神〉は人間の姿をかりてはじめておのれをあらわす、たとえば聖書のなかの弟子たちにあらわれたように。そして人生の意味はひとりびとりの人間の生を通してぼくらに現前する。森田ミツは凡庸な短かい一生を通して〈愛〉と〈神〉と〈人生〉を吉岡努のまえに示したのである。吉岡努だけではない。この本を読むぼくらのまえにもあらわしているのである。吉岡努がそうであったように、ぼくらもまた森田ミツというひとりの女性の生をそこにみることによって、自分自身のこころ（人間性）の低さを知り、エゴにとらわれた醜くさを知り、うたた寂寥の感にたえないであろう。そこからぼくらがどのような生を選び生きようとするかは作品の世界を超える問題である。しかし作者・遠藤周作氏はいつも読者をこの回心の門口まで導くのである。それは遠藤文学のひとつの魅力であり、そうさせているのは氏の深い聖書信仰にほかなるまい。

（一九七二年一二月刊行の文庫版に掲載）

年　譜

大正十二年　一九二三年

三月二十七日、東京市巣鴨で、父常久、母郁子の次男として生れる。父は安田銀行に勤め、母は上野音楽学校ヴァイオリン科の学生であった。モギレフスキイの弟子であった母から、後年、大きな影響を受けることになる。

大正十五年・昭和元年　一九二六年　三歳

父の転勤で満州関東州、大連に移る。

昭和四年　一九二九年　六歳

大連市の大広場小学校に入学。母は毎日、朝から夕方までヴァイオリンの勉強をしていた。昭和七年頃から父母が不和になり、暗い気持で通学する日が続く。

昭和八年　一九三三年　十歳

父母が離婚したため母に連れられて日本へ戻り、神戸市の六甲小学校に転校。神戸に住んでいた伯母がカトリックの信者だったため、夙川の教会に連れて行かれるようになり、無自覚に洗礼を受ける。

昭和十年　一九三五年　十二歳

六甲小学校を卒業し、私立灘中学校に入学。能力別のクラス編成で、入学した時はA組だったが、二年B組、三年C組と下がり、卒業前には最下位のD組に入れられた。

昭和十五年　一九四〇年　十七歳

灘中学校を卒業。

昭和十八年　一九四三年　二十歳

浪人生活三年を経て慶應義塾大学文学部予科に入学。しかし、父が命じた医学部を受けなかったために勘当される。以後、アルバイト生活を始めたが、戦局苛烈のため授業はほとんどなく、川崎の勤労動員の工場で働く。間もなく、カトリック哲学者の吉満義彦が舎監をしていた学生寮に入る。

昭和二十年　一九四五年　二十二歳

たまたま世田谷下北沢の古本屋で佐藤朔の『フランス文学素描』を買い求めて読んだのが動機と

なって、四月、慶應義塾大学文学部仏文科に進学する。徴兵検査は第一乙種であったが、肋膜炎のため召集延期になり、入隊しないままに終戦を迎える。

昭和二十二年　一九四七年　二十四歳
十二月、「神々と神と」が神西清に認められ、角川書店刊行の「四季」第五号に掲載された。また、「カトリック作家の問題」を「三田文学」に発表。ものを書き、発表した最初であり、以後、評論を書き始める。

昭和二十三年　一九四八年　二十五歳
三月、慶應義塾大学文学部仏文科を卒業。松竹大船撮影所の助監督試験を受けて落第する。神西清の推挙で「堀辰雄覚書」を「高原」に発表、七、十月号に連載。

昭和二十四年　一九四九年　二十六歳
六月、出版社鎌倉文庫の嘱託になり、二十世紀の外国文学辞典の編纂に従事したが、営業不振のため同社は間もなくつぶれた。この年、復員した兄と共にカトリック・ダイジェスト社で働く。「三田文学」の同人になる。

昭和二十五年　一九五〇年　二十七歳
一月、「フランソワ・モーリヤック」（近代文学）。六月、「誕生日の夜の回想」（三田文学）。六月五日、戦後最初の留学生として、フランスの現代カトリック文学を勉強するため、横浜港を旅立つ。七月五日、マルセイユに上陸し、九月までルーアンの建築家ロビンヌ家に預けられた。十月、新学期と共にリヨン大学に入学し、バディ教授の下で勉強する。

昭和二十六年　一九五一年　二十八歳
二月、「恋愛とフランス大学生」（群像）。五月、「フランス大学生と共産主義」（群像）。九月、「フランスにおける異国の学生たち」（群像）。この夏、モーリヤックの『テレーズ・デスケルウ』の舞台になっているランド地方を徒歩旅行。

昭和二十七年　一九五二年　二十九歳
一月、「テレーズの影をおって―武田泰淳氏に」（三田文学）。三月、「フランスの女学生・俗語」（群像）。

昭和二十八年　一九五三年　三十歳

二年余にわたるリヨン滞在の後、パリに移ったが、健康を害して入院。二月、赤城丸で帰国する。七月、「滞仏日記」(近代文学)、八、九、十、十二月号に連載。『フランスの大学生』を早川書房より刊行。

昭和二十九年　一九五四年　三十一歳

四月、文化学院の講師になる。この頃、安岡章太郎を通して、谷田昌平と共に「構想の会」に入り、吉行淳之介、庄野潤三、近藤啓太郎、三浦朱門、進藤純孝、小島信夫等を知る。七月、『カトリック作家の問題』を早川書房より刊行。十一月、「アデンまで」(三田文学)。この年、母郁子死亡。強い影響を受けただけに、その死は辛かった。

昭和三十年　一九五五年　三十二歳

四月、「学生」(近代文学)。五月、「白い人」(近代文学)、六月号で完結。七月、「白い人」により第三十三回芥川賞を受賞。九月、岡田幸三郎の長女順子と結婚。十月、「コウリッジ館」(新潮)。十一月、「黄色い人」(群像)。『堀辰雄』を一古堂より刊行。十二月、『白い人・黄色い人』を講談社より刊行。

昭和三十一年　一九五六年　三十三歳

一月、「青い小さな葡萄」(文学界)、六月号まで連載。六月、長男誕生。九月、「有色人種と白色人種」(群像)。十一月、『神と悪魔』を現代文芸社より刊行。十二月、「ジュルダン病院」(別冊文藝春秋)。『青い小さな葡萄』を新潮社より刊行。この年、上智大学文学部の講師になる。

昭和三十二年　一九五七年　三十四歳

三月、「シラノ・ド・ベルジュラック」(文学界)。五月、「二つの芸術観―芸術におけるエロス的なものとアガペ的なもの」(三田文学)。六月、「海と毒薬」(文学界)、八、十月号に連載。十月、「パロディ」(群像)、「月光のドミナ」(別冊文藝春秋)。

昭和三十三年　一九五八年　三十五歳

三月、『月光のドミナ』を東京創元社より刊行。四月、「宦官」(文学界)。『海と毒薬』を文藝春秋新社より刊行。八月、「夏の光」(新潮)。九月末、アジア・アフリカ作家会議のためソビエトのタシケントに行く。十月、「地なり」(中央公論)、「松葉杖の男」(文学界)。十二月、『海と毒薬』により第五回新潮社文学賞、第十二回毎日出版文化賞を受賞。

昭和三十四年　一九五九年　三十六歳

一月、「火山」(文学界)、十月号まで連載。二月、「最後の殉教者」(別冊文藝春秋)。四月、「イヤな奴」(新潮)。九月、「従軍司祭」(世界)、「サド伝」(群像)、十月号で完結。十月、「異郷の友」(中央公論臨時増刊号)。『おバカさん』を中央公論社より刊行。十一月、「あまりに碧い空」(新潮)。サドの勉強補足その他のため、フランスに行く。

昭和三十五年　一九六〇年　三十七歳

帰国後、健康を害して東大伝研病院に入院、年末、慶應病院に転院する。六月、「再発」(群像)。七月、「葡萄」(新潮)、「男と猿と」(小説中央公論臨時増刊号)。八月、『新鋭文学叢書6　遠藤周作集』を筑摩書房より刊行。九月、『火山』を文藝春秋新社より刊行。十月、『あまりに碧い空』を新潮社より刊行。十一月、「船を見に行こう」(小説中央公論)。十二月、『聖書のなかの女性たち』を角川書店より刊行。

昭和三十六年　一九六一年　三十八歳

一月、「肉親再会」(群像)、「役たたず」(新潮)。五月、『ヘチマくん』を新潮社より刊行。この年、病状がすぐれず、三回にわたる肺手術を受ける。

昭和三十七年　一九六二年　三十九歳

漸く退院したものの、この年は体力が回復せず、短いエッセイを書いただけであった。十月、『結婚』(「あなたは夫わたしは妻」の改題)を講談社より刊行。

昭和三十八年　一九六三年　四十歳

一月、「男と九官鳥」(文学界)、「その前日」(新潮)、「童話」(群像)。七月、「例之酒癖一杯綺言」(文藝春秋)。『宗教と文学』を南北社より刊行。八月、「私のもの」(群像)。十月、「雑木林の病棟」(世界)。十一月、「札の辻」(新潮)。この年、駒場から町田市玉川学園に転居。新居を狐狸庵と命名し、以後、狐狸庵山人という雅号をつける。

昭和三十九年　一九六四年　四十一歳

二月、「四十歳の男」（群像）、「爾も、また」（文学界）、翌年の二月号まで連載。三月、『わたしが・棄てた・女』を文藝春秋新社より刊行。六月、『浮世風呂』を講談社より刊行。九月、「帰郷」（群像）。十月、「梅崎春生」（群像）。

昭和四十年　一九六五年　四十二歳

一月、「大部屋」（新潮）、「雲仙」（世界）。三月、「留学」（群像）。六月、『留学』（第一、二章「留学」、第三章「爾も、また」）を文藝春秋新社より刊行。七月、「道草」（文芸）。『狐狸庵閑話』（「午後のおしゃべり」の改題）を桃源社より刊行。十月、『哀歌』を講談社より刊行。この年、書下ろし長編小説の取材のため長崎、平戸を三浦朱門と共に数度にわたり旅行する。

昭和四十一年　一九六六年　四十三歳

三月、『沈黙』を新潮社より刊行。五月、「黄金の国」（文芸）、十三日から都市センターホールで芥川比呂志の演出によって初演。十月、「雑種の犬」（群像）。『沈黙』により第二回谷崎潤一郎賞を受賞。この年から三年間、成城大学の講師になり、「小説論」を担当。

昭和四十二年　一九六七年　四十四歳

一月、「扮装する男」（新潮）。五月、『ぐうたら生活入門』を未央書房より刊行。日本文芸家協会理事になる。七月、「もし…」（文学界）、「土埃」（季刊芸術）。ポルトガル大使アルマンド・マルチンスの招待でポルトガルに行き、アルブフェーラで行われた聖ヴィンセントの三百年祭で記念講演をする。十月、『私の影法師』を桂書房より刊行。

昭和四十三年　一九六八年　四十五歳

一月、「影法師」（新潮）、「六日間の旅行」（群像）。二月、「ユリアとよぶ女」（文藝春秋）。四月、素人劇団「樹座」をつくり、紀伊國屋ホールでシェークスピアの『ロミオとジュリエット』を上演。五月、「聖書物語」（波）、昭和四十八年六月号まで連載。八月、「なまぬるい春の黄昏」（中央公論）。十一月、『影法師』を新潮社より刊行。一年間の約束で「三田文学」の編集長になる。

昭和四十四年　一九六九年　四十六歳

一月、「母なるもの」（新潮）。書下ろし長編の準備のためイスラエルに行く。二月、「小さな町にて」（群像）。アメリカ国務省の招待でアメリカに行く。九月、『薔薇の館・黄金の国』を新潮社より刊行。十月、「学生」（新潮）、「ガリラヤの春」（群像）、「薔薇の館」（文学界）。

昭和四十五年　一九七〇年　四十七歳

一月、「悲劇の山城をさぐる」（旅）、十二月号まで連載。四月、矢代静一、阪田寛夫、井上洋治等と共にイスラエルに行く。十月、「巡礼」（群像）。十二月、『石の声』を冬樹社より刊行。

昭和四十六年　一九七一年　四十八歳

一月、「群像の一人（知事）」（新潮）、「群像の一人（蓬売りの男）」（季刊芸術）。『切支丹の里』を人文書院より刊行。五月、『母なるもの』を新潮社より刊行。七月、「群像の一人（アルパヨ）」（新潮）。十月、「群像の一人（大祭司アナス）」（群像）。『埋もれた古城』（「悲劇の山城をさぐる」の改題）を新潮社より刊行。十一月、「群像の一人（百卒長）」（新潮）。『遠藤周作シナリオ集』を講談社より刊行。戯曲『メナム河の日本人』の準備のためタイのアユタヤに行く。この年、ローマ法王庁よりシベストリー勲章を受ける。

昭和四十七年　一九七二年　四十九歳

一月、「群像の一人（続・百卒長）」（文芸）、「召使たち」（文藝春秋）。三月、ローマ法王に謁見するため、三浦朱門、曽野綾子等と共にローマを訪れ、『死海のほとり』の仕上げのためイスラエルに行く。十月、『ぐうたら人間学』を講談社より刊行。文芸家協会常任理事になる。この年、『海と毒薬』がイギリスで、『沈黙』がスウェーデン、ノルウェー、フランス、オランダ、ポーランド、スペインで翻訳出版される。

昭和四十八年　一九七三年　五十歳

一月、「群像の一人（奇蹟を待つ男）」（群像）。三月、ロンドン、パリ、ミラノ、スペインのアンダルシア地方を廻る。六月、『死海のほとり』を新潮社より刊行。九月、『メナム河の日本人』を新潮社より刊行。十月、「指」（文芸）。『イエスの生涯』（「聖書物語」の改題）を新潮社より刊行。

昭和四十九年　一九七四年　五十一歳

七月、『遠藤周作文庫』（全五十一冊）が講談社から刊行され始める。八月、『口笛をふく時』を講談社より刊行。十月、『喜劇新四谷怪談』を新潮社より、『最後の殉教者』を講談社より刊行。書下ろし長編の取材のためメキシコに行き、同月帰国。この年、『おバカさん』がイギリスのピーター・オウエン出版社から出版される。

昭和五十年　一九七五年　五十二歳

二月、『遠藤周作文学全集』（全十一巻）を新潮社より刊行、十二月に完結した。北杜夫、阿川弘之と共にヨーロッパに行き、ロンドン、フランクフルト、ブリュッセルで在留日本人に講演、同月帰国。三月、『彼の生きかた』を新潮社より刊行。六月、「黒い旧友」（別冊文藝春秋）。『吾が顔を見る能はじ』を北洋社より、『観客席から』を番町書房より刊行。七月、「代弁人」（新潮）。

昭和五十一年　一九七六年　五十三歳

一月、「ダンス」（文芸）。「面白半分」の編集長を六月まで引き受ける。四月、「聖母讃歌」（文学界）。六月、『鉄の首枷—小西行長伝』の取材のため韓国に行く。九月、「うしろ姿」（群像）。ジャパン・ソサエティの招待でアメリカに行き、ニューヨークで講演。十二月、ピエトゥシャック賞を受賞するため、ポーランドのワルシャワに行き、アウシュヴィッツを廻る。

昭和五十二年　一九七七年　五十四歳

一月、「戦中派」（文藝春秋）。芥川賞の選考委員になる。四月、『鉄の首枷—小西行長伝』を中央公論社より刊行。五月、『走馬燈—その人たちの人生』を毎日新聞社より刊行。「幼なじみたち」（野性時代）。

昭和五十三年　一九七八年　五十五歳

六月、「カプリンスキー氏」（野性時代）。『イエスの生涯』により国際ダグ・ハマーショルド賞を受賞。七月、『人間のなかのX』を中央公論社より刊行。「ア、デュウ」（季刊芸術）。九月、『キリストの誕生』（「イエスがキリストになるまで」の改題）を新潮社より刊行。この年、『イエスの生涯』がイタリアのクエリニアナ出版社より、『わたしが・棄てた・女』がポーランドのパックス出版社より、『火山』がイギリスのピーター・オウエン出版社より出版される。

昭和五十四年　一九七九年　五十六歳

一月、「還りなん」（新潮）、「ワルシャワの日本人」（文学界）。二月、『キリストの誕生』により読売文学賞を受賞。『王国への道』の取材のため、タイのアユタヤに行く。三月、『王妃マリー・アントワネット①』を朝日新聞社より刊行。四十六年ぶりに大連を訪れる。四月、『銃と十字架』を中央公論社より刊行。五月、『十一の色硝子』を新潮社より刊行。六月、『異邦人の立場から』を日本書籍より刊行。十月、『お茶を飲みながら』を小学館より刊行。十一月、『王妃マリー・アントワネット②』を朝日新聞社より刊行。この年、芸術院賞を受ける。『口笛をふく時』がイギリスのピーター・オウエン出版社より、『イエスの生涯』がアメリカのポーリスト出版社より出版される。

昭和五十五年 一九八〇年　五十七歳

二月、「日本の聖女」(新潮)。四月、『侍』を新潮社より刊行。五月、劇団「樹座」を率いてニューヨークへ渡り、ジャパン・ソサエティでオペラ『カルメン』を上演。八月、『かくれ切支丹』を角川書店より刊行。九月、『王妃マリー・アントワネット③』を朝日新聞社より、『作家の日記』を作品社より刊行。十二月、『真昼の悪魔』を新潮社より刊行。『侍』により野間文芸賞を受賞。

昭和五十六年 一九八一年　五十八歳

一月、「夫婦の一日」(新潮)。二月、「人生」(文藝春秋)。六月、「受賞式の夜」(海)。九月、『王妃マリー・アントワネット』(合本)を朝日新聞社より刊行。十二月、『名画・イエス巡礼』を文藝春秋より刊行。この年、芸術院会員になる。

昭和五十七年 一九八二年　五十九歳

一月、『女の一生』(第一部・キクの場合)を朝日新聞社より刊行。三月、『女の一生』(第二部・サチ子の場合)を朝日新聞社より刊行。四月、『侍』がイギリスのピーター・オウエン出版社より出版される。十一月、『冬の優しさ』を文化出版局より刊行。

昭和五十八年 一九八三年　六十歳

一月、「ある通夜」(新潮)。四月、「六十歳の男」(群像)。六月、『私にとって神とは』を光文社より刊行。七月、「元型について」(文学界)。八月、『よく学び、よく遊び』を小学館より刊行。十月、「宗教と文学の谷間で」(新潮)、翌年十一月まで連載。十一月、『イエス・キリスト』

(『イエスの生涯』と『キリストの誕生』の合本)を新潮社より、『イエスに邂った女たち』を講談社より刊行。

昭和五十九年　一九八四年　六十一歳

三月、「小林秀雄氏の絶筆」(波)。五月、「文芸誌への注文」(海・終刊号)。この年、短編集『Stained Glass Elegies』(「四十歳の男」ほか十編)がイギリスのピーター・オウエン出版社より出版される。

昭和六十年　一九八五年　六十二歳

一月、「ピアノ協奏曲二十一番」(別冊文藝春秋)、「六十にして惑う」(新潮)。三月、「卑怯な場所、陋劣の場所」(文学界)、「罪と悪とについて」(中央公論文芸特集春季号)。四月、イギリス、スウェーデン、フィンランドを旅行し、ロンドンのホテルで偶然にグレアム・グリーンと出会い、語り合う。六月、日本ペンクラブの第十代会長に選任される。アメリカに行き、サンタ・クララ大学から名誉博士号を受ける。七月、「奇遇」(新潮)。『私の愛した小説』(「宗教と文学の谷間で」の改題)を新潮社より刊行。十月、『ほんとうの私を求めて』を海竜社より刊行。

昭和六十一年　一九八六年　六十三歳

一月、「私のキャンペーン」(新潮)。二月、「最近、興味のあること」(文学界)。『心の夜想曲《ノクターン》』を文藝春秋より刊行。三月、『スキャンダル』を新潮社より刊行。五月、劇団「樹座」の第二回海外公演のためロンドンへ渡り、ジャネッタ・コクラン劇場でオペラ『蝶々夫人』を上演。十月、「私の変りよう」(群像)。十一月、輔仁大学の招待で台湾に行き、「宗教と文学の会」で講演。

昭和六十二年　一九八七年　六十四歳

一月、「重層的なもの」(新潮)。五月、アメリカに行き、ジョージタウン大学から名誉博士号を受ける。十月、韓国文化院の招待で韓国に行き、作家の尹興吉と会う。

昭和六十三年　一九八八年　六十五歳

一月、「五日間の韓国旅行」(海燕)。五月、「みみずのたわごと」(新潮)。八月、国際ペンクラブのソウル大会に日本ペンクラブ会長として出席する。この年、『スキャンダル』がイギリスのピーター・オウエン出版社より出版される。文化功労者になる。

平成元年　一九八九年　六十六歳
三月、「昭和―思い出のひとつ」（新潮）、「老いの感受性」（文学界）。四月、『春は馬車に乗って』を文藝春秋より刊行。日本ペンクラブ会長を退任。七月、『反逆』（上・下）を講談社より刊行。十二月、『落第坊主の履歴書』を日本経済新聞社より刊行。父常久死亡。この年、『留学』がイギリスのピーター・オウエン出版社より出版される。

平成二年　一九九〇年　六十七歳
一月、「演奏会で」（群像）、「読みたい短篇、書きたい短篇」（新潮）。二月、書下ろし長編の取材のためインドへ行く。三月、『『無意識』を刺激する印度』（読売新聞）。四月、「自作再見―スキャンダル」（朝日新聞）。七月、『変るものと変らぬもの』（『日時計』の改題）を文藝春秋より刊行。仕事場を上大崎に移す。十月、アメリカのキャンピオン賞を受賞。『考えすぎ人間へ』を青春出版社より刊行。十一月、「取材日記」（文藝春秋）。

平成三年　一九九一年　六十八歳
一月、「小説を読む悦び」（新潮）、「寓話」（群像）、「言語道断」（海燕）。三月、『生き上手死に上手』を海竜社より刊行。四月、「無鹿」（別冊文藝春秋）。五月、『決戦の時』（上・下）を講談社より刊行。アメリカに行き、クリーブランドのジョン・キャロル大学から名誉博士号を受ける。六月、「G・グリーンの魔」（新潮）。十月、『男の一生』（上・下）を日本経済新聞社より刊行。十一月、『人生の同伴者』〈対談〉（聞き手・佐藤泰正）を春秋社より刊行。十二月、台湾の輔仁大学に行き、名誉博士号を受ける。

平成四年　一九九二年　六十九歳
二月、『心の砂時計』を文藝春秋より刊行。五月、『王の挽歌』（上・下）を新潮社より刊行。八月、『異国の友人たちに』を読売新聞社より刊行。十一月、『狐狸庵歴史の夜話』を牧羊社より刊行。

平成五年　一九九三年　七十歳
四月、『万華鏡』を朝日新聞社より刊行。七月、遠藤周作編『キリスト教ハンドブック』を三省堂より刊行。

平成六年　一九九四年　七十一歳

一月、『深い河』により毎日芸術賞を受賞。二月、『心の航海図』を文藝春秋より刊行。九月、『狐狸庵閑談』を読売新聞社より刊行。十一月、『遠藤周作とShusaku Endo』を春秋社より刊行。

平成七年　一九九五年　七十二歳

五月、『女』を講談社より刊行。十一月、文化勲章を受章。

（広石廉二編）

・本書は一九七二年一二月に文庫版として小社より刊行された作品の新装版です。

|著者|遠藤周作　1923年東京都生まれ。'48年慶應義塾大学文学部仏文科卒業。'50年カトリック留学生として、戦後日本人初めての渡仏、リヨン大に学ぶ。'55年『白い人』で第33回芥川賞受賞。'58年『海と毒薬』で新潮社文学賞・毎日出版文化賞、'66年『沈黙』で谷崎潤一郎賞、'80年『侍』で野間文芸賞、'94年『深い河《ディープ・リバー》』で毎日芸術賞を受賞。また狐狸庵《こりあん》山人の別号をもち、「ぐうたら」シリーズでユーモア作家としても一世を風靡《ふうび》する。'85年～'89年日本ペンクラブ会長。'95年文化勲章受章。'96年9月、73歳で逝去。

新装版《しんそうばん》　わたしが・棄《す》てた・女《おんな》

遠藤周作《えんどうしゅうさく》

2012年12月15日第1刷発行
2025年10月8日第22刷発行

講談社文庫
定価はカバーに
表示してあります

KODANSHA

発行者――篠木和久
発行所――株式会社　講談社
東京都文京区音羽2-12-21　〒112-8001
電話　出版 (03) 5395-3510
　　　販売 (03) 5395-5817
　　　業務 (03) 5395-3615

Printed in Japan

デザイン―菊地信義
本文データ制作―講談社デジタル製作
印刷―――株式会社KPSプロダクツ
製本―――株式会社国宝社

ISBN978-4-06-277302-7

講談社文庫刊行の辞

二十一世紀の到来を目睫に望みながら、われわれはいま、人類史上かつて例を見ない巨大な転換期をむかえようとしている。

世界も、日本も、激動の予兆に対する期待とおののきを内に蔵して、未知の時代に歩み入ろうとしている。このときにあたり、創業の人野間清治の「ナショナル・エデュケイター」への志を現代に甦らせようと意図して、われわれはここに古今の文芸作品はいうまでもなく、ひろく人文・社会・自然の諸科学から東西の名著を網羅する、新しい綜合文庫の発刊を決意した。

激動の転換期はまた断絶の時代である。われわれは戦後二十五年間の出版文化のありかたへの深い反省をこめて、この断絶の時代にあえて人間的な持続を求めようとする。いたずらに浮薄な商業主義のあだ花を追い求めることなく、長期にわたって良書に生命をあたえようとつとめるところにしか、今後の出版文化の真の繁栄はあり得ないと信じるからである。

同時にわれわれはこの綜合文庫の刊行を通じて、人文・社会・自然の諸科学が、結局人間の学にほかならないことを立証しようと願っている。かつて知識とは、「汝自身を知る」ことにつきていた。現代社会の瑣末な情報の氾濫のなかから、力強い知識の源泉を掘り起し、技術文明のただなかに、生きた人間の姿を復活させること。それこそわれわれの切なる希求である。

われわれは権威に盲従せず、俗流に媚びることなく、渾然一体となって日本の「草の根」をかたちづくる若く新しい世代の人々に、心をこめてこの新しい綜合文庫をおくり届けたい。それは知識の泉であるとともに感受性のふるさとであり、もっとも有機的に組織され、社会に開かれた万人のための大学をめざしている。大方の支援と協力を衷心より切望してやまない。

一九七一年七月

野間省一

恩田　陸　薔薇のなかの蛇
恩田　陸　『恐怖の報酬』日記〈酩酊混乱紀行〉
恩田　陸　きのうの世界 (上)(下)
恩田　陸　七月に流れる花/八月は冷たい城
奥田英朗　新装版 ウランバーナの森
奥田英朗　最　悪
奥田英朗　マドンナ
奥田英朗　ガール
奥田英朗　サウスバウンド
奥田英朗　オリンピックの身代金 (上)(下)
奥田英朗　ヴァラエティ
奥田英朗　邪　魔 (上)(下)〈新装版〉
乙武洋匡　五体不満足〈完全版〉
大崎善生　聖《さとし》の青春
大崎善生　将棋の子
小川恭一　江戸の旗本事典〈歴史・時代小説ファン必携〉
奥泉　光　プラトン学園
奥泉　光　シューマンの指
奥泉　光　ビビビ・ビ・バップ

折原みと　制服のころ、君に恋した。
折原みと　時《とき》の輝き
折原みと　幸福のパズル
大城立裕　小説 琉球処分 (上)(下)
太田尚樹　満州裏史〈甘粕正彦と岸信介が背負ったもの〉
太田尚樹　世紀の愚行〈太平洋戦争・日米開戦前夜〉
大島真寿実　ふじこさん
大泉康雄　あさま山荘銃撃戦の深層 (上)(下)
大山淳子　猫　弁〈天才百瀬とやっかいな依頼人たち〉
大山淳子　猫弁と透明人間
大山淳子　猫弁と指輪物語
大山淳子　猫弁と少女探偵
大山淳子　猫弁と魔女裁判
大山淳子　猫弁と星の王子
大山淳子　猫弁と鉄の女
大山淳子　猫弁と幽霊屋敷
大山淳子　猫弁と狼少女
大山淳子　雪　猫
大山淳子　猫は抱くもの

大山淳子　イーヨくんの結婚生活
大倉崇裕　小鳥を愛した容疑者
大倉崇裕　蜂に魅《ひ》かれた容疑者〈警視庁いきもの係〉
大倉崇裕　ペンギンを愛した容疑者〈警視庁いきもの係〉
大倉崇裕　クジャクを愛した容疑者〈警視庁いきもの係〉
大倉崇裕　アロワナを愛した容疑者〈警視庁いきもの係〉
大鹿靖明　メルトダウン〈ドキュメント福島第一原発事故〉
荻原　浩　砂の王国 (上)(下)
荻原　浩　家族写真
小野正嗣　九年前の祈り
大友信彦　オールブラックスが強い理由〈世界最強チーム勝利のメソッド〉
乙　一　銃とチョコレート
織守《おりがみ》きょうや　霊感検定
織守きょうや　霊感検定〈心霊アイドルの憂鬱〉
織守きょうや　霊感検定〈春にして君を離れ〉
織守きょうや　少女は鳥籠《とりかご》で眠らない
おーなり由子　きれいな色とことば
岡崎琢磨　病弱探偵〈謎は彼女の特効薬〉
小野寺史宜《ふみのり》　その愛の程度

講談社文庫　目録

講談社文庫　目録

加茂隆康　密告の件、Mへ

柿原朋哉　匿《とく》　名《めい》

川和田恵真　マイスモールランド

垣谷美雨　あきらめません！

加賀　翔　おおあんごう

岸本英夫　死を見つめる心〈ガンとたたかった十年間〉

北方謙三　試みの地平線〈伝説復活編〉

北方謙三　抱　影

菊地秀行　魔界医師メフィスト〈怪屋敷〉

桐野夏生　新装版　顔に降りかかる雨

桐野夏生　新装版　天使に見捨てられた夜

桐野夏生　新装版　ローズガーデン

桐野夏生　ＯＵＴ(上)(下)

桐野夏生　ダーク(上)(下)

桐野夏生　猿の見る夢

京極夏彦　文庫版　姑獲鳥《うぶめ》の夏

京極夏彦　文庫版　魍魎《もうりょう》の匣《はこ》

京極夏彦　文庫版　狂骨《きょうこつ》の夢《ゆめ》

京極夏彦　文庫版　鉄鼠《てっそ》の檻《おり》

京極夏彦　文庫版　絡新婦《じょろうぐも》の理《ことわり》

京極夏彦　文庫版　塗仏《ぬりぼとけ》の宴《うたげ》―宴の支度

京極夏彦　文庫版　塗仏の宴―宴の始末

京極夏彦　文庫版　百鬼夜行―陰

京極夏彦　文庫版　百器徒然袋―雨

京極夏彦　文庫版　百器徒然袋―風

京極夏彦　文庫版　今昔続百鬼―雲

京極夏彦　文庫版　陰摩羅鬼《おんもらき》の瑕《きず》

京極夏彦　文庫版　邪《じゃ》魅《み》の雫

京極夏彦　文庫版　今昔百鬼拾遺―月

京極夏彦　文庫版　鵼《ぬえ》の碑《いしぶみ》

京極夏彦　文庫版　死ねばいいのに

京極夏彦　文庫版　ルー＝ガルー〈忌避すべき狼〉

京極夏彦　文庫版　ルー＝ガルー２〈インクブス×スクブス　相容れぬ夢魔〉

京極夏彦　文庫版　地獄の楽しみ方

京極夏彦　分冊文庫版　姑獲鳥《うぶめ》の夏(上)(下)

京極夏彦　分冊文庫版　魍魎《もうりょう》の匣《はこ》(上)(中)(下)

京極夏彦　分冊文庫版　狂骨《きょうこつ》の夢《ゆめ》(上)(中)(下)

京極夏彦　分冊文庫版　鉄鼠《てっそ》の檻《おり》　全四巻

京極夏彦　分冊文庫版　絡新婦《じょろうぐも》の理《ことわり》　全四巻

京極夏彦　分冊文庫版　塗仏《ぬりぼとけ》の宴《うたげ》　宴の支度《したく》(上)(中)(下)

京極夏彦　分冊文庫版　塗仏《ぬりぼとけ》の宴《うたげ》　宴の始末《しまつ》(上)(中)(下)

京極夏彦　分冊文庫版　陰摩羅鬼《おんもらき》の瑕《きず》(上)(中)(下)

京極夏彦　分冊文庫版　邪魅《じゃみ》の雫(上)(中)(下)

京極夏彦　分冊文庫版　ルー＝ガルー〈忌避すべき狼〉(上)(下)

京極夏彦　分冊文庫版　ルー＝ガルー２〈インクブス×スクブス　相容れぬ夢魔〉(上)(下)

北森　鴻　親不孝通りラプソディー

北森　鴻　花の下にて春死なむ〈香菜里屋シリーズ１〈新装版〉〉

北森　鴻　桜　宵〈香菜里屋シリーズ２〈新装版〉〉

北森　鴻　螢　坂〈香菜里屋シリーズ３〈新装版〉〉

北森　鴻　香菜里屋を知っていますか〈香菜里屋シリーズ４〈新装版〉〉

北村　薫　盤上の敵〈新装版〉

木内一裕　藁の楯

木内一裕　水の中の犬

木内一裕　アウト＆アウト

木内一裕　キッド

木内一裕　デッドボール

木内一裕　神様の贈り物

講談社文庫　目録

木内一裕　喧　嘩　猿
木内一裕　バードドッグ
木内一裕　不　愉　快　犯
木内一裕　嘘ですけど、なにか？
木内一裕　ドッグレース
木内一裕　飛べないカラス
木内一裕　小麦の法廷
木内一裕　ブラックガード
木内一裕　バッド・コップ・スクワッド
北山猛邦　『クロック城』殺人事件
北山猛邦　『アリス・ミラー城』殺人事件
北山猛邦　私たちが星座を盗んだ理由
北山猛邦　さかさま少女のためのピアノソナタ
北　康利　白洲次郎　占領を背負った男(上)(下)
貴志祐介　新世界より(上)(中)(下)
岸本佐知子 編訳　変《ヘン》愛《アイ》小説集
岸本佐知子 編　変愛小説集　日本作家編
木原浩勝　文庫版 現世《うつしよ》怪談(一)　主人の帰り
木原浩勝　文庫版 現世怪談(二)　白刃の盾
木原浩勝　増補改訂版 もう一つの「バルス」〈―宮崎駿と「天空の城ラピュタ」の時代―〉
木原浩勝　増補改訂版 ふたりのトトロ〈―宮崎駿と「となりのトトロ」の時代―〉
喜国雅彦・国樹由香　メフィストの漫画
喜国雅彦・国樹由香　本格力〈本棚探偵のミステリ・ブックガイド〉
清武英利　石つぶて〈警視庁　二課刑事の残したもの〉
清武英利　しんがり〈山一證券　最後の12人〉
清武英利　トッカイ〈不良債権特別回収部〉
喜多喜久　ビギナーズ・ラボ
岸見一郎　哲学人生問答
木下昌輝　つわもの
黒岩重吾　新装版 古代史への旅
栗本　薫　新装版 ぼくらの時代
黒柳徹子　窓ぎわのトットちゃん 新組版
倉知　淳　新装版 星降り山荘の殺人
熊谷達也　浜の甚兵衛
熊谷達也　悼みの海
倉阪鬼一郎　八丁堀の忍
倉阪鬼一郎　八丁堀の忍(二)〈大川端の死闘〉
倉阪鬼一郎　八丁堀の忍(三)〈遥かなる故郷〉
倉阪鬼一郎　八丁堀の忍(四)〈隻腕の抜け忍〉
倉阪鬼一郎　八丁堀の忍(五)〈討伐隊、動く〉
倉阪鬼一郎　八丁堀の忍(六)〈死闘、裏伊賀〉
黒田研二　神様の思惑
黒木　渚　壁の鹿
黒木　渚　本　性
黒木　渚　檸檬の棘
久坂部　羊　祝　葬
黒澤いづみ　人間に向いてない
久賀理世　奇譚蒐集家 小泉八雲〈白衣の女〉
久賀理世　奇譚蒐集家 小泉八雲〈終わりなき夜に〉
雲居るい　破《は》　蕾《らい》
鯨井あめ　晴れ、時々くらげを呼ぶ
鯨井あめ　アイアムマイヒーロー！
鯨井あめ　きらめきを落としても
窪　美澄　私は女になりたい
くどうれいん　うたうおばけ
くどうれいん　虎のたましい人魚の涙
くどうれいん　氷柱《つらら》の声

2025年9月12日現在